英国ちいさな村の謎⑪

アガサ・レーズンは奥さま落第

M・C・ビートン　羽田詩津子 訳

Agatha Raisin and the Love from Hell

by M. C. Beaton

コージーブックス

挿画／浦本典子

ジョーンとジョン・デューハーストに愛をこめて

アガサ・レーズンについて

アガサはバーミンガムのスラム街にある公営団地でスタイルズ夫妻のもとに生まれた。ミドルネームはない。キャロラインとかオリヴィアといったミドルネームが最低ふたつはほしかったのに、とのちのちアガサは残念でならなかった。両親のジョセフとマーガレットのスタイルズ夫妻はどちらも無職で飲んだくれだった。一家は生活保護のお金と、ときどき両親が発作的にする万引きでどうにか生活していた。

地元の小学校に通いはじめたとき、アガサはとても内気で繊細な子どもだったが、たちまち横柄で攻撃的な態度をとるようになり、他の生徒たちに敬遠されていた。

十五歳になると、両親はそろそろ娘に食い扶持《ぶち》を稼いでもらおうと考え、母親がビスケット工場の仕事を見つけてきた。ベルトコンベヤーで流れてくるビスケットの包みを検査する仕事だった。

家出できるだけのお金が貯まるとすぐに、アガサはロンドンに行き、ウェイトレスの仕事を見つけ、夜間クラスでコンピューターの使い方を勉強した。しかし、レストランのお客、ジミー・レーズンと恋に落ちてしまった。ジミーは黒髪で明るいブルーの目をした魅力たっぷりの男性で気前がよく、アガサの目にはお金持ちのように見えた。実はジミーは遊びのつもりだったのだが、アガサは彼に夢中になっていたので、どうしても結婚してほしいと迫った。

二人は結婚してフィンズベリー・パークの下宿屋の一室に引っ越したが、ジミーのお金はたちまち底を突いた（そもそも、お金をどこで手に入れていたのか、ジミーはとうとう口を割らなかった）。やがて彼は酒に溺れるようになり、アガサの暮らしは悪化の一途をたどった。

アガサには大きな野心があった。だから、ある晩、仕事から帰ってくるとジミーが酔っ払ってベッドに伸びていたので、荷物をまとめて逃げだした。

まず、PR会社の秘書の仕事を見つけた。節約に節約を重ねてお金を貯めたとき、幸運が舞いこみ、ついに自分自身の会社を経営するようになった。アガサは飴《あめ》と鞭《むち》を巧みに使い分けることができたおかげで、PR業界で大きな成功をおさめた。

だが、アガサには前々からの夢があった。子どもの頃、一度だけ両親にすばらしい休暇に連れていってもらい、コッツウォルズのコテージを一週間借りて過ごしたことがあった。そのすばらしい休日と美しい田舎の風景は忘れたことがなかった。

だから充分なお金が貯まると、早期引退をして、コッツウォルズのカースリー村にコテージを買ったのだった。

村のキッシュ・コンテストに、店で買ったキッシュを自分で焼いたとごまかして出品したときに殺人事件が起きたのがきっかけで、アガサは最初の探偵仕事をすることになった。コンテストの審査員が毒殺され、疑いをかけられたアガサは真犯人を見つけ、身の潔白を証明しなくてはならなくなったのだ。アガサの数々の冒険は〈英国ちいさな村の謎〉シリーズの第一巻『アガサ・レーズンの困った料理』と、それに続くシリーズ作品に描かれている。アガサは探偵仕事ではそこそこ成功をおさめているものの、恋愛の方は不運続きだ。いつかアガサはあこがれの男性と幸福になれるのだろうか？　乞うご期待！

アガサ・レーズンは奥さま落第

主要登場人物

アガサ・レーズン……………………元PR会社経営者
ジェームズ・レイシー………………アガサの夫
サー・チャールズ・フレイス………准男爵。アガサの友人
メリッサ・シェパード………………カースリー村の住民。ジェームズに横恋慕している
ルーク・シェパード…………………メリッサの二番目の夫
メーガン・シェパード………………ルークの妻
ジョン・デューイ……………………メリッサの最初の夫
ロイ・シルバー………………………アガサの元部下。友人
ミセス・ブロクスビー………………牧師の妻
ビル・ウォン…………………………ミルセスター警察の部長刑事。アガサの友人

1

ついに夢がかなえられるはずだった。完璧な結婚という夢が。アガサ・レーズンはずっと恋い焦がれ、あこがれていた男性、隣人のジェームズ・レイシーとついに結婚した。にもかかわらず、彼女は惨めだった。

ハネムーンの後――今から二週間前に起きたあるできごとが、すべての発端だった。ウィーンからプラハへ足を延ばしたハネムーンはもっぱら観光とセックスに明け暮れたので、現実の日常生活にわずらわされることはなかった。コッツウォルズのカースリー村で、ジェームズのコテージの隣にあるアガサのコテージはそのままにしてあった。あくまで現代的な結婚生活をめざし、お互いに一人になれる場所を確保しておこうという考えからだ。

アガサは自分のコテージでブラックコーヒーのカップを手にしながら、何もかもがぎくしゃくしはじめた、あの日のことを思い返していた。

完璧な妻になろうとして、その日、アガサは二人分の汚れ物を洗ったのだった。ジェームズが自分の汚れ物は別のバスケットに入れておき、自分で洗う方が好きなことをころりと忘れていた。

巨大な帆船のように大きなふんわりした雲が、そよ風に吹かれて空を流れていく気持ちのいい春の日だった。アガサは汚れ物を自分の大きな洗濯機に放りこんだ。ただし頭の隅では、ちゃんとした主婦は色物と白い物を分けるはずだと知らせる警報が小さく鳴っていた。洗剤と柔軟剤を入れると、庭に出ていき、二匹の猫たちが芝生でじゃれあっているのをすわって眺めることにした。終了を知らせる洗濯機のブザーの音が聞こえたので、立ち上がって洗濯機の扉を開け、庭に干すために、洗いあがった衣類を大きな洗濯かごの中にひきずりだした。そのとたん、バスケットの衣類がどれもこれもピンク色であることに気づいた。淡いピンクではなくて、ショッキングピンクだ。あわてて犯人を捜し、やっと見つけた。プラハの市場で買ったピンク色のセーター。ジェームズの衣類はシャツも下着も、すべて鮮やかなピンク色に染まっていた。

でも、まだ熱々の新婚なんだから、これぐらい許してもらえるんじゃないかしら。アガサはそう予想していた。ジェームズはきっと笑い飛ばすはずよ。

だがジェームズは激怒した。頭から湯気を立てんばかりにして怒った。よくもわたしの服をめちゃくちゃにしてくれたな。きみは馬鹿だし、主婦として失格だ。結婚前のアガサだったら、彼がぐうの音《ね》も出ないほど言い返しただろう。しかし、新婚のアガサは動揺しておずおずと許しを請うた。ジェームズの言い草は聞き流した。彼は長年独り者だったから、自分のやり方にこだわるのだろう。

次の事件が起きたのは、〈マークス＆スペンサー〉で買った電子レンジディナーのラザニアをふたつチンしたときのことだ。ジェームズは皿の食べ物をちょっとつついてから、自分ならちゃんとした材料を使ってもっとおいしいラザニアを作れるから、今後、料理は自分に任せてもらった方がいいだろう、と嫌味たっぷりに言った。

さらにアガサの服装のことでも、もめた。アガサはハイヒールをはいていないとダサい気がするのに、ジェームズは田舎暮らしなんだからフラットシューズをはくようにして、ふしだらな女みたいにハイヒールでよちよち歩くのはやめた方がいい、と小言を言った。スカートはタイトすぎるし、ときには襟ぐりが深すぎる。それに、そのメイクはいかがなものか。そんなに分厚く塗る必要があるのか？

もちろん、夜には愛を交わした。ただし、夜だけだ。昼間にいきなりハグされたりキスされたりすることは一度もなかった。アガサは夫から次々に非難の言葉を浴びせられ、どうしたらいいのかわけがわからなくなり、霧の中をさまよっているような気持ちになりかけていた。

それでも、みじめな結婚生活について誰にも相談しなかった。友人で、牧師の妻ミセス・ブロクスビーにすら。そもそもミセス・ブロクスビーはこの結婚に反対していたからだ。アガサは自分の負けを認めたくなかった。

ため息をつくと、キッチンの窓の外に目を向けた。ここは自分のコテージだ。犯罪者みたいに自分のコテージに隠れている。電話が鳴ったので飛びあがりそうになった。ジェームズがまたお説教をするためにかけてきたのかもしれないと思って、用心しながら受話器をとった。しかし、かけてきたのはロイ・シルバーだった。ロイはアガサがロンドンでＰＲ会社を経営していたときの部下で、現在はシティの大きなＰＲ会社で働いている。

「幸せいっぱいの新婚さん、ミセス・レイシーはお元気ですか？」ロイはふざけた口調であいさつした。

「わたしはまだアガサ・レーズンよ」切り口上に答えた。自分の苗字を使うことは、結婚しても夫から自立していることを示すよすがのように感じられた。これだけはどうあっても譲れなかった。もっとも、心から嫌悪している亡き夫の苗字を使っていたら、いつまでも本当の意味で自由になれないということには思い至らなかった。

「実に現代的ですね」

「何かあったの？」

「いや別に。結婚式以来、連絡がなかったので。ウィーンはどうでした？」

「たいしておもしろくなかったわ。生気にあふれた町とは言えないわね。プラハはよかったわよ。これ、ただのご機嫌伺いの電話？　何か企んでいるんじゃないでしょうね？」

「あなたが興味を持てそうなことがあるんです」

「だと思ったわ。何なの？」

「ミルセスターに新しい靴会社があるんですが、うちがそのPRを担当することになりましてね。大きな予算は割けないけど、新しい工場で生産する新しい製品を宣伝してくれるPR担当者が必要なんです。コッツウォルズ・ウェイっていう製品ですよ」

「そう、どういう靴なの？」

「若者が好む、ごついタイプのブーツです。田舎に押し寄せてくる熱心なハイカーにも売りこめそうです。短期の契約だし、場所もあなたの家からは目と鼻の先だ」

幸せな結婚生活を送っているんだから、他のことなんてする時間はないわ、と断ろうとした。村じゅうのみんなに、毎日とっても幸せよ、と言いふらしていたのだ。しかし、ふいに自分の能力を証明したくなった。アガサは独創的なPRをするのが得意だ。主婦としては落第かもしれないが、ビジネスウーマンとしての才能には自信がある。

「おもしろそうね」慎重に言った。「会社の名前は?」

「〈デリー・シューズ〉」

「まるでレバーソーセージ入りサブマリンサンドウィッチを売っていそうな社名ね」

「じゃあ、打ち合わせの手配をしてもいいですか?」

「いいわよ。早ければ早いほどいいわ」

「いつもだと、あなたに仕事をしてくれと頼むのにすごく手間がかかるのになあ。本当に結婚生活は問題ないんですよね?」

「あら、もちろんよ。だけど、ジェームズはいつも昼間は執筆しているから、邪魔しないようにしているの」

「ふうん。彼の番号に電話したら、あなたはこれまでどおりの番号でつかまるって言ってましたけど」

「自分のコテージはそのままにしているの。小さなコテージだと息が詰まりそうだから。こうすれば、何もかもふたつあるでしょ。キッチンがふたつ、バスルームもふたつ」

「なるほど。日取りを調整したら連絡します」

電話を切ると、アガサは煙草に火をつけ、宙を見つめた。ジェームズが嫌悪している習慣だ。また仕事をすると聞いたら、ジェームズはどうするかしら？　不安を覚えているにもかかわらず、アガサはまさに力こぶがぐいっと盛り上がるような気がした。気に入らなくても、我慢してもらうしかないわ。アガサ・レーズンのカムバックよ！

とはいえ、ジェームズが反対するとは本気で考えていなかった。さすがのジェームズも、そこまで頭が固くないはずだ。ロイが打ち合わせは明日の午後三時になったと連絡してくると、アガサは猫のホッジとボズウェルに、おいで、と声をかけ、二匹を従えて隣のジェームズのコテージに向かった。わたしたちのコテージじゃないのよね、と悲しく考えながら、ドアを開けて猫たちを中に入れた。

ジェームズはコンピューターの前にすわって眉根を寄せていた。軍の歴史についての本をようやく一冊出版できたので、二冊目は簡単だと高をくくっていたのだが、何日もただ画面をにらんでいるだけで「一章」と書いたきり、まったく進んでいなかった。頭痛がするかのように、ジェームズは額に片手をあてがった。

「わたし、仕事が入ったの」アガサは告げた。

ジェームズは彼女に笑顔を向けた。日に焼けた顔でブルーの瞳が輝き、それを見ると、いまだにアガサの心臓はとんぼ返りをした。「どういう仕事？」コンピューターの電源を落としながら、ジェームズはたずねた。「コーヒーを淹れるから、聞かせてほしいな」彼はキッチンに向かった。

結婚生活に感じていたみじめさは、きれいさっぱり消えた。このところの苦しい経験は、結婚当初によくあるささいな食い違いだ、というかつての希望が再びわきあがった。彼がコーヒーのマグカップをふたつ運んできた。

「これはデカフェなんだ。きみはカフェイン入りのコーヒーを飲みすぎていて、体によくないからね。それに服が煙草臭いな。煙草はやめたんだと思ってた」

「一本吸っただけよ」アガサは弁解がましく言ったが、実は五本吸っていた。誰かに禁煙してもらいたいなら、文句を言ってうしろめたい気持ちにさせてはならない、という単純な事実がどうしてわからないのだろう。アルコール依存症の人を相手にするときは、酒癖のことを持ちだしたり、酒を流しに捨てろと勧めたりしてはならない、そんなことを口にしたら自分の抱えている問題から目をそむけさせるだけだ、ということは半ば常識だ。しかし、喫煙者はしじゅうガミガミ叱られてばかりなので、依存症者特有の反抗心が煽《あお》られるだけだった。

「それはさておき」とジェームズはコーヒーのカップをアガサに手渡すと、彼女と向き合ってすわった。「どういう仕事なんだい？　今度は誰のために基金集めをするのかな？」

「村の仕事じゃないのよ。新しい靴だかブーツの宣伝をする仕事を引き受けるつもりなの、ミルセスターの会社の」

「つまり、本物の仕事ってこと？」

「あら、決まってるでしょ、本物の仕事よ」

「われわれはお金を必要としていないだろう」ジェームズは感情のこもらない声で言った。

「お金はあればあるだけ役に立つわ」アガサは楽しげに答えたが、ジェームズの立腹した顔に気づき、笑みをひっこめた。

「あら、今度は何がいけないの？」恐る恐るたずねた。

「きみは仕事をする必要なんてないだろ。仕事は働く必要のある連中に任せておけばいい」

「でも、わたしにとってこの仕事は必要なの。自分のアイデンティティがほしいのよ」

「セラピーみたいな言い草はよしてくれ。まともな英語でしゃべってもらいたいね、頼むから」

アガサの堪忍袋の緒が切れた。「まともな英語で言うとね、わたしには自尊心を満足させるものが必要なのよ。あなたにさんざんぺしゃんこにされているから。一日じゅうあら探しばっかり。ぐちぐち、ぐちぐち、『これをするな、あれをするな』いいこと、言っておくわ。わたしは仕事に戻るつもりよ」

ジェームズはいきなり立ち上がると、玄関に向かった。

「どこに行くつもり？」アガサは叫んだが、返ってきたのはドアがバタンと閉まる音だけだった。

翌日、チャコールグレーのパンツスーツを着ると、ウエストがかなりゆるくなっていたので大いに満足した。結婚生活がみじめでも、得るものもあるようだ。きのうはあれっきりジェームズは家に帰ってこなくて、アガサが浅い眠りに落ちた頃にようやく戻ってきた。朝食は重苦しい雰囲気で、二人とも黙りこくって食べた。アガサは心が折れそうだった。朝食を用意したものの、何もかも失敗したのだ。トーストは焦げすぎたし、スクランブルエッグは塊だらけで硬くなった。それに、このとげとげしい雰囲気に気が滅入っていた。こう言えれば楽だっただろう。「きのう言ったことはもう忘れて。あなたの言うとおりよ。仕事を引き受けるのはやめるわ」しかし、ありったけの勇気をかき集めて、ジェームズの不機嫌を無視することにした。

今日もまた晩春のいい天気で、アガサはフォス街道をミルセスターめざして車を走らせた。ロイの指示に従ってミルセスターの手前で街道をそれ、郊外の工業団地に向かった。そこは新しい工業団地で、工場が立ち並ぶ敷地はまだできたばかりで殺風景だった。

待たされないのはいい兆候に思えた。アガサの経験だと、人を待たせることで自尊心を満足させるのは、業績が低迷している会社だと相場が決まっている。有能そうな中年の秘書に役員室へ案内された。そういう秘書がいることも、アガサの見解ではいいしるしだった。アガサはピアシー社長と宣伝担当役員と販売担当役員、その他さまざまな役員に紹介された。

役員室のテーブルの中央には大きな革製ブーツが置かれている。

「さて、ミセス・レーズン、テーブルの上のブーツがわれわれのコッツウォルズ・ウエイのモデルです。これを宣伝していただきたい。宣伝担当役員のミスター・ハーレーは、どこかのハイキング・グループを選んで、彼らにはいてもらったらどうかと考えています」

「それじゃ、うまくいかないわ」アガサは言下に否定した。「このあたりの人々は、ハイカーを不作法でけんか好きな連中とみなしているんです。このブーツの定価は?」

「九十九ポンド九十九ペンスです」

「それだと若者層には高すぎるけど。こういうブーツをはくのは若者ですよ」

「すでにコストダウンしているので、これ以上は価格を下げられません」

「テレビCMは検討していますか?」

「われわれは小さな会社なんです」ピアシー社長は言った。「宣伝によってちょっとした後押しを望んでいるだけなんです。あとは品質で売れるはずですからね」

「言い換えれば」とアガサは歯に衣着せずに言った。「派手な宣伝にかける予算はないということですね」

「ある程度の予算はありますが、全国的な宣伝まではできません」

アガサは頭をフル回転させた。それから口を開いた。「グロスターにステッピング・アウトという新しいポップバンドがいるんです。聞いたことがあるかしら?」

全員の首が横に振られた。

「『ミッドランズ・トゥデイ』で彼らのドキュメンタリーを見たんですけど、前途有望なポップバンドでした。男女三人ずつの若者たちで構成されていて、全員がこざっぱりしていてイメージがいい。最近出したCDは今のところチャートで六十二位だけれど、今まさにスターの座に駆け上がろうとしているところだと思うわ。今すぐ彼らと契約して、ブーツをはいてもらい、ハイキングについての曲を作ってもらいましょう。彼らは自分たちで曲を作っているの。そしてライブを開く。ブーツを宣伝した直後に彼らが有名になったら、おたくのブーツの成功はまちがいなしよ」

宣伝担当役員がたずねた。「どうしてこのバンドのことを知っているんですか、ミセス・レーズン？」

「趣味で、有名になりそうな人をいつも探しているの。わたしの予想はいつも当たりますよ」

彼らはアガサのアイディアにあれこれ難癖をつけた。提案が却下されそうになると、アガサは採用するようにぐいぐい押した。心の奥では個人的に大嫌いな、こんな田舎くさい靴のためじゃなくて、大きな会社のために仕事をしているのならよかったのに、と残念だった。でも、何をしようとジェームズは感心してくれっこないわ、と思うと悲しくなった。

ついに、役員たちはアガサの提案を受け入れることを決断した。

「ひとつだけ確認したいんですが、ミセス・レーズン」ピアシー社長が言いだした。

「あなたのお名前はミセス・レイシーと伝えられていたんですが」

「ええ、結婚したのでレイシーになったんです」

「レイシーという苗字は使わないんですか?」

「ええ、ビジネスではずっとレーズンで通しているんです。変えない方が楽ですから」

「けっこうです、ミセス・レーズン。こちらにオフィスを構えますか?」

「いいえ、家で仕事をします。ポップバンドの企画書を準備してきますから、明日、打ち合わせをしましょう」

アガサはほずんだ気持ちでカースリーに車を走らせた。しかし、木々の緑のアーチの下を村へ下りはじめたとたん、気分が沈んだ。仕事の書類やコンピューターを置いている自分のコテージに入っていった。PRの仕事をしていたときの習性で、そのポップバンドとマネージャーの名前はすでにコンピューターに登録してあった。そこで電話帳の山と取り組むことにした。グロスターの電話帳を選ぶと、ハリー・ベストというマネージャーの名前を調べていく。数人のH・ベストが登録されていたので、全員に電話をしてみると、一人が彼女の探しているマネージャーの父親だということがわかった。息子のハリー・ベストの電話番号を教えてくれたので、そこにかけた。コッツウォルズ・ウェイのブーツを宣伝する計画について、てきぱきと説明した。

「どんなもんかねえ」ハリー・ベストはロンドンの労働者階級の訛《なま》りでしゃべったので、アガサはひどく憂鬱になった。「おれたちは売れっ子だから、たんまり出演料をもらわねえとな」

アガサは大きく息を吸いこんだ。「この件については会って相談した方がよさそうね」有無を言わせぬ口調で告げた。「グロスターまで行くわ。住所を教えて」

彼はチャーチダウンの住所を教えてくれたが、チャーチダウンは実を言うとグロスターの郊外だ。再び車でジェームズのコテージを通り過ぎたとき、窓辺にジェームズの顔がちらっと見えた。この分だとディナーまでには帰れないから、いい妻なら電話して遅くなると伝えるだろう。

「だけど、わたしはもういい妻じゃないわ」アガサは声に出して言うと、ハンドルをきつく握りしめた。

道は混んでいた。Ａ40号線は工事をしているばかりか、さまざまな眠そうな男たちがトラクターを時速十六キロで走らせているせいで渋滞しているのだ。ようやくハリーの住所を見つけたときには、疲れきって気力もなくなりかけていた。何もかも放りだしてジェームズのところに戻って仲直りし、結婚生活をどうにか地獄から救いだしたいという気になった。しかし、みすぼらしい家の前では、残っているわずかな髪の毛をポニーテールにしたひょろっとした男が、すでに待っていた。

アガサは近づいていきながら、相手をじっくりと検分した。不機嫌そうな小さな口の方まで垂れさがった鷲鼻《わし》、そこにちょこんとのった小さな半月形の眼鏡。四十がらみだが、若さにしがみつこうとしてカウボーイブーツにジーンズ、黒い革ジャケットという年齢不相応ないでたちだった。

ハリー・ベストは現れたアガサにこれっぽっちも関心を示さなかった。艶のある茶色の髪をシニヨンにまとめている。丸い顔には形のいい唇とこぢんまりした鼻がついていたが、茶色の目は用心深く、クマみたいに小さかった。

「アガサ・レーズンです」アガサはハリーの弱々しい湿った手を力をこめて握った。

「中でビジネスについて話し合いませんか？」

「いいとも。こちらにどうぞ」

彼女が通された部屋はふだんはきちんと掃除をしていないらしく、あわてて片づけた跡が歴然としていた。ゴミ箱は空のコーク缶であふれそうになっている。肘掛け椅子のクッションの下には、隠そうとしたのか新聞紙と雑誌の山が突っ込まれているのが見える。

アガサはさっそくビジネスにとりかかった。宣伝の概略と、新しいブーツにあわせた曲を作ってもらうことを説明し、それから報酬の交渉に入った。ハリー・ベストはブーツの宣伝なんかに出演したら売れていないと思われると主張して、出演料をつり上げようとした。アガサはたくさんの成功したポップシンガーが宣伝に出ていると指摘してやった。「マイケル・ジャクソンはどうなの?」彼女は強気に言い返した。

ハリー・ベストはアガサの猛攻撃にたじたじになった。アガサは幼い頃怖くてたまらなかったハリーの祖母、あの強引な女性を思い出させたのだ。やっと契約がまとまった。アガサがバンドのためにリハーサル会場を借りてくれるというので、ひそかにハリーは胸をなでおろした。というのも、これまで使っていた友人のガレージを追いだされたばかりだったからだ。

ようやくハリーの家を引き揚げたときには、すでにあたりは暗くなっていて時刻は遅く、おなかがぺこぺこだった。途中でパブに寄り、簡単な食事を水だけでとった。さて、今度はジェームズと対決しなくては。

アガサとジェームズが住んでいるライラック・レーンで犬を散歩させていたカースリーの住人たちは、アガサがわめきちらし、そのあと食器が割れる音が聞こえた、とのちに証言することになった。ジェームズはかたくなに自分の主張を押し通すつもりでいた。その馬鹿げた仕事を辞め、既婚女性らしくふるまうようにしろ、と冷静なきつい口調で言った。

そのときジェームズが怒っていたら、もしかしたらアガサはおとなしく従ったかもしれない。しかし、彼女はジェームズの声ににじんでいた冷ややかな軽蔑にカチンときた。ジェームズはアガサのせいでまた頭が痛いと言わんばかりで、実際、苦痛を感じているようにすら見えた。アガサはこれまで自分が怒りに任せて食器を割るような女だと思っていなかったが、たまたまキッチンでけんかをしたので、ひとつの棚すべての食器を床に払い落とし、破片の上で地団駄を踏んだのだった。

「きみにはもううんざりだ」ジェームズは静かに言った。それから外に出ていき、あとには真っ赤な顔で息を荒くし、すっかり頭に血が上ったアガサが残された。

のろくさと荷物をまとめると、隣の自分のコテージに運んでいった。それからまた戻って、割れた食器を片づけて箱に入れると、ゴミの山に加えた。割ったのと同じ数の皿を自分のコテージから運んできて、ジェームズのキッチンの棚に並べた。それから猫においで、と声をかけ、二匹をあとに従えて自分のコテージに戻った。耳をふさぎたくなるほどの女主人の騒ぎっぷりに怯えて逆立っていた二匹の毛がようやく落ち着いてきた。アガサは自分の家に戻ると、必死に心を落ち着けようとした。割った食器のことはジェームズに謝りたかった。

翌日、アガサは忙しかった。靴会社に行き、リハーサル用の会場を借り、ポップバンドと顔合わせをした。これまでにもポップバンドのPRを担当したことはあったが、ステッピング・アウトはこれまで担当した中で最高に感じのいい若者たちだった。グループは若い男女三人ずつで構成されていて、全員がはたち前。健全で幸せそうな外見をしている。アガサはこれならやれると直感し、仕事に猛然と取り組んだ。でも、心の奥には悲嘆の黒雲が居座っていた。誰かに打ち明けられたらいいのに。だが、誰にも、絶対に誰にも、アガサ・レーズンの結婚が失敗だったと知られるわけにはいかなかった。

ジェームズに電話して、誤解を解き、謝ろうかしら、と何度か考えた。しかし、そのたびに思い直した。どうしてジェームズはあんなに頭が固いの？　とはいえ、自分はひどい騒ぎを起こしてしまった。食器を割り、口汚く罵《ののし》ってしまったことで自己嫌悪になり落ち込んだ。

ハリー・ベストはアガサをじっくり観察していた。たいした女性だ、と思った。てきぱきと采配をふるい、必要な備品をリハーサルルームに運びこませ、すでに若者たちともすっかり打ち解けている。最初に想像していたほど情がない人ではなさそうだ。それどころか、ハリー・ベストはアガサがときどき涙ぐんでいることに気づいた。おもしろい女性だ。

長い一日が終わったときは名残惜しいほどだった。バンドの二人はすでにハイキングのポップソングを作りはじめていた。「古くさい感じになってもかまわないわ」アガサはアドバイスした。「とにかく陽気な歌にしてちょうだい。田舎道を歩きながら口笛を吹きたくなるような歌に」

カースリーまで車を走らせながら、アガサはジェームズと対決する心構えをした。しかし、彼の――二人のコテージと思ったことは一度もなかった――コテージに入っていくと、中は暗くて静まり返っていた。胸騒ぎがしたので二階の寝室に駆け上がっていき、クロゼットを調べた。ジェームズの服はすべてあった。

ベッドにすわりこんで、どうしようかと思案した。ジェームズはどこにいるのかしら？　たぶんパブね。

捜しにパブに行ってみるのもいいかもしれない。あの人は村人たちの前では派手なけんかをしないだろう。もっとも、いつも騒ぎを引き起こすのは自分の方だということは都合よく忘れていた。

自分のコテージに戻り、淡い金色のシルクのパンツスーツに着替え、深みのあるブロンズ色のラムウールのストールを肩に巻き、ゆっくりとパブまで歩いていった。何もなかったかのように、快活で陽気な態度で接するつもりだった。

通りの名前の由来となったびっしりと花をつけたライラックの並木道を歩いていくと、こうやって行動に移したおかげで気分がぐんと明るくなっているのを感じた。アガサの大きな弱点は、ジェームズを怖がっていることを絶対に認めようとしないところだ。彼を失うことを恐れているのは認めるかもしれない。でも、実際に彼のことを怖いと感じているなんて、長年にわたって何層もの非情さで魂を覆い隠してきたアガサはちらりとも考えなかった。だから、愛情によって言語道断な彼のふるまいをかろうじて受け入れていることに気づかなかったのだ。たとえば、けなされることも、軽蔑も、不機嫌な沈黙も、気楽で親密な愛情がないことも。

アガサは〈レッド・ライオン〉に笑みを浮かべながら入っていった。

その微笑はたちまち凍りついた。

ジェームズは店の奥にある暖炉のそばのテーブルにすわり、ほっそりしたブロンドの女性と楽しげに笑い合っていた。メリッサ・シェパードだ。アガサが見つめていると、メリッサは身をのりだし、ジェームズの手をぎゅっと握った。

カースリー婦人会の書記を務めるミス・シムズは、その光景をのちにこう描写した。アガサ・レーズンは「頭から湯気を立てていました」瞬時に嫉妬の不快な味が喉元にせりあがってくる。これまで耐えてきた惨めさが胸にあふれる。つかつかと近づいていくと、驚いているメリッサの前に立った。

「夫に手を出さないでちょうだい、このふしだら女」

メリッサは立ち上がるとハンドバッグをつかみ、アガサのわきをすり抜けてドアに向かった。

「ろくでなし。アガサはテーブルにかがみこんで叫んだ。

「ろくでなし。あなたも、あのあばずれ女も殺してやる！」

ジェームズは怒りにどす黒くなった顔で立ち上がった。彼はアガサの手首をつかんだ。「みっともない真似はよせ」押し殺した声で命じた。

アガサはその手を払いのけ、彼の飲みかけのグラスをつかむと頭からビールをぶちまけ、きびすを返すや、外に走りでていった。玉石につまずきながら、自分のコテージまで走り続けた。無事に家に入ると、キッチンにすわりこんで思う存分泣いた。

それから二階に上がり、ていねいに冷たい水で顔を洗い、メイクをやり直した。ジェームズはけんかの続きをするために訪ねて来るだろうから、武装しておきたかった。

ドアベルが鳴った。アガサは髪の毛をなでつけ、肩を怒らせながら階段を下りていった。

「いいこと……」ドアを開けながら言いかけた。しかし、そこに立っていたのはジェームズではなく、友人のサー・チャールズ・フレイスだった。

「入ってもいいかな？」

「どうぞ」そっけなく答えると、さっさとコテージの中に歩いていった。そのあとをチャールズがついていく。

「何があったんだ？」チャールズはアガサのあとからキッチンに入ってくるとたずねた。「早くも結婚生活が破綻《はたん》したなんて言わないでくれよ」

「馬鹿言わないで。わたしたちはうっとりするほど幸せよ。一杯飲む？」

「あれば、ウィスキーを」

ジェームズが戻ってきたらまずいので帰ってくれと言おうか、でも戻ってこなかったら、チャールズにはこのままそばにいてほしいし、とアガサはふたつの気持ちのあいだで揺れ動いていた。リビングに入っていくと、すでに準備していた薪に火をつけ、チャールズのグラスにたっぷりモルトウィスキーを注ぎ、自分にも同じものを注いだ。

チャールズはソファにすわると、向かいの肘掛け椅子にぐったりともたれているアガサをじろじろ眺めた。

「泣いていたのかい？」

「まさか。いえ、実はそうなの。手を切ったものだから」

「どこを？」

「どういう意味、どこって？」

「アギー、建前で話すのはもうやめようよ。幸せな既婚女性を演じるのはつらいんじゃないかな」

アガサは無言でチャールズを見つめた。アガサのリビングにこぎれいな服を着て髪をきれいにとかしつけ、猫のように満ち足りた様子ですわっている男。

アガサは疲れたように肩をすくめた。「そうね、あなたには話しておいた方がよさそうね。結婚生活は最悪なの」

「だから警告しただろ、とは言わないでおくよ」

「嫌味はやめて」

「わたしが思うに、ジェームズは独身時代のジェームズのままで、これまでの生活スタイルを続けたがっているのに、あなたが下手な料理や不愉快な喫煙でそれをひっかき回しているんじゃないかな。服装についてはもう批判されたかい？」

「ええ、しょっちゅう。ねえ、どうしてわかったの？」

「頭の固い男がいざ欲望の対象と結婚すると、そもそも最初に惹かれたセクシーな服装を批判しはじめる、というのはよくあることだからね。ハイヒールをはくなとか、メイクが濃すぎるってけなしたにちがいない」

「わたし、なんて馬鹿だったのかしら。そういうことを知っておくべきだった。だけど、わたしたちには共通点がたくさんあると思ったの」

チャールズはウィスキーをすすると、同情をこめてアガサを見た。

「愛は盲目だってことに、人は絶対に気づかないいんだ。自分は愛する人のソウルメイトだと信じる。魂はもう孤独じゃないと考える。二人で世の中に立ち向かうんだって。だから結婚するんだが、どうなると思う？　しばらくたつと、朝食のテーブルで向かい合ったとき、まるで知らない他人を目にしているってことに気づくんだよ」

「だけど、幸せな結婚だってあるわ。それは知ってるでしょ」

「幸運な人もいる。でも、大半は妥協しているんだよ」

「ようするに、ジェームズが望むような服装をして、ジェームズが望むような生き方をするべきだって勧めてるの？」

「結婚生活を続けたいならね。あるいは、結婚カウンセラーのところに行ってみたら？」

「あなたみたいな独身者が結婚について理解しているとは思えないわ」

アガサは髪の毛をかきむしった。「どうしたらいいかわからない。パブで大騒ぎしちゃったの。ジェームズがメリッサっていう女といちゃついていたから。以前、彼女とちょっとつきあっていたことも知っていたし」

「知的な観察だよ」

「ジェームズはそんなに悪い人間じゃないよ。あなたは彼を悪い方、悪い方へと追いつめているんじゃないかな。ちょっと、いばっているからね」

「話を全部聞いてないでしょ。彼ったら、わたしに仕事をするなって命令したのよ！」

「それで、どうしたんだ？　仕事をしているのかい？」

「ミルセスターの靴会社と短期の契約を結んだの。ジェームズは激怒したわ。働かなくちゃならない人に仕事を譲るべきだって言うの」

「あなたたちは別々に暮らして、たまにデートするのがいいのかもしれないな」

「うまくいくわよ」アガサは意を決したように言った。「わたしはジェームズを愛している。彼もわかってくれるはずよ」

「彼は彼で自分の悩みについて誰かに相談しているのかな？」

アガサは笑った。「まさかジェームズが！　それは絶対にないわよ、賭けてもいいわ」


その頃、ジェームズは牧師館の客間で牧師の妻のミセス・ブロクスビーと向かい合ってすわっていた。

「こんなに夜遅くお訪ねして、ご迷惑じゃなかったでしょうか？」ジェームズはたずねた。

「いえ、全然」ミセス・ブロクスビーはそう答えながらも、自分が寝間着にガウンをはおっていることにジェームズが気づいていないようなのでおかしくなった。

「アガサのことで、どうしたらいいか途方に暮れているんです。心配事を抱えてまして」

「どうなさったの？　お茶かお酒でも召し上がる？」

「いえ、けっこうです。誰かに話さなかったら爆発してしまいそうな気がしたんです。あなたはアガサの友人ですし」

「いい友人でありたいと思ってますわ」

「わたしたちの結婚生活について、彼女は何か言ってましたか？」

「わたしの前で不平を口にしていたとしても、あなたに話すつもりはありません。でも実を言うと、ミセス・レーズンからは何も聞いてません。パブでの騒ぎは何だったんですか？　村じゅうの噂になってますよ」

「パブに行ったらメリッサがいたので、いっしょに飲んでいたんです。アガサは店に入ってくるなり、嫉妬で見苦しい騒ぎを起こしました」

「それも無理ないと思いますけど。村では知らない人がいませんもの、あなたとメリッサの……ええと……結婚前の関係については」

「でも、他にもあるんですよ。アガサは主婦としていい加減なんです」

「ミセス・レーズンは自分のコテージをドリス・シンプソンに掃除してもらっているんです。あなたのところもドリスにやってもらったらいかが？」

「だが、アガサがやるべきですよ」

「ずいぶん古くさい考え方をなさるのね。ビジネスで成功して、これまでずっと誰かを雇って掃除をしてもらっていた女性に、あなたの家の掃除をしてもらえると期待するのは無理ですよ」

ジェームズはミセス・ブロクスビーの話が耳に入らないかのように、言葉を続けた。

「それに、わたしが煙草の臭いが嫌いなのは知っているくせに、煙草臭いんですよ」

「ミセス・レーズンと最初に知り合ったときも結婚したときも、煙草を吸っていたんでしょう」

「だけど、やめるって約束したんです。禁煙するつもりだって言いました。それに、わたしのコテージでは絶対に吸わないと。しかし、わたしが見ていないと思うとスパスパやってるんです」

「あなたは〝わたしのコテージ〟とおっしゃいましたね。とても奇妙な結婚ですわ。どうしてミセス・レーズンに自分のコテージをそのままにしておくように勧めたんですか？」

「わたしのコテージは狭すぎるからです」

「それぞれのコテージを売って、もっと大きな家に引っ越せるぐらいの経済力は充分におありでしょう」

「そうかもしれません。でも、今度は仕事を引き受けたんです。ミルセスターの靴会社のPRの仕事だとか」

「そのどこがいけないんですか？」

「アガサは働く必要なんてないんです」

「ミセス・レーズンはときどき働く必要があると思いますわ。たぶん、あなたは彼女にだめな妻だと感じさせているんですよ。しょっちゅう文句を言うでしょう？」

「まちがったことをしたときだけです。そのたびに彼女はわたしに反論して、無礼なことを言い返します」

「それで、ミセス・レーズンはたびたびまちがったことをするんですか？」

「いつもです。まずい食事、いい加減な家事、けばけばしい服装……」

ミセス・ブロクスビーは片手を上げた。「ちょっと待って。ミセス・レーズンの服装がけばけばしいですって？　それだけは同意しかねるわ。彼女はいつもすてきな装いをしています。それに、あなたはしじゅう文句を言っていて、一切妥協しないように思えるわ。あなたがずっと独身だったのは承知していますけど、今は結婚しているんですから、ある程度は許容しなくてはなりませんよ。どうしてそんなにいらいらして怒ってばかりなんですか？」

長い沈黙が続いた。それからジェームズはため息をひとつついた。

「事情があるんです。ずっと頭痛が続いていたので検査を受けたんです。その結果、脳腫瘍があると言われました。すぐにでも治療を始めなくてはなりません」

「まあ、なんてお気の毒な。手術はできるんですか？」

「まず抗癌剤を試すことになっています」

「ミセス・レーズンはさぞ心配しているでしょうね」

「アガサは知らないし、あなたも黙っていてください」

「だけど、話さなくてはだめですよ。それが結婚というものでしょう、いいときも悪いときもいっしょにって」

「彼女に話したら、なぜかもう希望がなくなるような気がするんです。話したら、脳腫瘍が現実になってしまう。これは一人で乗り越えなくてはならないんですよ」

「だけど、そういうことがあなたにとても大きなストレスを与えていると思うわ。それどころか、ミセス・レーズンに話さないことで、結婚生活をだいなしにしかけているんですよ」

「アガサには話さないでください！　話さないと約束してください！」

「わかりました。でも、お願いですから、考え直してください。ミセス・レーズンはこういう仕打ちを受けるいわれはないわ。どうか彼女に打ち明けて」

ジェームズは首を振った。「これはわたしに与えられた試練ですから、一人で耐えなくてはならないんです。アガサはとても自立しています。だって、いまだに旧姓を使ってますからね。まるでわたしの苗字では物足りないと言わんばかりに。あなただって、彼女をミセス・レーズンって呼んでいる」

「そうしてほしいと頼まれたからですよ。ねえ、文句がひとつだけなら、彼女も聞き入れたでしょう。だけど、ありとあらゆることで彼女を批判しているように思えるわ」

「アガサがいけないんです」ジェームズは頑固に言い張った。「そろそろ失礼します」

「あと少しいてください。病気のこと、きっととても怖くて不安でしょうね」

椅子から腰を浮かせかけたジェームズはまたすわると、両手で頭を抱えた。

「ミセス・レーズンは大きな力になってくれますよ」ミセス・ブロクスビーはやさしく言った。

「結婚するべきじゃなかったんだ」ジェームズはつぶやいた。

「彼女に恋をしていたんでしょう」

「ああ、そうです。でも、アガサはひどく不器用なので、神経を逆なでされるんです」

「あなたは怯えているし具合が悪いから、彼女にとても厳しく当たっているんだと思うわ」

ジェームズは立ち上がった。「それについては考えてみます」

ジェームズは家路をたどりながら、たしかに、アガサの欠点を手厳しくあげつらってしまった、とうしろめたくなった。とにかく自分がどういう病気にかかっているか、アガサに話さなくてはならない。だがライラック・レーンに曲がると、アガサのコテージの外に車が停まっていた。サー・チャールズ・フレイスだ。しかも、まだあそこに！　じゃあ、アガサは元のやり方に戻ったのだ。二人でそのゲームをしていればいい！

2

アガサと新しい夫が別々のコテージで暮らしていて、互いに口をきいていないという事実は、あっという間に村じゅうに広まった。ミセス・ブロクスビーはジェームズから脳腫瘍について打ち明けられたことを黙っていた。夫の牧師、アルフ・ブロクスビーにすら言わなかった。アガサの結婚生活がうまくいっていないというニュースを聞いて、アルフは嫌味たっぷりにこう言った。「あの女性と暮らせる人間がいるとはとうてい思えないね」

ジェームズはメリッサ・シェパードといっしょにいるところが頻繁に目撃された。そしてアガサはチャールズといっしょだった。

ジェームズの気が変わらなければ、この悲惨な状況は永遠に続いたかもしれない。彼は死ぬことを恐れていた。この世を去るのに、苦々しさと哀れみをあとに残したくなかった。世間に惜しまれ、追悼してもらいたかった。

村じゅうに〝パブでの大げんか〟として知られることになったできごとの一週間後、ジェームズは大きなバラの花束を買うと、アガサの戸口に現れた。アガサはドアを開け、一瞬彼をまじまじと見つめてから、腕に抱えている花束に気づいた。「どうぞ入って」アガサは彼がついてくるのかどうか確かめずに、さっさとキッチンに入っていった。

「すわってちょうだい」そう言うと、キッチンのカウンターに寄りかかった。「どうして来たの?」

正しい答えは、いや、分別のある答えは、「アガサ、わたしは脳腫瘍ができて、死ぬんじゃないかと怖くてたまらないんだ」だった。しかし、ジェームズはこう言った。

「ひどいありさまだな」

アガサは目の下に隈《くま》ができ、ふだんは艶《つや》のある髪もぼさぼさだった。型崩れした柄物のハウスドレスを着て、ぺたんこのサンダルをはいている。

「仕事がずっと忙しかったの。コーヒーは?」

「ああ、いただこう」

「本物のコーヒーよ」アガサは言いながらパーコレーターのプラグを入れた。「この家ではデカフェは飲まないの」

「かまわないよ」ジェームズは言いながら長い脚を伸ばした。

アガサは彼の向かいにすわった。無言の同意があったかのように、二人はコーヒーが沸くまで黙りこくっていた。アガサはふたつのマグカップにコーヒーを注いでから、ジェームズを見た。

「あのあばずれのメリッサとまだ会っているの？」

「きみがチャールズ・フレイスと遊び回っているあいだ話し相手が必要だったからね」

「チャールズはただの友だちよ」

「ふうん、そう訂正するのか」意地の悪い口調だ。「キプロスで彼と関係を持っただろ」

「あれは結婚前のことでしょ。それに、あなただって、メリッサといちゃついていた」

「わたしたちはたんなる友人同士だ」ジェームズはぎこちなく言い訳した。「きみは仕事をするべきじゃないよ。仕事をする必要なんてないんだから。ひどく疲れた顔をしているぞ」

「あら、あなたったら、メイクしてハイヒールをはくことでずっと文句を言ってきたじゃないの。こういう姿を見て喜ぶべきでしょ。どうして来たの？　またわたしに嫌味を言うため？」

「結婚生活がうまくいくように、改めて努力してみるべきだと思ったんだ」

「どうして？」

「わたしはすぐにあきらめる人間じゃないし、きみもそうだろう」

「わたしを愛しているからって言えないの？」

「やれやれ、アガサ、わたしがどういう人間か知っているだろう。甘ったるいやりとりは得意じゃないんだ」

「わかった。もう一度努力してみるわ。だけど、メリッサと会うのはやめてちょうだい」

「友だちだよ」

「わたしはチャールズとも他の男性とも会わないわ、あなたがメリッサと会うのをやめるなら」

「いいだろう」

アガサはふいにジェームズに笑顔を向けた。「二人とも馬鹿ね」彼女はうれしそうに言った。「メイクしてくるから待っていて。かまわないでしょ、ジェームズ。あなたのいいところは、いつもきちんとしていて健康そうなところよ」アガサはキッチンを出ていった。彼女に話すべきだった、とジェームズは悔やんだ。でも、今夜いっしょに夕食をとるから、そのときに打ち明けよう。

幸福というのはすばらしい若返り薬だ。アガサはその日の午後、仕事に行ったとき、颯爽《さっそう》とした様子でてきぱきと仕事を進めた。ハイキングの歌は口笛を入れた粋な曲に仕上がった。〈デリー・シューズ〉はアガサの手腕に満足していると言ってくれた。新しいブーツと新しい曲を発表するために、ミルセスターでライブを開くことになった。今夜のデートのために、アガサはガラスのビーズとスパンコールの飾りがついた紺色のドレスを買った。スクエアネックで、丈はとても短かった。それからシアーストッキングとガーターベルトも。ガーターベルトは大嫌いだったが、情熱的な夜を目論《もくろ》んでいたので、着心地は犠牲にするつもりだ。

買った物を家に持って帰ると、外出のために身支度にとりかかった。ジェームズがオックスフォードのブルー・ボア・ストリートにあるフレンチレストランに連れていってくれることになっていた。

お風呂に入っててていねいにメイクすると、輝きを失いかけていた髪がつやつやになるまでブラッシングした。それからドレスを着て、鏡の前に立った。

アガサは眉をひそめた。

スパンコールとビーズは、店の照明の下ではきらきら輝き魅力的に見えた。でも寝室の窓から射しこむ薄れかけた日の光で見ると、けばけばしくて野暮ったく、おばさん趣味だ。しかも、その日の光が顔を照らしだし、唇の上に生えかけているひげをあらわにした。アガサはドレスを乱暴に脱ぎ、床に放りだした。バスルームで鼻と上唇のあいだに脱毛剤を塗ると、もっとふさわしい服がないかとクロゼットをひっかき回す。五着試したときに、顔の焼けるような痛みで、脱毛剤を塗ったことをはっと思い出した。バスルームに戻って洗い落としたが、唇の上には赤い筋ができていた。「年はとりたくないわ」アガサは鏡に向かって叫んだ。

寝室に戻ると、憂鬱な気分で白いサテンのブラウスと短い黒のベルベットのスカートを選んだ。さて、顔をどうしよう。メイクは軽めにするつもりだったが、その赤い線を隠すには、ファンデーションをこってり塗る必要がありそうだった。

ようやくジェームズの車に乗りこんだとき、彼は何も言わずにちらっと見ただけだったが、批判的なのが感じとれた。事情を説明するべきだったが、ひげを剃る年齢になったことはどうしても告白できなかった。

実を言うと、ジェームズはアガサが厚化粧をしているのは反抗のしるしだと受け止めていた。来週から、抗癌剤治療が始まることになっている。髪の毛が抜けるだろうから、アガサに話さないわけにはいかないだろう。その晩、やさしくて同情的で女らしいアガサに告白するつもりだった。しかし、アガサがこれまでやさしかったり女らしかったりしたことなど一度もなかったじゃないか、とジェームズは苦々しく思った。

というわけで、オックスフォードへの道中も、ディナーのあいだも、ジェームズは第二次世界大戦のノルマンディー上陸作戦をテーマにした新しい本の計画についてしゃべっていた。その題材はすでにあちこちで書かれているんじゃないかしら、とアガサは意見を言ったとたん、まずいことを口にしてしまったと悔やんだ。ジェームズは怒りの壁を張り巡らしているかのようで、アガサにはなす術がなかった。

「話し合うべきことを話し合った方がいいわ」いきなり、アガサがジェームズの歴史の講釈をさえぎった。「チャールズはただの友だちだって断言できる。わたしたちのあいだには何もない。あなたとメリッサはどうなの？　だいたいどうして彼女を飲みに誘ったのよ？」

立ちいった会話になると、常にジェームズは嫌悪と警戒の表情を浮かべるが、それがまた彼の顔をよぎった。「言っただろう、たまたまパブで会ったって。それに、あのあとチャールズがきみといっしょにいるのを知って……だから……またこの話を蒸し返さなくちゃならないのかい？」

「ええ、そうよ。彼女と寝たの？」

「いいや」彼はその表現が嫌いだった。メリッサとしたことは「寝た」と表現できそうな行為ではなかった。

「言葉どおりに受け止めていいのね？」

「わたしはチャールズについてのきみの説明を信じなくてはならないんだから、きみもメリッサについてのわたしの言葉を信じてくれないとね。さもなければ話を続けても無意味だ」いきなりジェームズはアガサににっこり笑いかけた。「くだらないけんかのことはもう忘れようよ」

その微笑を目にするとアガサは心がとろけた。「仕事のことだけど、ライブは来週なの。そのあとはまた暇な主婦に戻るわ」

「よかった」彼女に癌のことを話さなくては。明日には言おう。

その晩、二人は愛を交わした。ジェームズはピロートークが得意ではなかったが、アガサは挑戦してみた。「ねえ、それぞれがコテージを持っていたら便利だと思っていたけど、今はあまり賢明じゃない気がするの。コテージを売って、どこかにもっと大きな家を買ったらどうかしらね？」

ジェームズは常にアガサがそばにいることを考えた。料理が下手で煙草を吸うアガサが。彼はいびきをかくふりをした。

アガサは片肘をついて体を起こすと、月光に照らされた眠っているらしいジェームズの顔をのぞきこんだ。それから、ため息をついて仰向けになると、枕に頭をのせた。ジェームズ式の結婚生活で妥協するしかないのかもしれない。どうやらジェームズは別々に暮らして、デートをしたがっているようだ。ともかく結婚生活がうまくいくようにしなくては。そう、彼のやり方で試してみてもいいかもしれない。

それから二日間は穏やかに過ぎた。ジェームズはコンピューターに向かい、アガサはPRの仕事をした。夜はディナーをいっしょにとり、ベッドに入って愛を交わした。わたしは結婚という難問を解決したんだわ、とアガサは高揚した気分で思った。

三日目、洗濯物を自分の洗濯機で洗い、庭を点検するために自分のコテージに戻った。最初の汚れ物を洗濯機に放りこんだとき、ドアベルが鳴った。チャールズだったら帰ってと言わなくては、と落ち着かない気持ちで考えた。しかし、ドアを開けると、友人のビル・ウォン部長刑事が立っていた。ビルは二十代の青年で、中国人の父親から受け継いだ東洋風の顔立ちをしている。ふだんは小太りなのに、今日は贅肉《ぜいにく》が落ちてひきしまった体つきをしていたので、アガサはキッチンに通すなり言った。「新しい恋をしているんでしょ」

「どうしてわかったんですか？」

「贅肉が落ちたから。あなたがスリムになるときは恋をしているのよ。お相手は誰なの？」

「店員です。ミランダのブティックで働いている女性」

その店なら行ったことがあるわ、とアガサは思った。愛想のない赤毛の店員が応対してくれたっけ。「赤毛の人じゃないわよね？」

「その人です。ぼくのメアリーは」

「あなたよりかなり年上でしょ」

「少しだけですよ。ぼくは大人の女性が好きなんです。で、結婚生活はどうですか？」

「順調よ。いくつかぎくしゃくした問題があったけど、うまく解決できたわ。おもしろい殺人事件はないの？」

「ありがたいことに平穏です。いつものドラッグの手入れと車泥棒と空き巣ぐらいで。どうしてこのコテージをそのままにしているんですか?」

「現代的な結婚だからよ。自分だけの空間が必要なの」

「あなたたちなら大きな家を買えるし、そうしたら空間もたっぷりできますよ」

アガサは悔しそうに唇を噛んだ。大きな家を買おうと思い切ってもう一度提案してみたのだが、ジェームズはこうつぶやいて先延ばしにした。「そうだね。考えてみるよ」

「でも、このままで幸せなのよ」

ドアベルがまた鳴った。「今度は誰かしら?」アガサがドアを開けると、目の前にはメリッサ・シェパードが立っていた。アガサは相手の鼻先でぴしゃりとドアを閉めたが、メリッサは叫んだ。「話があるの。かわいそうなジェームズのことで」

アガサはためらってから、そっけなく言った。「入ってちょうだい」先に立ってキッチンに行くと、メリッサをビルに紹介してから、こう告げた。「二人だけで話し合いたいんだけど、ビル」

「わかりました。また電話しますよ。そのうちランチをしましょう」

アガサはビルを見送ってから、しぶしぶキッチンに引き返した。

メリッサはぴったりしたチューブトップを着ていて、日に焼けたおなかがあらわになっている。スカートは短く、こんがり焼けた素足にはハイヒールサンダル。

「何なの?」アガサは切り口上にたずねた。

「あなたにどうしても会いたかったの。気の毒なジェームズの治療がどんな様子かと気になって。わたしには話してくれようとしないのよ」

アガサはのろのろとすわった。その瞬間、自分の一部が天井に漂っていき、コテージのキッチンのテーブルで向かい合っている二人の女性を見下ろしているような気がした。

「何の治療?」その声はざらつき、しゃがれて聞こえた。

「もちろん癌の治療よ」

「ああ、そのこと」アガサは言ったが、心臓が早鐘のように打ち、耳の奥で血がゴウゴウ流れる音が聞こえた。「順調そのものよ」

「よかった。結婚して早々にこんなことがあって、さぞショックだったでしょうね」

「わたしはショックには慣れているから。もう帰っていただけない?」

メリッサは立ち上がった。「お友だちになりましょうよ、アガサ。わたしたちには共通点がたくさんあるから」

アガサは日に焼けたメリッサの狡猾そうな顔を見上げて言った。

「言っとくけど、わたしたちには共通点なんてこれっぽっちもないわ。さっさとわたしのキッチンから出ていって、二度と戻ってこないで。それからジェームズには近づかないでちょうだい！」

「ジェームズがわたしから離れていられるならね」メリッサは小馬鹿にしたように応じて、そのまま立っていたが、アガサは肩を怒らせたまま、ぴくりとも動かずすわっていた。

メリッサは首をすくめて出ていった。玄関のドアが閉まる音がした。

ジェームズ。癌。ジェームズ。癌。何度も何度もその言葉を反芻《はんすう》した。しかも、わたしには話してくれなかった。メリッサには話したのに。

ドアベルがまた鳴った。ロボットのように立ち上がってドアを開けに行った。

「おやおや」サー・チャールズ・フレイスだった。「シーツみたいに顔が真っ白だよ」

「恐ろしいことが起きたの。入ってちょうだい」

「ジェームズのこと？」

アガサはぼんやりうなずいた。

キッチンでチャールズはアガサを椅子にすわらせると、ブランデーを入れたゴブレットを持ってきた。「これを飲んで」

「わけがわからないの」アガサは泣きだし、体を震わせてしゃくりあげた。

チャールズはアガサの手を握り、落ち着くまで辛抱強く待っていた。

「話してみて、アギー」

アガサはつかえつかえ話をして、最後にすすり泣きながら、「彼女には打ち明けたのよ。わたしには言わなかった」としめくくった。

「重要なのは、ジェームズが癌だということだ。彼にとっては大変なショックだっただろう。人はショックのせいで妙な行動をとるものだ。あまり親密ではない相手に打ち明ける方が楽だったんだろう。あなたに話したら、この恐怖が現実になってしまうと感じたのかもしれない」

「殺してやる。あのろくでなしを殺してやる」

「すでに死に近づいているんだぞ。どういう癌なんだ？」

「知らないの！　ああ、どうしましょう、肺癌だったら、わたしが煙草を吸ったせいだと非難されるわ！」

「アギー、そんなの馬鹿げてるよ。さっさと隣に行ってくるといい。メリッサからその知らせを聞いたのは腹立たしいにちがいないが、彼は癌なんだ。だから、嫉妬や怒りはひっこめてもいいんじゃないかな。ねえ、わたしはここで待っているよ。一時間して戻ってこなかったら帰る。だけど、わたしが必要になるかもしれないから、ここで待っていよう。行っておいで」

「メイクをしてくるわ」

「メイクをしてる場合じゃないだろう。早く行って!」

ジェームズは地元の店にいた。手を伸ばしてコーヒーのパックをとった。

「お元気かしら、ダーリン?」甘ったるい声がした。

振り返ると、メリッサが目の前にいた。彼は険しい顔つきになった。

「わたしのことは放っておいてくれ、メリッサ。言っただろ、あれはまちがいだったって。今は結婚生活を続けていきたいんだ」

「あなたの病気のことで、アガサはとても動揺しているようだったわ」

ジェームズは困惑してメリッサをまじまじと見つめた。コーヒーのパックが店の床に落ちた。

「彼女に話したのか!」

「あなたはわたしと口をきいてくれないし、とっても心配だったから、治療がどんな具合なのかアガサに訊きに行ったのよ」

「なんて馬鹿な女だ」ジェームズは叫んだ。「殺してやる、絞め殺してやる。その悪意のこもった噂好きの口をふさいでやる」

店内の客たちがそれを耳にして、ショックのあまり黙りこむのが手にとるようにわかった。

メリッサは気まずそうに小さく笑った。「彼女に話してなかったのね。そうなんでしょ？」

ジェームズは店から出ていった。ライラック・レーンに曲がると、最初に目に入ったのはアガサの家の外に停まっているチャールズのＢＭＷだった。

「彼は家にいなかったわ」アガサは戻ってくるとしょげながらチャールズに報告した。「それに、今日はライブの日なの。急いでミルセスターに行かなくちゃ。こんな状態で乗り切れるかどうかわからないけど」

「がんばろう。わたしが送っていくよ。あなたは運転できる状態じゃないからね」

アガサは重い足どりで二階に行き、メイクをしてチャコールグレーのビジネススーツにストライプのコットンのブラウスをあわせた。どうしたらいいのかわからなかった。チャールズとはもう会わないと約束したのだ。でも、ジェームズが癌だと知らされたことにすっかり動揺していた。

ミルセスターでのライブに送っていく途中、いきなりチャールズが言いだした。

「ねえ、アギー、ジェームズは変わり者だけど、いい人間だよ。メリッサに癌について話したということは、どうか忘れてほしいな。彼が抗癌剤治療を乗り切れるように助けてあげてほしい。彼を愛しているなら、できるはずだ。ねえ、アギー？」

しかし、アガサは通り過ぎていく風景にぼんやり目をやっているだけで、返事をしなかった。

ライブが開催される大テントに着くと、アガサは仕事にとりかかり、マスコミ連中やレコード会社の役員たちと話をした。バンドにはすでにレコード会社がついていたが、それはアガサの意見では当然すぎることだった。

お天気がもったので、野外ライブにはうってつけの夜だった。アガサは〈デリー・シューーズ〉にチケット代はできるだけ安くするようにと頼んでおいた。ミッドランズ・テレビがカメラをすえつけていたので、できるだけ多くの観客を集めたかったからだ。

前列にすわり、ライブが始まると、とてつもなく惨めな気持ちがこみあげてきた。

ステッピング・アウトは新しいハイキングの曲でライブをしめくくった。快活で小粋な曲だった。「やったね」チャールズが低い声でささやいたが、アガサは石のようにじっとすわっていた。

グループは何曲もアンコール曲を演奏した。それから〈デリー・シューズ〉のピアシー社長が登壇してマイクを握った。新しいブーツのすばらしい点についてあれこれ宣伝してから、こう言った。「みなさんがライブを大いに楽しんでくれてうれしく思っています。「今夜のライブを企画してくれたミセス・アガサ・レーズンに心から感謝したいと思います。アガサ、こちらに来てください」

チャールズはアガサを突いた。夢遊病者のようにアガサはステージの脇の階段を上がっていった。

「短いスピーチをお願いします」ピアシー社長がささやいた。

アガサは呆然《ぼうぜん》としながら集まった聴衆を見回した。それからマイクの位置を直した。

しかし、口を開く前に、会場の後方で叫び声がした。

「警察だ！　そこを通してくれ」

アガサは目の上に手をかざして会場を眺めた。警官や刑事たちが中央の通路を進んでくる。

い。

「これも演《だ》し物のひとつなんですか？」ピアシー社長がたずねた。

アガサは世界の終わりを覚悟した。ジェームズが死んだと知らせに来たにちがいない。

ミルセスター警察のウィルクス警部がアガサに近づいてくると、肘をつかんだ。

「いっしょに来てください、ミセス・レーズン」

アガサは警部のあとから階段を下り、静まり返った聴衆のあいだを抜けて外に出ていった。

「何があったんですか？」とたずねたとき、チャールズがかたわらに現れたのに気づいた。

「カースリーまでいっしょに来ていただければご説明します、ミセス・レーズン」

「もったいぶらないでくれ」チャールズが叫んだ。「ジェームズが死んだのか？」

「わかりません」ウィルクスは言った。「行方不明になっていて、争った形跡があるんです」

家までのこのときの道中をアガサは絶対に忘れないだろう。おぞましい悪夢の中にいるような気がした。たいして信じていない神に、思いつく限りの約束をし、取引をし、どうかジェームズがまだ生きていますようにと祈った。

全員でアガサのコテージに行った。ジェームズのコテージは立ち入り禁止のテープが張られ、犯罪現場チームが白いオーバーオール姿で忙しく作業中だったからだ。

「ご説明しましょう」ウィルクス警部が口を開いた。「ミセス・メリッサ・シェパードという女性がミスター・レイシーのコテージを通りかかると、ドアが開いていた。通り過ぎようとしたが、玄関の階段に黒っぽい染みが見えた。それを調べに行って触ってみると、血だということがわかった。中をのぞくと、家具がひっくり返っていた。それで通報してきたんです。ミスター・レイシーの車はなくなっていた。近辺を彼の姿がないか捜索しているところです。聞き込みをしたところ、あなたは彼を殺してやる、と脅していたそうですね、ミセス・レーズン。さらに、最近結婚したあとも、以前結婚していた夫の苗字を使いたがり、別々のコテージで暮らしていた。ミセス・シェパードによると、ミスター・レイシーは脳腫瘍の治療を受ける予定で、それを彼女には話したが、あなたには言っていなかった。まちがいありませんか?」

「殺してやると言ったのは、ミセス・シェパードとの関係を嫉妬したからです。でも、ジェームズは彼女とは寝ていないと断言しました。彼は嘘をつきません。わたしたち、仲直りしたんです」

「きわめて率直なミセス・シェパードは、あなたたちが結婚してから二度ミスター・レイシーと性的な関係を持ったと証言していますが」

「そんなの嘘です」抑揚のない声で言った。

「今日の行動についてお訊きしなくてはなりません」

アガサは別の誰かが質問に答えているような気がした。今日一日の行動を説明し、チャールズは午後から夜までずっとアガサといっしょにいたと証言した。しかもアガサは夜じゅう、マスコミとテレビに姿を見られていた。

「なんらかの争いがあったように思われます。血がミスター・レイシーのものなのか、襲撃者のものなのかはまだ確定していません。あなたの指紋と血液サンプルが必要なのですが、ミセス・レーズン。それからあなたもです、サー・チャールズ。ミスター・レイシーは村の店でミセス・シェパードを脅しつけていたそうです。彼女を絞め殺してやる、と言うのをみんなが聞いていたようです」

わたしはジェームズのことを本当に知っていたのかしら？　とアガサは思った。あの人はメリッサと恋に落ちていたの？

「ミセス・レーズンをなんらかの罪に問うつもりですか？」チャールズがたずねた。

「いいえ、今のところは」

「今のところは、か」チャールズが嘲《あざけ》るように言い返した。「彼女には完璧なアリバイがあるんですよ。数百人の人々に目撃されていましたから。ねえ、ショックで倒れそうだってことがわかりませんか？　彼女はどこにも行きませんよ。もうおひきとりください」

しかし、アガサとチャールズは血液と指紋をとられ、翌朝警察署に出頭することを約束するまで解放されなかった。

「もう帰った方がいいわ、チャールズ」アガサは言った。

「本当に？　何か馬鹿なことをするつもりじゃないよね？」

アガサは首を振った。そこへ牧師の妻がやって来なかったら、チャールズは泊まっていくと言い張っただろう。

「お気の毒に」ミセス・ブロクスビーは言った。

「信じられないわ。癌なのに、わたしにひとことも言ってくれなかったなんて」

「そのことで、わたしに相談しに来たのよ」

「そうでしょうとも。彼はたぶん世間じゅうに病気を言いふらしていたのよ！」

「あなたに話すと、それが現実になりそうだから打ち明けたくないんだって言ってたわ」

アガサは両手で頭を抱えた。「これからどうしたらいいの？」

「彼は車でどこかに行ったみたいね。つまり、それほどひどい怪我をしていないってことよ。コテージの血は彼のものじゃないのかもしれない」

「誰が彼を襲うっていうの？　ジェームズには敵なんていなかったわ」

「残念だけど、警察はあなたに注目しているみたいよ」

「どうしてわたしに？」

「彼を脅しているところを聞かれたでしょ」

「メリッサはどうなの？　ああ、あの女、わたしたちが結婚してからジェームズと二度寝たって言っているのよ。よくもジェームズはそんな真似ができたわね？」

「癌に対する恐怖でおかしな行動に走ったんじゃないかと思うわ。一泊用のバッグを持ってきたの。今夜はここに泊まるわね」

「だけど、彼を捜しに行かなくちゃ！」

「ねえ、落ち着いて。あなたにできることは何もないのよ。警察があらゆる場所を捜しているわ。自分で運転していったんだから、生きているわよ」

ミセス・ブロクスビーに付き添われ、アガサはおとなしく二階に行った。ミセス・ブロクスビーはお風呂に湯をため、アガサがバスルームから出てくるまでベッドにすわって待っていた。

「さあ、ベッドにお入りなさいな。わたしは隣の部屋にいるわ。何か用があったら呼んでね」

アガサは上掛けをぎゅっとつかみ、恐怖に苛《さいな》まれながら長いあいだ眠れなかった。自分を責めていた。もっといい妻でいたら、ジェームズは癌のことを打ち明けてくれただろう。ジェームズはやっぱり嘘をついていたのだ、メリッサと関係を持っていたことで。メリッサが警察に嘘を言う理由がない。それにアガサがもっとやさしくしていたら、ジェームズはメリッサに慰めを求めなかっただろう。二度と眠れないかもしれないと思ったとき、悪夢に落ちていった。彼女はジェームズを探して、寝間着姿で小道や森をさまよっていた。

次に気づいたときは、ミセス・ブロクスビーに肩を揺すぶられていた。

「警察がまた来てるわ、ミセス・レーズン。あなたにどうしても会いたいって。ジェームズの車が見つかったの」

アガサはベッドからどうにか出ると寝間着を脱ぎ捨て、あわただしく服を身につけた。「それでジェームズは？　彼は見つかったの？」

「まだ行方がわからないみたいね」

アガサは階下に行った。ウィルクスがビル・ウォンと女性巡査といっしょに来ていた。

「彼の車を見つけたんですね」アガサは言った。「どこで？」

「森の中です。A44号線に出る手前あたりの」ビルが言った。

「車内に何か手がかりがあったんですか？」

「血の染みが見つかっただけです」ウィルクスが答えたので、アガサは失望の声をもらした。「まちがいなく彼は怪我をしているようです」

「車を見せてもらえますか？」

「いいえ、鑑識が運んでいきました。彼を襲撃する理由がありそうな人間を誰かご存じですか？」

「今のところは誰も。さんざん考えていたんですけど」

「ミルセスター警察署までご同行いただき、供述をしていただいた方がよさそうです」

「ちょっと夫に電話してきます」ミセス・ブロクスビーが言った。「わたしも彼女といっしょに行きますから」

ジェームズのコテージを車で通り過ぎると、白いオーバーオール姿の人々が指紋をとり、あちこち調べているのが見えた。アガサは無力感がこみあげてきた。警察署に着くと、従順な子どものようにあらゆる質問に答えた。ミセス・ブロクスビーは隣にすわって、アガサの手を握っていた。

アガサは自分の話がどんなに奇妙に聞こえるか気づいているのかしら、と牧師の妻は思った。ええ、以前ジェームズと結婚しようとしましたが、夫のジミー・レーズンが生きているのか死んでいるのかわからないことを伝えるのを忘れてしまったんです。ええ、ジミーが現れて、結婚式は中止になりました。ええ、ジミーはそのあとすぐに殺害されました。ええ、わたしとジェームズとの関係は結婚してからあまりよくありませんでした。いいえ、彼が癌を患っていたことは知りませんでした。呆然としてショックを受けていても、アガサはジェームズの病気をメリッサから教えられたことを認めるつもりがなかった。

ミセス・ブロクスビーはライブの録画が調べられ、アガサのアリバイを証明するために観客たちの事情聴取がおこなわれるだろうと推測した。ジェームズがいつ襲われたのか、血の染みからわかるのかしら？　村人たちはよくライラック・レーンで犬を散歩させている。襲撃が昼間だったら、きっと誰かが何か見るか聞くかしていたはずよ。メリッサの方がアガサよりも疑わしい。彼女は愛人だったんだから。村の人たちはメリッサのことを本当に知っていたのかしら？　彼女は最近になって越してきた。あんな小さな村で不倫をするとは、よほどジェームズにお熱だったにちがいない。

質問は延々と続いた。アガサはひどいショックを受けているわ、とミセス・ブロクスビーははらはらした。警察もそれを察して手加減してくれればいいのに。

とうとうアガサが供述書にサインして、取り調べは終わった。国外に出ないように、今後の取り調べにすぐに出頭できるようにしておくように、と釘を刺された。

二人が警察署を出ると、チャールズが待っていた。

「わたしもさんざん油を絞られたところだよ」チャールズは楽しげに言った。「ランチでもどうかな？」

「わたしは戻らなくてはならないわ」ミセス・ブロクスビーが言った。「アルフがどうしたのかと心配しているでしょうから」

「かまいませんよ」チャールズは言った。「わたしがアガサを送っていきます。二人で話すこともありますし」

ミセス・ブロクスビーは心配そうだった。彼女はチャールズを脇に引っ張っていった。「とっても慎重にね」彼女はささやいた。「ミセス・レーズンはかなり動揺しているみたいだから」「彼女の扱いには慣れています」チャールズに腕をとられ、アガサは広場を突っ切ってミルセスターの街中に入っていった。

「最後に食事をしたのはいつ？」チャールズがたずねた。

「覚えてないわ。ライブのあとで遅い夕食をとるつもりだったの」彼女は不安そうに彼の腕を引っ張った。「そうだ、ライブ！　新聞を買ってこなくちゃ」

「ライブのことは気にしないでいいよ。もっと重要なことを話し合わなくてはならないんだから」チャールズは〈パムズ・パントリー〉という店にアガサを引っ張りこんだ。「きっと食べ物はおいしいよ」

二人は隅のテーブルにすわった。「わたしが何か注文してくるよ」チャールズが言った。メニューはさまざまな軽食だった。彼はクラブサンドウィッチふたつとミネラルウォーターを頼んだ。

「ねえ、アギー。いったい何が起きたんだ？」

「わからないの。ずっと頭をひねっているんだけど。もっといい妻だったら、ジェームズはいろいろ話してくれたにちがいない。癌になったことすら、わたしには話してくれなかったのよ」

「遠ざかるほど思いが募るって言うだろ」チャールズはズバッと切り捨てた。「くよくよするのはやめるんだ。ありとあらゆることで自分を責めても、何も得るものはないよ。問題はジェームズが堅物のいやなやつだってことだ。そのせいで結婚生活で問題が起きているんだよ。あなたが腹を立てることができたら突破口が開けたかもしれない。警察でジェームズとメリッサの不倫を知っていたかと訊かれたよ。本当にメリッサと関係を持っていたのかい？」

「わたしたちが結婚してから二度ジェームズと寝たって、メリッサは言ってるらしいわ。ジェームズに彼女と寝たのって訊いたときは、きっぱり否定されたけど」

「じゃあ、彼は姦通者《かんつう》で嘘つきだ。これまでジェームズといっしょに殺人事件を調べただろう？　過去に思い当たる人間はいないかい？」

「そのことも考えてみたの。全員がまだ刑務所に入っているか死んでいるかなのよ」

「じゃあ親戚は？　友人たちは？」

「可能性はあるわね」

「ほら、あなたのサンドウィッチだ。食べて」

「喉を通らないわ」

「ジェームズを助けるために何かするつもりなんだろう？　非現実的な世界にどっぷり浸かり、すべて自分が悪いんだってくよくよしているつもりなのか？」

「チャールズったら！」

「ねえ、気持ちを切り替えて。そんなに悩んでいると、しわくちゃの顔になるよ」

アガサはチャールズをにらみつけた。「夫が行方不明になっていて、もしかしたら死んでいるかもしれないのよ。なのに、あなたはわたしを侮辱するつもり？」

「そのために友人がいるんだろ」

アガサはサンドウィッチを食べながら、チャールズのことをどう思っているか歯に衣着せずに言ってやった。

チャールズはそれに愛想よく耳を傾けてから、アガサが食べ終えたのを見て勘定書きを頼んだ。「そろそろ戻った方がよさそうだ。新しいことがわかったかもしれない」


ジェームズ・レイシーはドーセット州ブリッジポートの水辺をよろめきながら歩いていた。夜が近づいていた。頭が割れるように痛み、どうしてここにいるのかもわからない。ただ、何日もさまよっているような気がした。

ふいにヨット用のキャップをかぶった小柄でずんぐりした女性が目の前に現れた。

「あらまあ、ジェームズじゃないの、ジェームズ・レイシー！　ひどいありさまね」

　ぼうっとした頭でもなぜか彼女の名前がわかった。「ハリエット」

「ちょうどフランスに出航しようとしていたところ。タビーはもうヨットに乗っているわ。その頭、どうしたの？　乾いた血が髪の毛にこびりついているわよ。何があったの？」

「バーでけんかして」ジェームズは振り下ろされるハンマーが家具をたたき割った光景を脳裏から消そうとした。「大丈夫だよ」

　最近自分の身に起きたぞっとするできごとの記憶が、奔流のように甦《よみがえ》りそうになった。そのとたん、南フランスのアグドで一度訪ねたことのある修道院のことが頭に浮かんだ。俗世間から隔絶された平穏と修道院に射しこむ日の光。ふいに、そこに行けば自分は安全だという気がした。

「フランスに連れていってもらえるかな？」

「お医者さんに行って、その頭を診てもらった方がいいと思うけど」

「ちょっと血が出ただけだよ。見かけほどたいしたことはないんだ。実は逃げだしたいんだ、ハリエット」

「パスポートは持っているの？」

ジェームズはジャケットの内ポケットを探った。「ああ、持っている」少し驚いたように言った。どうしてパスポートを持っているのか思い出そうとしたが、できなかった。

「荷物は？」

「荷物はない。まえもって送ったんだ」とっさに嘘をついた。

「その服でずっと寝ていたみたいに見えるわ。あなたがちゃんとした紳士だと知っていたからよかったものの、さもなければ警察から逃げている犯罪者かと思ったところよ」

「逃げているのは警察からじゃないんだ」ジェームズは言った。ハリエットは興味深げにジェームズを見上げたが、小さく肩をすくめた。

「じゃあ、いっしょにいらっしゃい。出航する準備はほぼできているわ」

3

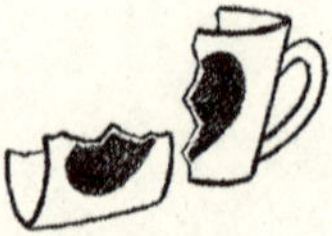

ジェームズが行方不明になってから三週間がたった。アガサは警察に抗議をした。さまざまな通信手段のある昨今なら、誰かしらがどこかで彼を見かけているにちがいない。ジェームズは服も持っていかなかったが、パスポートはなくなっていた。どこかで服を買わなくてはならず、お金を引き出さねばならないだろう。彼を追跡する手段はあるはずだ。

　しかし何も手がかりはなかった。

コテージと車内の血はジェームズのものだと確定した。鑑識チームがていねいに集めた髪の毛や繊維やその他の証拠品についてはまだ結果を待っているところだ、とビルは教えてくれた。しかし、最近、科捜研は超多忙らしい。

　いちばん身近な人間による犯行を疑ったのは警察だけではなかった。アガサが地元のパブや村の店に一歩入るたび、そういう視線を感じた。

日ごとにアガサは気がふさいでいった。ベッドから出る気力すらなく、出たとしても着古した部屋着で家の中をうろついているだけだった。ときどき、田舎を歩き回ってジェームズを捜すべきだという、えぐられるような胸の痛みを感じることがあった。だが、警察が全力をあげてジェームズを捜していることを思い出し、いたたまれない気持ちになった。

ジェームズの親戚たちは電話をかけてこなくなった。妹やおばたち全員が、アガサと結婚しなければ、こんな心配をかける不名誉なできごとは起きなかった、とほのめかしているように感じられた。ついにアガサは電話のプラグを壁から抜いた。

三週目の終わりに、アガサはしぶしぶドアベルに応えた。

「ずっと電話をかけていたのよ」牧師の妻が穏やかな顔からほつれた灰色の髪をかきあげながら言った。「でも、つながらなくて。どこかに行ったのかと思ったわ」

「どうぞ。コーヒーでいいかしら?」

「お茶をお願い」

キッチンでミセス・ブロクスビーは心配そうにアガサを見た。「ジェームズのコテージを片づける時間があるかしらと思って寄ったんだけど」

「その気力がないわ」アガサはだるそうに答えた。

アガサはミセス・ブロクスビーの前にお茶のマグカップを置いた。ミセス・ブロクスビーはカップをとりあげてから、飲まずに下に置いた。

「ねえ、ミセス・レーズン、何か行動を起こさなければ病気になってしまうわよ。わたし、本気でそう思っているの」

「警察ができないことで、わたしにできることなんてある？」

「これまでは自分で調べずにいられなかったでしょ。ねえ、隣のコテージを片づけるお手伝いをするわ。あなたはジェームズの書類を調べてみたら――ええ、警察が捜索したのは知っているけど、見落としたものが何かあるかもしれないわ」

「そんなことをしてもあまり意味があるとは思えないわ」アガサは煙草に火をつけた。

「あなたが投げやりになっていることこそ、意味があるとは思えないわ。ジェームズは死んだんだと世間に思われるわよ」

「わたしが投げやりになっているって、どういうこと？」アガサはたずねた。

「はっきり言わせてもらうわね。目の下に隈があるし、唇の上にひげが生えているし、脚も毛むくじゃらよ」

アガサのクマのような目に楽しげな光がよぎった。

「ウーマンリブよ。女性は男性のために毛を剃るの」

「わたしは毛が生えてくるとチクチクしてくすぐったいから剃るわ」ミセス・ブロクスビーは言った。「お友だちのチャールズがそばにいて力になってくれているのかと思ったのに」

「努力してくれたけど、彼に会いたい気分じゃなかったの」

「ミセス・レーズン、隣に行くの、行かないの？　わたしは丸一日暇なわけじゃない。この教区には、わたしの助けを求めている人たちが他にもいるのよ！」

アガサは驚いて目をぱちくりした。こんなに厳しい口調でこの友人に何か言われたことはなかった。

「わかった。鍵をとってくるわ」

「まず、身繕いをしてきてね、いい子だから」

アガサは二階に上がっていった。本当に久しぶりに寝室の姿見で自分の姿を見た。だらしのない格好の老けた女がこちらを見つめているので、啞然となった。

階下でミセス・ブロクスビーは辛抱強く待っていた。時間がかかっているから、ミセス・レーズンは身だしなみを整えているにちがいない。アガサの外見の劣化に、ミセス・ブロクスビーはショックを受けていた。

ようやくアガサはシャツブラウスとスカートというこぎれいな服装に着替え、毛を剃った脚にパンティストッキングをはいて現れた。軽くメイクした顔はなめらかだった。「お待たせ」彼女はぶっきらぼうに言った。「さ、行きましょ」

「まだジェームズのコテージには行っていないの？」

「数えるほどしか」アガサは彼の枕に顔を押しつけて嗚咽《おえつ》した夜や、彼のお気に入りの古いセーターに顔を埋めて過ごした昼のことを思い返した。「ただ、わざわざ片づけるためには行けなかったの。それに捜査を終えたあと、警察がかなりきちんと片づけてくれていたし」

二人は日差しの中に出ていった。世の中がいつもと同じに見えるのは本当に奇妙だわ、とアガサは思った。子どもの絵みたいな、ふわふわした雲が真っ青な空に浮かんでいる。咲きはじめたバラが生け垣に顔をのぞかせ、空気は甘くさわやかだった。

アガサはジェームズのコテージのドアの鍵を開けた。ミセス・ブロクスビーは一歩さがって、屋根を見上げた。「茅葺《かやぶ》きは葺き替えが必要ね。茅葺き職人は紹介できるけど、彼が戻ってくるまで待っていた方がいいかもしれないわね。お金のかかる修理だから」

アガサが先に立って室内に入っていった。「カーテンと窓を開けるわ」

たちまち日差しが部屋に降り注いだ。ミセス・ブロクスビーは室内を見回した。家具にはうっすらほこりがたまり、じゅうたんにはまだ血の染みがついている。

「あなたは彼の書類を調べたらどうかしら。わたしは掃除をするわ」

アガサはジェームズが請求書や手紙をしまっている部屋の隅の古いロールトップデスクのところに行った。警察は捜査のためにいったんすべての書類を持っていったが、返された書類がビニール袋に入れられてデスクの上に置いてある。行動を起こしたことで、アガサの全身に多少ともエネルギーがわきあがった。

背後から、ミセス・ブロクスビーがキッチンから必要な掃除道具を運んできて、さっそく仕事にとりかかっている物音が聞こえてくる。

アガサはすべて支払われているかどうかを確認するために、請求書の束に目を通していった。それから入ってきたときにドアマットに落ちていた郵便物の山を調べはじめた。新しい請求書。電気、ガス、水道。ジャンクメール。一通の手紙には大きな筆記体でジェームズの名前が記されていた。ジェームズのシルバーのレターオープナーで封を開けた。

先週の金曜の日付だった。「いとしいジェームズ」アガサは読んだ。「わたしたち、膝をつき合わせて、じっくり話し合う必要があると思います。そろそろあなたは戻ってくるんじゃない？　アガサに病気のことを言ったのは謝ります。でも、まだ彼女に話していないなんて、想像もしなかったんです。どうか会いに来てちょうだい。わたしたちはとても親密だったでしょ。あなたはわたしを抱いた。なのに、それっきり去っていって、もう会わないなんて言わせないわ。どうか電話をするか、訪ねてきてちょうだい、ダーリン。あなたのメリッサ」

手紙を読みながら、アガサの手はぶるぶる震えていた。途方もない怒りが全身を貫いた。ジェームズがいなくなってから、アガサは彼を神聖化し、態度では示してくれなかったが本当は愛情と思いやりのある人だと信じ、すべてのことで自分を手厳しく責めていた。しかも、これまでアガサが口にしてきたこととは裏腹に、ジェームズは絶対に自分を裏切らなかったという結論を出していた。あんなまっすぐで高潔な人がそんな真似をするわけがないと。しかし、この手紙。これが証拠。癌のことはもはや忘れていた。頭には彼が自分を裏切ったということしかなかった。ああ神さま、ジェームズを見つけて、思いの丈をぶつけてやらなくては気が済まない。癌のことでも嘘をついていたのかもしれない！　警察はイギリスじゅうの病院を調べたのに、彼を見つけることができなかったのだから。

「そちらは問題ない？」ミセス・ブロクスビーが叫んだ。

「ええ、もちろん」アガサはつぶやいた。「支払わなくてはならない請求書だけよ」

「そっちはあなたに任せるわ。わたしはこっちを掃除するから」ミセス・ブロクスビーは血の染みは自分がこすり落とした方がいいだろうと考えていた。

アガサはジェームズの小切手帳をとりだした。わたしが請求書の支払いをする理由はないわ。しかし、むろん彼の小切手にサインするわけにはいかなかった。二人は共同名義の口座を持っていなかったのだ。ろくでなし。ガスも水道も電気も止められるままにしておけばいいわ。

それでも自分のコテージに戻って、自分の小切手帳を持って戻ってきた。

「ジェームズはお金が必要だと思わない？」彼女は肩越しに叫んだ。「だから、彼が小切手を現金化するかクレジットカードを使うかするのを警察は監視しているはずよね」

「そうねえ」せっせと染みをこすっていたミセス・ブロクスビーの返事はそれだけだった。ジェームズがお金を必要としないなら、死んでいるにちがいない、と考えて悲しくなった。

アガサは小切手にサインを終えると、掃除をしてほこりを払っているミセス・ブロクスビーに合流した。

作業がすむと、二人はアガサのコテージに戻ってコーヒーを飲んだ。

「最近、メリッサをちらっとでも見かけた？」ミセス・ブロクスビーがたずねた。

アガサは顔を赤らめ、バッグの中に丸めた手紙があるのを強く意識しながら答えた。

「いいえ、それに会いたくないわ」

「たぶん、彼女はとてもうしろめたく感じているんだわ。ゆうべの婦人会にも出席しなかったのよ。これまで必ず出席していたのに。一週間以上、誰も彼女を見かけていないの。車はずっと外に停まっているけど」

「電話してみたら？」

「してみたけど、誰も出ないのよ」

あなたが帰ったらさっそく行ってみるわ、とアガサは怒りをこらえながら思った。

電話が鳴った。アガサは一瞬ぎくりとしてから、ジェームズのコテージを掃除しに行く前にプラグを差したことを思い出した。再び世間とつながりを持つ姿勢を示そうとしたのだ。

「出てちょうだい。わたしは失礼するわ」牧師の妻は言った。

ミセス・ブロクスビーが手を振って帰っていくと、アガサは受話器をとった。

「やあ、アギー」チャールズの声だった。「どんな調子だい？　何度も電話したんだなところ」

「わたしは大丈夫。まだ打ちひしがれているし、ショックを受けているけどね、正直が」

「ニュースは？」

「何も」アガサはあの手紙のことが頭に浮かび、誰かに話したいという気持ちを抑えきれなくなった。ときどきミセス・ブロクスビーはあまりにも善良すぎると感じることがある。手紙を見せてもメリッサに同情しかねないし、それにはとうてい耐えられそうもない。

「実はひとつだけ」アガサは言った。「ジェームズのコテージを片づけに行ったら、メリッサからの手紙がドアマットに落ちてたの。先週配達されたものよ。やっぱり、あの二人、不倫してたの」

「そのことはとっくに受け入れたんだと思っていた」

「いいえ、受け入れてなんかいない！」アガサはわめいた。

「気をつけてくれ。鼓膜が破れそうだ。たしか、あなたは言ってたよ——」

「自分が言ったことはわかってる。だけど、ジェームズが彼女と寝ていないって言ったから、それを信じたの。お人好しにもほどがあるわよね。絶対に彼を見つけてやる」

「それでこそ、わたしの知っているアガサだ。退屈しているから、三十分ぐらいでそっちに行くよ」

「でも――」アガサはメリッサの家へ怒鳴りこみたくてうずうずしていたので、あとにして、とチャールズに言おうとしたが、すでに電話は切れていた。彼を待っていた方がよさそうね。

コテージのドアが開いていたので、チャールズはそのまま中に入っていった。アガサは裏庭にいて、猫たちと遊んでいる。

「ああ、あなただったの」アガサは立ち上がり、スカートから芝草を払った。

「それほどげっそりして見えないな」チャールズは彼女をぶしつけにじろじろ見た。「意気消沈しているんじゃないかと心配していたんだ。で、どこから始める？　ジェームズの家族？」

アガサは身震いした。「ジェームズの家族はもうたくさん。おばさんたちも妹さんも、わたしと結婚しなければジェームズは無事だったと言わんばかりなの」

「じゃあ、メリッサはどう？」

「どうって、何が？」アガサはつっかかった。

「プライドは捨てるべきだと思うよ。そして、彼女に会いに行こう。だって、ジェームズは彼女に癌だと言ったけど、あなたには言わなかった。他にも何かしゃべっているかもしれないよ」

「わたしはあなたが帰るのを待って彼女のところに乗り込み、思っていることをぶちまけてやろうかと思ってたの」

「だめだよ。そんなことをしても、何も聞きだせない。ねえ、ジェームズを見つけたいのか見つけたくないのか、どっちなんだ？」

「彼を見つけて、離婚を申し立てたいわ」

「それならけっこう。じゃあ、話を聞きに行こう」

「気が進まないわ」

「何もわからないよりもましだよ。さ、行こう、アギー。片をつけてしまおう」

アガサはチャールズといっしょに村を歩いていきながら、窓辺でカーテンが揺れ、好奇の視線が注がれるのを感じた。ジェームズじゃなくて犠牲者はわたしなのよ、と詮索《せんさく》屋たちに向かって心の中で叫んだ。裏切られて捨てられたんだから。だが、ジェームズの脳にできた腫瘍のことを思うと、心の中で悲嘆の声がもれた。

メリッサのコテージはアガサのコテージと同じように茅葺き屋根だった。アガサはささやかな前庭をろくに手入れしていなかったが、メリッサの庭にはピンクと黄色と赤いバラが咲き乱れ、白く塗られたフェンスには蔦《つた》をからませている。白いドアには真鍮《しんちゅう》のノッカー。ただし、アガサはノッカーが曇っていることに気づいた。妙ね。メリッサは優秀な主婦だということを鼻にかけていたはずなのに。

ノッカーをつかみ、思い切り打ちつけた。二人が待っているあいだ、村じゅうが息をひそめているような気がした。とても静かだった。走り過ぎる車も、吠えている犬も、畑を耕しているトラクターもまったくいない。

チャールズはアガサの脇を回りこむとドアノブを回し、そっと押した。ドアは勢いよく開いた。

「アガサ」チャールズが声をひそめた。「嫌な臭いがする」

「下水管?」アガサは言ったが、甘ったるい腐敗臭を嗅ぎつけたとたん、顔が蒼白になった。

「引き返して警察に電話するべきだと思う」チャールズが言った。

しかし、アガサはメリッサに対して新たな怒りがわきあがっていた。

「見てみましょう。たぶんどこかに出かけて、キッチンに残していった食べ物が腐っているのかもしれない。もしかしたら、あの女、ジェームズの居所を知っていて、合流したのかも……」

「アガサ、やめた方が……」

しかしアガサはコテージにずかずか入っていき、「メリッサ！」と叫んだ。

臭いはますます強烈になってきたが、アガサは怒りにまかせて足を運んだ。キッチンのドアを開けたとたん、立ちすくんだ。メリッサはキッチンのテーブルにうつぶせになっていた。死体の周囲でハエがブンブン飛び回っている。大きなハエ、おなか一杯になったハエ。チャールズが肩越しにのぞきこんだ。

「警察を呼ぶんだ、アギー」

「警察」乾いた唇からかすれた声がもれた。「突然死かもしれないわ」

「ハエの下の頭はつぶれているよ」チャールズは彼女を押しやった。「電話してきて」

アガサはよろめきながらリビングに入っていった。緊急番号に電話して、住所を伝え、警察と救急車を要請した。それから急いで前庭に出ていくと、新鮮な空気を思い切り吸いこんだ。

「おはよう」老人がフェンス越しにのぞきこんだ。「いい天気だな」

「ええ、ほんとに」アガサはどうにか答えた。老人は興味深げにアガサを眺めてから、そのまま歩いていった。

ああ、ジェームズ、とアガサは思った。あなた、何をしたの？

その日の午後、アガサのコテージのリビングにはウィルクス、ビル、もう一人の刑事とやせて真面目そうな女性警官が集まった。

アガサは手紙を見せ、そのとき自分が感じたことと、メリッサを問いつめてやろうと考えたことを説明した。ジェームズを自分で見つけようとしたことについては黙っていた。この数日間の行動について問われると、ミセス・ブロクスビーが訪ねてくるまで、鬱々としてほとんど何もする気になれなかったと正直に話した。

「死亡時刻を正確に割り出すことはむずかしいらしいですね」チャールズが言った。

「死体は冷たくなっていたが、硬直はしていなかった。つまり、死亡してから三十六時間以上たっているということです」ウィルクスは言った。「むろん、ハエで手がかりが得られるでしょうが」

「ハエ？」

これまでひとことも口をきかなかった女性警官がいきなり顔を上げ、目を閉じると暗唱しはじめた。「死後、死体は臭気を発するようになり、さまざまな昆虫を引き寄せる。たいてい最初にやって来る昆虫は双翅目《そうしもく》、とりわけクロバエとニクバエである。雌は死体の開口部や傷口を好んで卵を産みつける。ニクバエは卵ではなく幼虫を残す。種によってちがいはあるが、ほぼ一日後、卵は小さな幼虫に孵化する。こうした幼虫は死肉を食べて急速に成長する。しばらくすると脱皮し、二齢幼虫期になる。幼虫は肉を食べ続け三齢幼虫期になる。ここまでに四日から五日かかる。幼虫が完全に成長すると、じっとしていられなくなり歩き回りはじめる。それが蛹《さなぎ》直前の時期で、卵が産み落とされてから八日から十二日経過している。通常は卵から蛹期までは十八日から二十四日かかる。正確な日数は種と生育環境の気温によるので、昆虫の生後齢を計算することによって法医学者は死亡時刻を推定できる」

彼女はぴしゃりと口を閉じた。「あなた、本気で言っているの？」アガサは唖然としてたずねた。

「ありがとう、モリソン巡査」ウィルクスはうんざりしているようだった。「しかし、今は法医学の講義にふさわしいときでも場所でもない。これでご主人の捜索にいっそう拍車がかかりますよ」彼はアガサに請け合った。

「ジェームズがやったと考えているんですね？　わたしも最初はそう考えました。でも、どうして？」

モリソン巡査がまた顔を上げた。「痴情のもつれです」

「犯人はまだわかっていませんよ」ビル・ウォンが発言した。「メリッサ・シェパードの経歴を探って、敵がいたかどうか、いたとしたら何者かを調べないと。ミスター・レイシーの行方不明と彼女の死は関係がないかもしれません」

翌日、ハリエット・コンフリーは水着がはちきれんばかりのぽっちゃりした体で、オンフルールの港に停泊した〈眠れる姫〉号のデッキでくつろいでいた。

夫が新聞の束を抱えて港をやって来るのが見えた。夫が乗船すると、彼女は文句を言った。「休暇中の約束を破ったわね。新聞は見ないっていう約束でしょ！」

「買うつもりはなかったんだ」とタビーは弁解した。「だが、ジェームズの顔が一面にでかでかと載っていたんだよ。ごらん！」

ハリエットは〈デイリー・エクスプレス〉を手にとった。たしかにジェームズ・レイシーの写真が載っている。すばやく記事に目を通した。メリッサ・シェパードという女性が殴打され殺害されているのが発見された。警察は事情を聞くために、数週間前にグロスター州カースリー村の自宅コテージで争った形跡を残したまま行方がわからなくなっているミスター・レイシーと連絡をとりたがっていた。ミスター・レイシーは怪我をしており、脳腫瘍をわずらっているという話だった。

ハリエットはショックを受けて夫を見た。「じゃあ、わたしたちは彼が国外に出るのを助けたのね！　警察に知らせた方がいいかもしれない。彼にとっても、その方がいいかもしれないわよ。この殺人が起きる前に、すでに彼はわたしたちといっしょに出航していたって説明できるわ」

「ジェームズがあのあとカースリー村に戻らなかったと断言できるかい？」タビーが沈鬱な面持ちでたずねた。「沿岸に船をつけて、あの岩だらけの岸辺に上陸させたあとで。警察がどう言うか想像がつくよ。どうしてもっと早く名乗り出なかった？　彼は頭に傷を負っていただろ。手当てをして助けたことが罪に問われるかもしれない。わたしたちのやったことすべてがね。休暇がだいなしになるよ」

ハリエットは唇を嚙んだ。「じゃあ、黙っていた方がよさそうね。彼は税関を通らなかったからばれないわよ」

「でも、いずれ警察につかまるよ。そうしたら、どうやってフランスに行ったのかと問い詰められ、われわれのことを話すだろう」

妻は決然とした表情を浮かべた。「このことはとりあえず忘れましょう。関わり合いになりたくないもの。それから、新聞はもう買わないでね、タビー」

新聞社やテレビ局がやって来て、去っていった。夏のカースリーにまどろんでいいるかのような静けさが戻った。ジェームズはいまだ発見されなかった。

アガサとチャールズはビル・ウォンからメリッサについての情報を手に入れようとしたが、何かをしゃべったら仕事を失うことになるとかわされた。過去に二人から邪魔されたから何も話さないようにと、ボスに厳命されていたのだ。

「新聞社は何かつかんでいるかもしれないわ」メリッサの遺体が発見されてから二週間後、アガサは言いだした。「どうにか情報を手に入れなくちゃ。だって、まだわたしが容疑者なのよ。ビルですら疑わしげな目つきでわたしを見ている。メリッサは死後五日たっていたそうね。このあたりには牛乳配達がもういないし、メリッサは新聞を店で買っていた。牛乳配達がいれば、階段に牛乳瓶がたまっているのに気づいたんでしょうけどね」

「新聞社は何かつかんでいる、っていうのはどういう意味だい？」チャールズがたずねた。「毎日、すべての新聞に目を通してるが、何も載ってないよ」

「わたしが言いたいのはこういうこと。メリッサの遺体が発見された二日後、ミルセスター・スクールで恐ろしい銃撃があったでしょ。五人の子どもたちが亡くなった。ぞっとする事件だったわ。だけど、それで紙面からメリッサのことが消えたの。記者は彼女の経歴を洗っていて、何か探りだしたかもしれないけど、もうニュースにならないって言われたんじゃないかしら。〈ミルセスター・ジャーナル〉に行って、訊いてみましょう」

「労多くして功少なしじゃないかな」

「あら、忘れているのね、わたしは新聞社相手にずっと仕事をしていたのよ。ともかく、何もしないよりましでしょ」

チャールズは両手の指先をあわせ、それをじっと眺めている。そのあいだアガサはいらいらと待っていた。こういうとき、チャールズのことがわからなくなる。猫のように冷静で高価な服をきちんと身につけ、繊細な顔立ちをしたチャールズ。とかしつけた金髪の下の目は何を考えているのか読みとれなかった。

「わかった」ようやく言った。「ここにすわっているよりも建設的だな」

〈ミルセスター・ジャーナル〉の編集長ミスター・ジェイソン・ブラックロックは、アガサの目には編集長というよりも会計士のように見えた。ドライで気むずかしそうで、数本の茶色の髪の毛をピンクの頭皮にきれいになでつけ、金縁の眼鏡を長くて細い鼻先にのせている。

「わたしの助けがほしい、そういうことですね、ミセス・レーズン？」彼はアガサに確認した。「記事になるネタを提供していただけるかもしれないと考えたので、お会いすることにしたんです」

「助けてくださったら、時期が来たときに、とっておきの話をお聞かせします。どうです？」

「いいでしょう。では何を知りたいんですか？」

「おそらく、一人または複数の記者に、メリッサ・シェパードの殺害について取材をさせていたと思いますけど」

「もちろんです」

「でも、学校で銃撃が起きたので呼び戻したんじゃないですか？」

「ええ」

「メリッサの経歴について教えてほしいんです。おたくの記者の誰かが何かつかんでいませんか？」

「なぜですか？　探偵ごっこでもしているんですか？」

「不真面目な動機は一切ありません」アガサは語気鋭く言い返した。「わたしはまだ容疑者ですし、夫も同じです。これまでメリッサを傷つけたがる人間がいたかどうか知りたいだけです」

ミスター・ブラックロックはいきなり叫んだ。「ジョージー！」骸骨みたいにガリガリにやせた女の子が現れた。紫色のスパンコールのトップスに長い黒のスカートをあわせ、大きなブーツをはいている。

「コリン・イエーガーはどこだ？」

「パブです」ジョージーは簡潔な返事をした。

「なるほど。こちらのミセス・レーズンとサー・チャールズ・フレイスを〈フェレットと酒樽〉にご案内して、コリンにシェパード殺人事件の背景について話すように伝えてくれ」

「了解です」

アガサとチャールズはジョージーのやせた背中のあとから階段を下りていった。通りに出ると、アガサはジョージーに言った。「あなた、もっと食べた方がいいわよ」

ジョージーは艶のない長い髪をかきあげると、アガサのがっちりした体型を批判がましくじろっと見た。「あなたは食べる量を減らすべきですね」

「なんて無礼な女なの」アガサはわめいた。「その骨と皮だけの栄養不良の体をそこの排水溝に押しこんでやる」

「ちょっと、ちょっと、ご婦人方」チャールズが仲裁に入った。「けんかするには暑すぎるよ。ここがパブだな。ジョージー、コリンってやつを連れてきてくれ。そうしたら仕事に戻っていいよ」

ジョージーは声を殺してなにやらぶつくさ言い、パブのドアを開けていきなり手を離した。ドアはアガサの鼻先でバタンと閉まった。

「自ら招いたことだよ、アギー。気を静めて。誰かの外見について意見を言うときはよくよく考えた方がいいよ」チャールズは彼女のためにドアを開けてやった。

ジョージーはビールのグラスを手にしてバーカウンターの前に立っていたむさくるしい若い男に話しかけていた。彼女は二人の方を親指で示すと、わきをさっさとすり抜けて出ていった。

「コリン・イエーガー？」アガサがたずねると、彼はうなずいた。「わたしはアガサ・レーズンよ。こちらはサー・チャールズ・フレイス。あの無愛想な小娘から、メリッサ・シェパードの経歴について知りたがっていることを聞いた？」

「まあね」

「じゃあ、あそこのテーブルにすわりましょう。でもノートはオフィスに置いてあるのかしら？」

この暑さにもかかわらず、コリンは着古したツイードのジャケットを着ていて、ポケットからノートをとりだした。「ここにほとんど書いてありますよ」

チャールズはアガサにジントニック、自分にはウィスキーを注文して、コリンと合流した。コリンはノートをめくった。「これを見てください。完璧な速記だ。『速記は不可欠だ』って編集長が言ったんです。でも、どうなったと思います？　最近じゃ、みんな小さなテープレコーダーを持ってる。でもまあ、多くの情報を保存するにはたしかに速記はいい方法ですね」

「で、メリッサについて何をつかんだの？」アガサが身をのりだしてたずねた。「ミスター・シェパードはいるの？」

「まあ、あせらずに。金は支払ってくれるんでしょうね？」

「編集長に払うことになっている」チャールズが嘘をつき、アガサに説教されそうなのを見てとると急いで言った。「だから、そのまま話を続けてくれ」

コリンはため息をついた。「あれ、どこだろう？　ずっと学校の銃撃のことばかりだ。ああ、ここに書いてあった。経歴は、と。ルーク・シェパードと一九九二年に結婚。一年後に円満に離婚」

「それで、このミスター・シェパードとは話をしたのかい？」チャールズが質問した。

「そうしようとしたときに、銃撃事件が起きたんです」

「住所は？」

「ブロックリー、パーソンズ・テラス十四番地」

チャールズはメモをした。「他に何かないか？」

「ルーク・シェパードと結婚する前、彼女はミセス・デューイだった」

「とんでもないな。元夫が二人とは。ミスター・デューイについては？」

「ウースターに住んでいる。ターンパイク・レーン五番地」

「それで、どのぐらい彼女とは結婚していたんだ？」

「三年だ。ええと、一九八八年から一九九一年までです」

「他に夫はいないの？」アガサが質問した。

「ぼくが調べた限りではいませんでしたね」

「他には？」

「あとはあなたのことばかりです、ミセス・レーズン。それと、ええと……不幸な結婚について」

「メリッサの結婚のこと？」

「いや」

「わたしの結婚は不幸じゃなかったわ」アガサは歯ぎしりしながら言った。「好きなように言えばいいけど、近所の人はそう考えていなかったようです。怒鳴りあって皿を投げたとか、そんなことばっかりで」

「メリッサのことに戻らないか？」チャールズが口をはさんだ。アガサが今にも怒りを爆発させそうな様子に見えたのだ。

「戻ってもたいしたことはないですよ。ねえ、お二人さん、せめて一杯おごってくれてもいいんじゃないですか？」

「まずメリッサについて話してくれ」チャールズが言った。

「もうたいしたことはないですよ。ぼくがつかんだのはそのぐらいです。元夫たちと住所まで調べたところで、記事は棚上げになったから」

「行こう、アガサ」チャールズは彼女を立たせた。「そろそろ引き揚げなくては」

「ぼくの酒は？」記者が催促した。

「時間がないんだ」チャールズはアガサをせかしてパブから出た。

「あなたったらケチね、チャールズ」アガサは言った。「あの若造は好きになれなかったけど、せめて一杯おごってあげればよかったのに」

「今度ね」チャールズはあいまいにはぐらかした。「まずブロックリーだ。カースリーからすぐだよ。そいつがカースリーまで行き、メリッサを殴り殺したのかもしれない。嫉妬から、まずジェームズを殴りつけておいてね」

ジェームズ・レイシーはピレネー山脈のサン・アンセルムにあるベネディクト修道院で、狭くて白いベッドに横たわり、うつらうつらしていた。きのう到着したときは熱中症気味になっていた。前回来たときに、ここが門戸を閉ざされた修道会だと知った。そのときは、また徒歩の旅を続けられるようになるまで、冷たい水をもらい、修道院で休むことが許された。今回は修道院に入りたいという希望を伝えると、あなたはあきらかに病人だという答えが返ってきた。まず、体を休めて回復に努めなさい、それからのことはまた考えよう。

タビーとハリエットと別れたあと、ジェームズは野原で寝て、ほとんど何も食べず、おぼつかない足どりで、不安と罪悪感に駆られるようにして南へ南へとのろのろ進んでいった。恐怖の怪物が脳内で大きくなっていくのが感じられた。

つかのまアガサのことを考えたが、また目を閉じ、無理やり眠ろうとした。

4

現在は村になっているが、ブロックリーは以前は製材所の町として栄えていた。製材所はいまや住居となり、不動産価格は高騰している。村で目を引くのは四角い塔の教会と、コッツウォルズの蜂蜜色の石材で造られた連棟式住宅だ。閑散とした長いメインストリートにはかつて小さな店がぎっしり立ち並んでいたが、ていねいに保存されている何枚ものガラスがはめこまれたウィンドウだけが、そこにあった店の名残を示している。

ここはコッツウォルズの村の中でも風光明媚《めいび》な場所だが、クラフトショップや茅葺き屋根のコテージや美術館がないために、ボートン・オン・ザ・ウォーターやストウ・オン・ザ・ウォルドやチッピング・カムデンなどのもっと人気がある場所とはちがい、観光客やツアーバスが押しかけてくる心配はなかった。

チャールズとアガサはA44号線から村に入っていった。「気の毒なブロックリー。

この道はこのあたりで最悪の道路にちがいない」チャールズが言った。

「あら、どうして？」アガサは物憂げにたずねた。アガサはひさしぶりに穏やかな気分になっていた。行動を起こしていたからだ。ジェームズの不実について考えてせっかくの安らぎをだいなしにしたくなかった。

「トラックがノースウィック・ビジネス・パークに行くために、この道を頻繁に通っているからだよ。村に通じる二本の幹線道路もトラックでずたずたにされて路面に大きな穴があいている。で、どうするかというと、穴にアスファルトを流しこむだけだ。それもいずれトラックの重量で穴の底に沈んでしまうだろうね」

「議会メンバーの大物に文句を言う必要があるわね。パーソンズ・テラスはどこなの？」

「わからない。郵便局があるから訊いてみよう」

カースリーと同じように、郵便局は雑貨店も兼ねていた。カウンターにいた女性が店を出たら左折し、さらに二度左折すれば、丘のてっぺんにパーソンズ・テラスが見える、と教えてくれた。

「彼は留守かもしれない」チャールズが言いだした。「仕事に出かけているかもしれないな」

「試しに行ってみましょう。こういう村では自宅で仕事をしている人が多いのよ。コンピューター関係の仕事とか」アガサは適当なことを言った。

パーソンズ・テラスはとても小さなコテージの集落だった。「ここだ」チャールズが車を停めた。

「相手に見せられるようなお役所っぽいバッジか何かを用意してくればよかったわね」アガサは残念そうに言った。

「でも、ないからね。行ってみるしかないよ」

ドアをノックすると足音が聞こえてきたので、チャールズが「誰か家にいるようだ」とつぶやいた。

ドアが開くと、目の前にはティーンエイジャーらしき女の子が立っていた。黒い髪を頭の両側でお団子にして赤いリボンをつけ、丈の短いプリント柄のワンピースにソックスとサンダルという格好だった。小さな顔の大半を占めているのではないかと思えるほど、大きな目をしている。

「ミスター・シェパードとお話ししたいんですけど」子どもがいなくて、あまり子どもも好きでもない人間が、子どもに話しかけるときに使う甘ったるい口調で、アガサは切りだした。

「ルークは仕事に行ってます。どういうご用件ですか？　あたしはメーガン・シェパードです」

「ええと、何時にお父さまはお帰りになるのかしら？」

彼女の目がおもしろそうに見開かれた。「あたしは妻です。で、あなたは新聞に出ていた、あのアガサ・レーズンですね」

「少しお話しできませんか？」チャールズがたずねた。

「どうぞ。ちょうどコーヒーを淹れようとしていたところなんです。庭でいただきましょう。気持ちのいい日ですね」

二人は彼女のあとから暗くて小さなコテージに入っていった。狭いキッチンとみすぼらしいリビングを通り抜けて、きれいな庭に出た。パティオにはテーブルと椅子が何脚か置かれている。「どうぞおすわりください」メーガンが言った。「コーヒーを運んできますね」

メーガンが行ってしまうと、アガサは声をひそめて言った。

「彼女、何歳だと思う？」

「三十代後半かな」

「まさか！」

「足首までのソックスのせいだよ、アガサ。服装よりもずっと年上だ」

メーガンはコーヒーポットとカップをのせたトレイを運んでくると、テーブルに置いた。アガサは彼女の顔をまじまじと観察した。太陽の光のもとだと、目の周囲にかすかな皺《しわ》が見てとれたが、それでも驚くほど若かった。

「ミスター・シェパードが再婚なさったのは知りませんでした」アガサは言った。

「新聞には何も出ていなかったわ」

「それは当然なんじゃありません？」メーガンはコーヒーを注ぎながら言った。「新聞が活字にするのは容疑者の名前だけですから」

「わたしはチャールズ・フレイスと言います」チャールズはコーヒーのカップを受けとりながら名乗った。バラの模様が描かれたきゃしゃな陶器のカップだった。「どうしてご主人は容疑者にならないのかな？　彼女と結婚していたわけでしょう？」

「だけど、主人はあの人とは何の関係もありませんよ。誰だって、そのことは知っています」メーガンは二人も知っていて当然と言わんばかりだった。

「どうしてご主人は離婚したんですか？」アガサは質問した。「彼女が浮気していたのを知ったからですか？」

「あなたのご主人とってこと？」

「ちがいます」アガサは語気を強めた。「別の誰かとです」

「いいえ、そうじゃないわ。主人はあたしと恋に落ちたのよ」メーガンはまばゆい微笑をチャールズに向け、彼は微笑を返した。

「それで、ご主人の仕事は何なんですか？」チャールズがたずねた。

「〈おしゃれな紳士〉っていうお店をやってます。ミルセスターにあるお店よ。それにしても、あれこれたずねて詮索がましいんじゃありません？　警察でもないのに」

「ミセス・レーズンはご主人の居所をどうしても知りたがっているので、メリッサに関係している人全員に話を聞いているんですよ。メリッサのことは知ってましたか？」

「もちろん知らないわ。知るわけないでしょ」

アガサはしだいにいらだちが募ってきた。何よりも、この子どもっぽいメーガンのちっぽけな人形の家とおままごと用みたいな陶器のせいで、自分が老いて不器用な大女のように感じられたせいだ。

「でも、メリッサは夫があなたのせいで自分のもとを去ると知って、あなたのところに乗りこんできたんじゃない？」

「あら、それはなかったわ。コーヒーのお代わりはいかが、チャールズ？」

「ありがとう。とてもおいしいですね」

アガサはふいに帰りたくなった。メーガンには協力してもらえそうにない。ミルセスターに行き、彼女の夫に会うべきだ。メリッサが本当はどういう人間だったのか探りださなくてはならない。そうすれば、殺人を誘発するような行動や性格が存在したのかどうかわかるだろう。心の奥底で、ジェームズは殺人にまったく関係がないと信じていた。絶対に彼を襲った人物がメリッサを殺したのだ。いらだたしげにチャールズを見たが、彼は日差しの中で微笑み、すっかりリラックスしている。

「どうやってご主人と知り合ったんですか？」チャールズはたずねた。

「お店でアシスタントとして働いていたんです。仕事のあとにいっしょに飲みに行くようになって、おつきあいが始まって。主人は彼女とじゃ幸せになれなかったの」

「どうして？」アガサが追及した。

「あら、それは主人に訊いてちょうだい。主人が話す気になるかどうかはわからないけど」

「そうするわ。さあ、行きましょう、チャールズ」

「またいつでもどうぞ」メーガンはチャールズだけにそう言った。「お見送りしなくても大丈夫ですね？」

「あのいやらしい小娘」車が走りだすと、アガサは吐き捨てた。

「えっ、そうかな。わたしにはとても魅力的に見えたけど」

「冗談でしょ！　高校生みたいなソックスをはいて、髪の毛を子どもみたいに結っている女はどこかおかしいのよ」

「彼女に似合ってたよ」

「ともかくミルセスターに行った方がいいわ。ねえ、チャールズ、あそこで考えていたんだけど、わたしたちはメリッサの本当の姿を知らないんじゃない？　彼女はどういう人間だったのかしら？」

「それならまずミセス・ブロクスビーを訪ねた方がいいよ。メリッサは婦人会に参加していたんだろう？」

「ええ」

「じゃあ、ミセス・ブロクスビーに訊いてみよう。きっとなんらかの意見を持っているにちがいない」

アガサは嫉妬に胸を突き刺された気がしていらだった。わたしだって人を見る目は確かよ。ミセス・ブロクスビーに何を訊くっていうの？

牧師館の庭でまたコーヒーを飲んだ。今度は羽毛のように軽いスコーンが添えられていた。すっかり都会の人間になっているアガサには、田舎の人々の手仕事がうらやましかった。電子レンジのお手軽なディナーなんて絶対に食べない。すでに成長した鉢植えを種苗店で買ってきて、インスタントの庭をでっちあげることもない。

「ミセス・シェパードのことを訊きたいんでしたっけ」ミセス・ブロクスビーは言った。「スコーンに手作りのチェリージャムをつけてみて、サー・チャールズ」

自家製ジャムを作れたらいいのに、とアガサは思った。もちろんおいしい品を買ってきて、蒸気でラベルをはがし、自家製ラベルを貼れば誰にもわからないわ。ええ、そうしてみよう。

「メリッサはアギーとはちがい、婦人会の常連だったので」とチャールズはジャムをすくってスコーンに塗りつけた。「彼女について何か気づいたことがあったんじゃないかと思ったんです」

「亡くなった人の悪口は言うなというけど、考えてみれば、それって馬鹿げたことよね。生きているときに悪口を言う方がずっとたちが悪いわ。たぶんその人の天国に行くチャンスが失われるかもしれないという迷信から、そういう格言が生じたのよ」

「彼女が天国に行くとしても、もう着いてるわよ」アガサは庭用の椅子にすわり直しながら言った。

「そう願うわ」そういう言葉を口にするときに心から願っているのはミセス・ブロクスビーだけだろう、とチャールズは思った。

「あなたの庭はとてもきれいですね」楽しげに庭を見回しながら、チャールズはほめた。

「ありがとう。今年のウィステリアは少し期待はずれだったの。いつもは見事に咲くんだけど、霜でつぼみが萎《しお》れてしまって」

「メリッサのことだけど」アガサは催促した。「あなたの考えていることを知りたいのはね、彼女の性格に、殺される原因になるようなところがあったかどうか知りたいからなの。つまり、暴力を誘発するような気質とか」

「他の人の夫と関係を持つことは誘因になるわ」

「たしかに。だけど、それだとアギーが犯人になってしまう」チャールズが指摘した。「だが、彼女がやったんじゃないし、行方不明のジェームズだとはこれっぽっちも信じていません。だいたい、既婚女性はしじゅう不倫しているが、誰も彼女たちを撲殺しませんからね」

「既婚女性はあなたが考えているよりもずっと貞淑だと思うわ、サー・チャールズ。

ちょっと考えさせて。ミセス・シェパードねえ。そうそう、彼女はなかなか本心を見せない人だったわ。とてもおしゃべりだったのに」

チャールズはもうひとつスコーンをとった。アガサはスカートのウエストがきつくなっているのを意識しながらも、これは心因性のものだと自分に言い訳してチャールズにならった。

「どういうことですか、おしゃべりって？」チャールズがたずねた。

「天候やレシピや花や村の生活については、よくしゃべっていたの。たとえば、あの小さな村の店はつぶれかけているとか、そういったこと。でも、個人的なことは一切口にしなかったわ」

「村に親しい友人はいたんですか？」

「いいえ。村でいろいろな人たちと雑談しているのは見かけたけど、特定の親しい人はいなかったわね」

「彼女のことは好きでしたか？」チャールズが質問した。

「ああ、いいえ。好きじゃなかった」

「なぜ？」

「村の女性として演技をしているように感じられたから。不満があっていつもいらいらしていて、見栄っ張りで、容貌が衰えるのを恐れていて、なんとなく――ああ、よくわからないけど、刺激を求めているように思えたわ。今になってみると、ジェームズとの関係は、自分が理想的な女性だと感じるための手段だったのかもしれない。他の女性の夫にも、同じようなことをしていたのかもしれないけど、確かなところはわからないわ。たぶん不倫の魔力と刺激を楽しんでいたのよ」

「たった今、現在のミセス・シェパードに会ってきたの」アガサは言った。「子どもみたいな格好をした、変わり者の小柄な女性だったわ」

「いや、とても魅力的だった」チャールズがつぶやいたので、アガサは腹立たしげに彼をにらみつけた。

「ミスター・シェパードが再婚したのは知らなかったけど、考えたら、元ご主人のことはまったく知らなかったから。ミセス・シェパードは離婚したあとでこの村に引っ越してきたのよ。ジェームズのことで何かわかった？」

アガサは首を振った。「それがとても不思議でならないの。とりわけ彼は癌になっているんでしょ。どこかの病院に現れそうなものなのに」

チャールズは上品にジャムのついたスコーンのかけらを指先からなめとった。

「ミルセスターに行って、その元夫と会ってみた方がいいと思うな、アギー。その前にトイレをお借りしていもいいですか？」

「場所はおわかりね？　廊下の先の右側よ」

彼がいなくなると、ミセス・ブロクスビーはアガサに真剣な顔を向けた。

「ねえ、このところ大きなストレスにさらされているんじゃない、ミセス・レーズン？　どこかに行って少しのんびりしたらどう？」

「どうして？」アガサはびっくりして訊き返した。「わたしはどうしてもこの殺人事件を解決しなくてはならないの。なによりも、ジェームズはまだ第一容疑者なのよ。あちこちで質問をして何か探りださなくてはならないわ」

ミセス・ブロクスビーは、ジェームズについて知りたくないようなことまで探りだすことになるのではないかと心配だったが、こう言うにとどめた。

「とにかく用心してね。これまでにも何度も危険な目に遭っているんだから」

「用心するわ。現在のミセス・シェパードに会わせたかったわ。まったく好きになれない女性だった」

「サー・チャールズは？」

「ああ、あの人！　見苦しいほどご機嫌をとっていたわ」

「まあ、そうなの」

「言っておくけど、彼女に嫉妬しているんじゃないわよ」アガサは念を押した。「チャールズがどんな女性を好もうと関係ないわ」

「それならいいけど。ああ、サー・チャールズだわ。明日の夜の婦人会には来るわよね、ミセス・レーズン？」

「ええ、たぶん」アガサは力なく答えると、そもそも婦人会になんて入らなければよかったと思った。村に来たばかりの頃、村人としての役割を果たそうとして参加しただけだった。お菓子を焼いたり、教会に行ったりするのと同じように。

「あなたの電話は盗聴されているかもしれないな」チャールズがミルセスターに向かう途中で言いだした。

「そんな真似するかしら？」

「ありえるよ。ジェームズが連絡してくるんじゃないかと警察は期待しているだろうからね」

「盗聴だなんて気に入らないわ。ねえ、チャールズ、本当のところ、ジェームズはもう死んでいると思う？」

「いいや。ジェームズが死んでいるなら、今頃知らせが入ってるよ。ま、彼だって永遠には隠れていられない。ただ、彼が戻ってきたら、あなたは彼とは結婚なんてするべきじゃなかったという事実と向き合わなくてはならないよ」

「努力している最中だったのよ。きっとうまくいったはずよ。彼は誰かに看病され、世話をしてもらわなくてはならなかったでしょうし」

「あなたは白衣の天使にはとうてい見えないけどね、アギー」

「恋に落ちていないからわからないのよ」

「あなたは存在しない理想のジェームズと恋に落ちたんだと思うよ」

「わたしは空想好きな人間じゃないわ！」

「いや、そうだと思うね。気むずかしい外見にもかかわらず」

「いいから口を閉じて運転して、チャールズ」

二人はそれきり目的地まで無言だった。


「元夫ってハンサムかしら」アガサは言いながら、チャールズといっしょに駐車場を歩いていった。

「ルーク・シェパードが？　奥さんたちが魅力的な女性だから、そう考えるのかな？」

「色あせたブロンドの骨張った中年女性とか、高校生みたいな格好をしたちびの中年女性が好きならね」

「最近は三十代後半は中年とは言わないよ。だったら、あなたはおばあさんだ、アギー」

頬を涙がひと筋伝い、アガサは嗚咽をもらした。「ほら使って!」チャールズはぎくりとして、ブラウスの袖で涙をふこうとしているアガサにハンカチーフを差しだした。「精神が不安定になっているんだよ。一杯やりに行くかい? 何か食べる? 今日はスコーンしか食べていないし」

アガサは怒ったように洟《はな》をかんだ。「大丈夫よ。ただ、ジェームズがどうしてあんなふうに裏切ったのかと何度も何度も考えてしまうだけ」

「わたしだって自分が死にかけているとわかったら、道徳観念がおかしくなるかもしれないよ」

「それはないわよ。あなたにはそもそも道徳観念がないから」

「いつものアギーが戻ってきたようだ。さ、行こう。あそこが紳士服店だ。うわ、見てごらん、ポケットにありえないような紋章がついたセンスの悪いジャケット」

ほっそりした黒髪の女性が店の奥で積みあげたシャツを並べていた。彼女は黒ずくめだった。短い黒いスカート、黒いストッキング、えりぐりの深い黒いブラウス。

「もしかしたら三番目のミセス・シェパードかも」チャールズがささやいた。

アガサは店に入っていった。「ミスター・シェパードにお会いしたいんですけど」

「呼んできます。お名前は……」

「アガサ・レーズンとサー・チャールズ・フレイスです」

彼女は店の裏に姿を消した。低い声のやりとりのあとで、ルーク・シェパードが現れた。彼は小柄なたくましい体つきをしたブロンドの髪の男性で、青い小さな目は充血し、大きくて分厚い唇をしていた。分厚い胸はチャールズが嫌悪を催した紋章つきジャケットに包まれている。

「どういうご用件でしょう？」

「お忙しいですか？」チャールズがたずねた。「どこかに話せる店がないですか？」

「隣にパブがあります。留守は任せていいかね、ルーシー？」

「もちろんです、ルーク」黒髪のアシスタントは彼に艶めかしい笑みを向けた。

三人はビールのすえたにおいが漂う隣の〈グリーン・マン〉にぞろぞろ入っていった。パブは閑散としていた。チャールズが財布を忘れてきたと言ったので、アガサは一瞬たりともそれを信じなかったものの、全員の飲み物代を払い、三人でテーブルを囲んですわった。

「元妻の死と関係することなんでしょうね」ルーク・シェパードが言った。「事件について何か聞いてますか？」

「新しいことは何も」アガサは答えた。「実はわたしの夫が疑いをかけられているので、彼の容疑を晴らしたいんです」

「どうやって容疑を晴らすのか、見当もつきませんがね。ご主人以外に、そういうことをやりそうな人物は思いつきませんよ」

アガサがカッとなって何か言い返しそうだったので、あわてててチャールズが口をはさんだ。「メリッサがどういう人物だったのか知ろうとしているだけなんです。彼女をよく知っている人は誰もいないみたいでして。ようするに、彼女がどういう人間かわかれば、殺された理由もわかるんじゃないかと推測したんです」

「理由はひとつ、彼女がジェームズ・レイシーと関係を持っていたからですよ」

「どうか教えてください、彼女はどういう女性でしたか？」チャールズがたずねた。

ルークはそれまで洗練されたイギリス中部地方の訛りで話していたが、いきなりがさつな口調になった。「彼女はろくでもない女優だった。まさにそうとしか言えないな。自分だけのメロドラマの中で生きていたんだ。実際、メロドラマばかり見ていたっけ。さらに金がほしいと言われて、殺されるひと月ぐらい前に会いに行ったんだ。

なぜ金が必要だったのかは知らない。すでにうなるほどの大金を持っていたからね。離婚したとき大金を払ってやったはずだと言って金は渡さなかった。彼女は完璧な村人を演じていたようだ。レシピや植物や家具カバーの作り方についてべらべらしゃべっていた。驚いたことにエプロンまでつけていたよ！」

「そもそも、どうして彼女と結婚したんですか？」アガサが質問した。

「彼女と出会ったときは娼婦を演じていたからだ。こちらの望むありとあらゆることをしてくれそうだと期待したんだよ」彼はチャールズを小突いた。「わたしの言う意味はわかるだろ？」

「でも、そうじゃなかった？」

「自分ではベッドの相手として最高だと考えていたようだが、ひどいもんだった」

じゃあ、ジェームズは彼女のどこがよかったの？　アガサは首をひねった。

「あまり役に立ちませんね」チャールズは残念そうだった。「素人女優だったのは、必ずしも誰かに殺されるような理由にはならないですよ」

アガサはこっそりルーク・シェパードを観察した。嫌な男だったが、動物的な性的魅力を強烈に発散していることは認めないわけにいかなかった。

「そろそろ仕事に戻らないと」ルークは言って、グラスを干した。「何か思いついたら、知らせますよ」

「これが名刺です」アガサは名刺を渡した。

ルークは立ち上がると言った。「警察に任せておいた方がいいんじゃないかね？」

「わたしたち、過去にもいくつかの事件を解決してきたんです」アガサは胸を張った。

ルークは大声で笑った。「メリッサも同じようなことをしてたよ。メロドラマを見ていないときは、テレビでミス・マープルやモース警部のドラマを見ていた。探偵っていうのは、彼女のもうひとつの空想だったんだ」腹を立てたアガサが言い返す前に、ルークはさっさとパブを出ていった。

「これであなたもふだんの調子に戻ったね」チャールズが言った。「ちょっと腹ごしらえしよう。お金をくれたら、注文してくるよ」

「いいえ、あなたが払って」

「財布を忘れたって言っただろう」

アガサは身を乗りだすと、片手をチャールズのジャケットの中に入れ財布をひっぱりだした。「ほら、あったわよ」

「ああ、よかった、てっきり忘れたと思ってたんだ」

「うまい切り返しね、チャールズ。食べ物を注文してきてちょうだい」

チャールズはパブのメニューでいちばん安い、チーズをはさんだロールパンの料理を運んできた。

「これまでのところあまり進展はないな」チャールズは言った。「ミス・マープルの真似事をしていたっていう情報以外には。そうだ、もしもメリッサが探偵気取りで誰かの知られたくない秘密をほじくりだしたとしたら？」

「その可能性はあるわね」アガサはロールパンを開いて、干からびかけたチーズと萎れたレタスをげんなりしながら眺めた。「望みはなさそうだけど、続けるしかないわ。あちこち嗅ぎ回るのをやめたら、また鬱状態に戻りそうだから」

「わかってるよ。食べ終わったら警察署に行って、ビルを呼びだそう。何か聞いているかもしれない」

アガサはロールパンに少しだけ口をつけた。チャールズは自分の分を食べ終わると、アガサが残したものまで平らげた。

「暑くなってきたな」日の射している外に出ると、チャールズはぼやいた。

警察署まで歩いていきビル・ウォンを呼びだすと、しばらく待つように言われた。かなり前に受付周辺を明るい雰囲気にするべく植物が置かれたようだったが、今ではいくつもの鉢植えは枯れかけているか、完全に枯れていて、傷だらけのテーブルに置かれた雑誌は何年も前のものだった。

ようやく受付の巡査が二人を呼び、ドアの解錠ブザーを押して、中に通してくれた。ビルは廊下で待っていた。「この部屋を使いましょう」そう言いながら取調室のドアを開けた。全員が腰をおろすと、ビルはたずねた。「何かわかったんですか？」

「それをあなたにたずねに来たのよ」アガサは言った。

ビルは両手を広げた。「何も。ジェームズの情報はまったくありません。彼の写真は新聞やテレビで報道されているし、港と空港も調べました。何も出てきません」

「ジェームズだけに集中しているの？」アガサはたずねた。「そんなことをしていたら、本当の殺人犯に逃げられてしまうわよ」

「思いつく限りの人間に話を聞きましたよ。ただ、どうしても理解できないんです。カースリーのような村は噂の宝庫です。でも、メリッサの殺人事件でも、レイシーが襲撃された事件でも、誰も何も見ていない。アガサ、いつものようにジェームズとけんかして何か投げつけたんじゃないですよね？」

「ちがうわよ。それに、ジェームズが襲撃された晩はずっと出かけていたわ」

「そうでしたね」

「うちの電話を盗聴しているの？」

「していたとしても、教えるわけにはいきません。だけど、ぼくは知らないんです。誰かの電話を盗聴するときは、内務省の許可が必要なんですよ」

地位が低いから、そういう機密事項はわからないんです。

「有望な容疑者をつかんだわよ」

「お二人には首を突っ込むなと言っておいたはずですが。ちなみに、それは誰なんですか？」

「ルーク・シェパード」

「ああ、彼か。ジェームズが襲撃されたときのアリバイがあるんです。メリッサの死亡時刻は正確にはわかりませんが、死体が発見される五日前の夜間でした」

「で、ジェームズが行方不明になった夜のルーク・シェパードのアリバイは何だったの？」

「その晩はずっとロータリー・クラブの会合がありました」

「じゃあ、メリッサが殺された夜は？」

「奥さんとオックスフォードのランドルフ・ホテルでロマンチックな夜を過ごしていたんです。奥さんの誕生日祝いでした」

「残念ね！」アガサは不機嫌につぶやいた。

「メリッサの人物像を描こうとしているんだ」チャールズが口を開いた。「ようするに彼女の性格か行動に、誰かに殺されるような原因がないか見つけようとしているんだよ。警察では何か発見したかい？」

「完璧な村の婦人だと思われていたってことだけです。二度離婚してますが、二度とも円満に離婚した」

「シェパードによると」とチャールズが言った。「彼女は空想家で、テレビで見た役柄を現実で演じていたらしい。メロドラマと探偵シリーズにはまっていて、自分をミス・マープルみたいな女性だと思いこんでいたとか。隠していた誰かの秘密を探りだしたのかもしれない」

「ひとつの可能性ですが、あまり考えられないな。ジェームズ・レイシーを見つけられれば、もっとはっきり事情がわかるんですが。でも、努力はしています。事件の捜査はあきらめずに継続しています。ですから邪魔しないでください」

「以前はこんなふうじゃなかったわ」アガサは嘆いた。「わたしの協力を喜んでいたのに」

「それはあなたが何度か殺されそうになる前のことですよ。気づいてないかもしれませんが、ぼくはあなたが好きなんです、アガサ」

「ほら、やっちゃった」大粒の涙がアガサの頬を滑り落ちるのを見て、チャールズが茶化した。

「ぼくは何をしたんでしょう？」アガサが涙をふいていると、ビルはおどおどとたずねた。

「彼女はちょっと感じやすくなっているんだよ。行こう、アギー。先に進もう」チャールズは彼女の腕をとると、椅子から立たせた。

メリッサの最初の夫が住んでいるウースターのターンパイク・レーンは町の郊外の現代的な住宅開発地区にあった。「あくまで調査を続けるつもりでいるのかい？」チャールズは五番地の外に車を停めながらたずねた。

「ええ、もう大丈夫よ」

「やっぱり、芯は繊細なんだね、アギー」

「アギーって呼ばないでって何度言ったらわかるの？　夫が死んでいるかもしれないうえに、殺人事件の容疑者になっているのよ。それだけでもふつうなら動揺するでしょ。この男と話をするの、しないの？」

二人は車を降りて、家を眺めた。粗野な感じのする家だった。石材はけばけばしい黄色で、そっくり同じ家がずらっと並んでいる。「庭にはあまり関心がないようだな」チャールズは家の前の雑草だらけの地面を眺めながら意見を言った。そこには建築に使用した石の破片がまだところどころにころがっている。

チャールズは白いドアの白い呼び鈴を押した。アガサは遊んでいる子どもたちの姿がまったくないことに改めて気づき、愕然《がくぜん》とした。最近の子どもたちは学校が終わると家にこもり、ネットサーフィンをしたりテレビを観たりコンピューターゲームをしたりしているのだろう。

犬を散歩させている女性が門のところで立ち止まり、二人の方をぶしつけにじろじろ見た。

「何か用ですか？」アガサが叫んだ。

「わたしはこの地域の〈ご近所パトロール〉の代表なの。あなたたち、初めて見かける顔ね」

「ええ、そうよ」アガサはつっけんどんに答えた。「で、わたしは銃を持っているの。バンバン！　はい、あなたは死んだわ！」アガサは背中を向けると、閉じたままのドアをいらだたしげににらみつけた。

目当ての男は家にいないみたいね、とアガサがチャールズに言おうとしたとき、ドアが少しだけ開き、青い目が片方だけのぞいてこちらを窺《うかが》った。

「ミスター・デューイですか？」アガサはたずねた。

「何も買わないよ」

「何も売るつもりはないわ」アガサはむっとして言葉を返した。「わたしはミセス・アガサ・レーズンで、こちらはサー・チャールズ・フレイスです。ちょっとお話がしたいんです」

「何のことで？」

「メリッサ・シェパードのことで」

「ああ、彼女か」ドアが大きく開いた。

「問題ありませんか、ミスター・デューイ？」庭の門のところにいる女性が叫び、犬が甲高く吠えた。

「彼を撃ち殺しに来ただけよ」アガサは女性に叫んでおいて、向き直った。「入れてください、ミスター・デューイ。あのしつこい女性に見張られながら戸口で話すわけにはいきませんから」

「どうぞ」

チャールズが庭の小道を振り返ると、〈ご近所パトロール〉の女性がポケットから携帯電話をとりだすのが見えた。警告するべきだと思ったが、アガサはすでに家に入っていたので、肩をすくめてそのあとに続いた。

ミスター・デューイに通された狭いリビングは家の外見と同じように個性がなかった。床には茶色のじゅうたんが敷きつめられている。新しい三点セットのソファは貝殻の形をしていた。コーヒーテーブルは白木。部屋のそっけなさを和らげる絵も写真も本も雑誌もなかった。この人はキッチンで暮らしているのかしら、とアガサは不思議に思った。

「ミスター・デューイ」ソファにすわるとアガサは切りだした。

「ジョン。ジョンと呼んでください」

感情を表に出さない小柄でやせた男は、金縁の眼鏡をかけ、白いTシャツに、ぴっちりとアイロンで折り目をつけたジーンズと真っ白なスニーカーという格好だ。服の上に満開のバラの模様がついたビニールエプロンをかけている。その模様にアガサはメーガンのコーヒーのカップを思い出した。

「ではジョン、新聞でわたしたちのことはお読みになったかもしれませんね」

「ええ、あなたのご主人がメリッサを殺したんですよね」

「そのことでうかがったんです。わたしたちは彼がやったとは思っていません。彼は行方不明になる前に襲われたので、その犯人がメリッサを殺したと考えています」

「どうしてまた質問に来たんですか？　知っていることはすべて警察に話しましたよ」

「警察とは別の質問をしたいんです。メリッサが本当はどういう人だったか、つまり、誰かに殺したいと思わせるようなところがある性格だったのか知りたいんです」

「彼女はごくありふれた人間だった、少々いらいらさせられるところはあったが」

「でも、あなたは離婚したんでしょう」

「いや、向こうから離婚を言いだしたんです。そのことでは争わなかった。反論しなかったんだ。離婚後にこの家を買った。自分の好きなように生きるのが、わたしにはあっているんです。彼女は落ち着かない人間だったのでね」

「落ち着かない？」

「ほら、いつもマイブームがあったんですよ。ある時期は服作り、かと思えばフラワーアレンジメント。家じゅうにいろんな作品があふれ返っていた。料理は下手だった」

「あなたと別れてから変わったにちがいないわ。カースリーの誰もが彼女のケーキをほめていましたから」

「ああ、それか。たぶんわたしと結婚していたときと同じようにしたんだろう」

「どういう意味ですか？」

「いいベイカリーを見つけ、ケーキを買い、お手製のラッピングで包み、自分で焼いたって吹聴《ふいちょう》するんです。いかにもずるくて卑劣な人間のやりそうなことだ」

チャールズはアガサの顔をちらっと見た。アガサは店の品を自分の手作りだとよく偽っていたからだ。

「彼女はあなたを裏切っていたんですか？」

「当然、そうだったんだろうね。離婚してすぐにシェパードと結婚しましたから。フラワーアレンジメントや料理の教室に行くと説明していたが、考えてみると、彼女はくそったれの嘘つきだった」彼は手入れされた片手で口元を押さえて、神経質なクスクス笑いをした。「汚い言葉を使って失礼」

外から警察のサイレンの音が近づいてくるのが聞こえた。

「ありがとう」チャールズは立ち上がった。「行こう、アガサ」

「ちょっと待ってよ、チャールズ。せっかくおもしろくなりかけているのに。ねえ――」

サイレンに気づき、アガサははっと言葉を切った。急停止するタイヤの音。「家は包囲されている。両手をあげて出てこい」

ジョン・デューイは怯えた表情になると、リビングから飛びだしていき、外からドアに鍵をかけた。

チャールズは窓からのぞいた。「警察だ、アギー。あのくそったれの女は、あなたがデューイを撃つって言ったのを真に受けたんだよ」

「どうやって逃げだすの？」ドアを引っ張りながらアガサは言った。「閉じこめられたわ」

「窓から逃げるんだ」チャールズは言った。「警察があのドアを打ち破って、催涙ガスをまかないうちに」

チャールズは窓を引っ張ったが、開かなかった。「信じられるかい？　ペンキで塗り固められている。彼は一度も窓を開けたことがないんだよ」

アガサは空の暖炉のわきから真鍮の火かき棒をとりあげた。一度も火がたかれた形跡はなかった。彼女はガラスを割りはじめた。「出ていくよ！」チャールズは狙撃手がこちらを狙っているのを見て叫んだ。「撃たないでくれ！」

アガサがガラスをすべて割ると、二人は警察のまばゆい照明とテレビのライトの中に出ていった。「地面に伏せろ」誰かが叫んだ。

「言われたとおりにするんだ、アギー」チャールズがあきらめたように言った。「さもないと、ここから出られない」

二人とも手錠をかけられ、パトカーに乗せられた。パトカーの窓から〈ご近所パトロール〉の女の勝ち誇った顔が見えた。彼女はテレビのレポーターに意気揚々としゃべっていた。


「まったくひどい目に遭ったわ！」数時間後、ようやくウースター警察署から釈放されると、アガサは愚痴った。「弁護士料は半分払うわ、チャールズ。彼はわたしの代理人も務めてくれたんだから」

「全額払うべきだよ。あの女にミスター・デューイを撃ち殺しに行くと言うなんて、どういうつもりだったんだ？」

「冗談だったのよ！」

「おかげでこんな羽目になった。家で降ろすよ」

「明日、会える？」

「明日はだめだ。用があるんだ」

「そう」チャールズはわたしにうんざりしたんだわ、とアガサは思った。もうこれで一人きりだ。必死になって、泣くまいとした。

意外にも、その晩アガサはぐっすり眠り、ジェームズがいなくなってから初めて、すっきりした気分でさわやかに目覚めた。たっぷり朝食を作り、猫たちにえさをやり庭に出してやると、今日これから何をしようかと思案した。ドアベルが鳴った。チャールズかしら？　見捨てられなかったという感謝の念がわきあがった。

だが戸口に立っていたのはビル・ウォンだった。

「どうぞ入ってちょうだい。ゆうべウースターで、何でもないことが大騒ぎになった顚末《てんまつ》は聞いているんでしょうね」

「チャールズが敏腕弁護士を知っていてよかったですよ。さもなければ公務執行妨害で告発されたかもしれない。あの〈ご近所パトロール〉のミス・ハリスはやぶをつついて悪人たちを見つけだすので有名だったので、警察もまた騒ぎ立てていると思ったんです。あなたにとっては幸運でしたね。やっぱり捜査に首を突っ込んでいるんですね、アガサ。警告したのに」

「すわって、コーヒーをどうぞ。それから聞いてちょうだい。警察に邪魔されたけど、何かをつかみかけていたのよ」

「へえ、どんなことを？　すでにミスター・デューイには話を聞きましたよ」

「だけど、何をたずねたの？　ありふれた警察の取り調べでしょ、事件の夜はどこにいたかとか。わたしが探りだそうとしていたのは、メリッサがどんな人間だったかよ。そのことは話したわね。そうすれば、手がかりがつかめるにちがいないと思ったのよ。彼女がどんな人間だったのか、誰と知り合いだったのかがわかれば、彼女を殺した人間も推測がつくだろうって」

アガサはビルにコーヒーのカップを渡した。彼はまじまじとアガサを見た。丸顔の中のアーモンド形の目は興味しんしんだった。

「それで、何を発見したんですか？」

「彼女は空想の世界に生きていて、自分は探偵だと思っていたってことはもう話したでしょ。彼女は完璧な主婦であるふりをするために、ずるもしていたの。ケーキをお店で買ってきて、自分で焼いたと嘘をついていたんですって」

ビルは笑いだした。「最初に会ったときのことを覚えてますか？　あなたはキッシュ・コンテストに応募したが、審査員があなたのキッシュを食べて死んだので、実は店で買って、自分の作品だと偽って出品したことがばれたんでしたね」

アガサは真っ赤になった。

「今度はもっとましなことをしてくださいよ」

「どうして訪ねてきたの、ビル?」

「あなたが何をしているのか調べてくるようにと言われたんです。ウィルクスに、彼女をちょっと刺激してこいって言われて。以前、やたらにつつき回って殺人犯をあぶりだしたからなって言ってました。でも、ぼくはそういうことはしたくないんです」

「わたしは大丈夫よ。警察にできないことはわたしにもできないから。だけど、質問をして回るのを止めることはできないわよ。知れば知るほど、どれが本物のメリッサ・シェパードかわからなくなってきたわ」

「あなたとチャールズはうまくいっているんですか?」

「いつもどおりよ。彼はいい相棒だけど、まあ、想像つくでしょ、軽いのよ。本気で頼ることはできないわ。ふらっと来ては帰っていく。彼を見ていると、うちの猫たちを連想するわ。猫たちはわたしを好きよ、特にえさをあげるときは。チャールズも、財布を忘れたと言うと食事をおごってもらえるから、わたしが好きなのよ」

「なんだか毒舌だなあ。彼はそれ以上のいい友人だと思いますよ」

「まあ、そういうことにしておくわ」アガサはふいに疲労を覚えた。「あなたの恋愛の方はどうなの？」

「順調です。今回はゆっくり行こうと思っています。あまり頻繁にデートに誘わないし、あせって家に連れていって両親に会わせるようなこともしてません」

「いい考えね」アガサはビルの両親に会ったことがあり、あの二人ならどんなロマンスのつぼみも摘みとってしまうにちがいないと思った。「ともかく、チャールズはもう調査から抜けたんだと思うわ。そうそう、あのブーツをPRした仕事で気前のいい小切手をもらったの。信じられる？　あの社長のミスター・ピアシーったら、ライブのときに警察が到着したのは最高の演出のためだと、一瞬だけど思ったそうよ」

「じゃあ、今日はどうするつもりですか？」

「ああ、のんびりしているわ。今夜は婦人会があるし。ケーキを持っていこうかと思ってるの」

「まさか自分で焼いたのじゃないですよね？」

「挑戦してみるかもしれないわ。そんなにむずかしそうじゃないし」


ケーキミックスを買ったときは、安全策をとったつもりだった。なにしろ、水を加えるだけだと箱に書かれていたのだから。しかし、オーブンの温度が高すぎて、チョコレートケーキは外側がかちかちで、中は半生でどろどろになった。失敗作をゴミ箱に捨てると、隣のジェームズのコテージに行き留守番電話をチェックしたが、メッセージはひとつもなかった。彼の枕に顔を埋めたいという気持ちを必死に抑えつけた。そんなことをしても、激しい胸の疼《うず》きが襲ってくるだけだ。脳腫瘍に対する当然の心配も、拒絶されたことと喪失感のせいで打ち消されてしまうような気がした。

アガサはカースリー婦人会のために念入りに身支度を整えて、最後に残された美点である脚をあらわにする両側にスリットが入ったきれいなサマードレスを着た。

牧師館の庭にすわり、お茶とケーキののった皿を手に、カースリーの未婚の母、ミス・シムズが読み上げる前回の会合の議事録をぼんやりと聞いた。村に未婚の母がいるのは珍しくないが、ミス・シムズが、きわめて保守的なミドルクラスの中年女性たちによって書記に選ばれたというのは不思議だった。

現在は議長を務めるミセス・ブロクスビーが立ち上がって、きたる村祭りのための提案をした。今回ばかりはアガサは何もするつもりがなかった。村の催しには飽き飽きしていたし、これまでにもう充分に協力してきたと思っていた。

会合が終わると、出席していた女性たちは知らん顔などせず、アガサに声をかけてきた。もっとも、ご主人について何かわかったの？　とだけ訊くと、そそくさと離れていったが。ミス・シムズだけがアガサの隣に椅子をひきずってきて会話を続けた。

「お祭りで何かした方が気が晴れるんじゃないかしら？　実は富くじを担当する人が必要なの。気分転換になるわよ」

「わたしの今の状態だと、村祭りじゃ気分転換にはなりそうもないわ」

ミス・シムズはレースのガーターがのぞいている短いスカートを形だけひっぱった。

「何かあたしにできることがあります？」

「メリッサ・シェパードが本当はどういう人間だったのか知りたいんだけど」

「あばずれよ、はっきり言わせてもらえば」

「どうして？」

「ふた月前に彼女とロンドンに行ったの。当時は紳士のお友だちがいなかったし、すごい人たちが集まるシングルバーがあるからいっしょに来たらって、メリッサに誘われたのよ。だから、行くことにした。でもねえ、はっきり言って、かなり危ない店だったの。あたしはスーツを着て自分の車を持っているような紳士が好みなのに、三人のバイカーたちにつかまっちゃったのよ。全員革ジャンにメダルをつけているような連中。メリッサったら、『みんなでジェイクの家に行くことになったわ』って言いだしたの。ジェイクっていうのは三人のうちの一人ね。あたしは彼女を脇にひっぱっていって、『どういうつもり？　みんな粗野だし、三人もいるのよ』って注意した。だけど彼女は短時間にガブガブお酒を飲んでいたせいか、『その方が楽しいでしょ』って聞く耳を持たなかった。だから、あたしはその店から逃げだして、パディントン駅までどうにかたどり着き、自分で切符を買って帰ってきたの。行きは彼女の車で行ったから。あとからどうなったのか訊いたら、『大丈夫よ。でも、あなた、あんなお上品ぶった人だとは思わなかった』って言われたから、二度と口をきかなかったわ」

ようやく、何か手がかりがつかめそうだわ、とアガサは意気込んだ。

「そのバイカーたちと話してみたいわ。わたしといっしょにロンドンに行って、彼らを捜してもらえない？　常連みたいだった？」

ミス・シムズはびっくりするほど長いつけまつげをしばたたかせて、自信なさげにアガサを見た。「たしかに常連らしかったけど……」

「心配しないで。費用はわたしが全部持つから、ベビーシッター代も含めて。それにわたしはお相手を見つけようとしているわけじゃないのよ」

「わかった。話に乗るわ」

「前は何時にお店に行ったの？」

「九時頃かしら」

「じゃあ、七時ぐらいに出発しましょう。余裕を持った方がいいから。その頃には渋滞も少しやわらいでいるはずよ」

アガサが家に帰るとすぐに電話が鳴った。チャールズだった。「調子はどう？」彼はたずねた。

結局、見捨てられたのではなかったことでうれしかったし、ほっとしたので、シングルバーについて話した。

「いっしょに行くよ」

「わかったわ」ちょっとためらってからつけ加えた。「かなり柄《がら》の悪い店みたいだから、あまりお上品に見えないようにしてね」

彼は笑った。「そもそも、そんなふうに見えるわけないよ」

しかも、チャールズは本気でそう信じているのだ、とアガサは思った。まったく不思議だわ。

5

ロンドンって前からこんなに汚くてみすぼらしかったかしら？　アガサは首をかしげた。そんなはずない。シングルバーはピカデリー・サーカスのはずれにあり、アガサが想像していたように治安の悪い郊外ではなかった。暑い夏だったせいで、ロンドンには疲弊した雰囲気が漂っていた。地下駐車場にどうにか空いている場所を見つけ、バーまでの短い距離を歩いた。

アガサはシルクのパンツスーツを着ていた。それは寝室の鏡に映したときはとても洗練されスマートだった。しかし、人混みを抜けて歩いていくと、女性たちは体をしめつけないサマードレスか、とても短いスカートとおなかが出るようなトップスを着ていることに気づき、自分が時代遅れな中年女に感じられてきた。ゴールドのフラットシューズをはいていたので、せめてハイヒールにすればよかったと悔やんだ。ミス・シムズはとても高いハイヒールでよちよち歩き、スカート丈はこれ以上ないほど短く、いつものようにガーターがちらちらのぞいている。チャールズは淡いブルーのコットンシャツにチノパン、モカシンというといでたちだった。アガサは自分一人が都会の空気になじんでいない気がした。

ミス・シムズの言うシングルバーは〈ストンパーズ〉というディスコだということが判明した。「ここがまちがいなくその店なの？」アガサは確認した。店に入っていく若い人々はみんな流行の服を着ている。

「ええ、ここよ」ミス・シムズは言いながら、チャールズの腕をつかんだ。「あたし向きの店じゃないわ」

アガサが入場料を払い、三人は階段を下りて広い店内に出た。点滅するストロボ照明の下で、カップルたちが体を揺すっている。音楽は耳がつぶれんばかりだった。すさまじい音が鼓膜に襲いかかってきて、会話はとうてい不可能だ。

バーに進んでいき、一瞬音楽が止んだすきにアガサはたずねた。

「三人組は見つかった？」

「まだよ」ミス・シムズは言ってバースツールにすわったので、レースのガーターとフリルつきのパンティがのぞき、たちまちダンスに誘われた。

アガサはチャールズの耳に唇を寄せて叫んだ。「時間のむだだったわ」

次々にダンス曲がかけられたが、ヴィレッジ・ピープルばかりだったので、だんだんアガサはいらだってきた。ミス・シムズは戻ってこない。ここはシングルバーではない。若者向けのディスコだ。アガサは暑くて疲れ、落胆した。

そろそろミス・シムズを呼んで、この騒音から逃げだし新鮮な空気の中に出よう、とチャールズに大声で伝えようとしたとき、ミス・シムズがいきなり目の前に現れた。たくましい青年を連れている。「あのときの一人なの」彼女は叫んだ。

チャールズは青年を脇にひっぱっていき、なにやら怒鳴るようにしてしゃべっていた。それから彼はアガサに合図し、四人はクラブから出た。

「ああ、やれやれ」アガサは汚染された空気を胸いっぱいに吸いこみながら言った。

「ジェイクよ」ミス・シムズが言った。「メリッサといっしょにいた一人なの」

ジェイクはアガサの目には粗野なタイプには見えなかった。黒いTシャツに黒いズボン、大きなブーツをはいていたが、感じのいい顔つきをしている。

「どういうことなんですか？」近くのパブでテーブルを囲むとジェイクはたずねた。「彼女が殺されたって記事を読んだけど、おれとはまったく関係ないよ」

「問題は、わたしの夫が行方不明になっていて、殺人の容疑をかけられているってことなのよ。メリッサが本当はどういう人間だったのか知りたいと思っているの。あなたは彼女をどう思った？　実際には何があったの？」

「ええと、最初はあそこの照明は暗いし、化粧が濃かったから年がわからなかったんだ。おれのアパートに来てよくよく見たら、驚いたね。お袋と同じぐらいの年の女とはヤレないよ。それに、彼女はぐでんぐでんだったんだ。クラブでよほど飲んだにちがいない」

「そのとおりよ」ミス・シムズが口をはさんだ。

「で、おれと仲間でキッチンで相談したんだ。仲間たちって、ジェリーとウェインだけど、おばさんを追っ払えって言われた。だから戻っていって彼女に告げた。『帰ってもらうよ。おれたちはガールフレンドとデートがあるから』って。彼女はおれたちのまだ知らないようなことをいくつか教えてあげると言った。ぞっとしたよ」彼はアガサに生意気な笑みを見せた。「中年女性はどうなっちまったんだろうね」ミス・シムズがクスクス笑い、フルーツがたっぷり入った小さな紙の傘で飾られた青い飲み物をひと口すすった。

「だから、冗談じゃない、すぐに出ていけって、言ってやった。帰り道用に一杯お酒がほしいとねだられたんで、一杯渡して、キッチンに戻って仲間たちにすぐに追いだすからって伝えた。で、また行ってみると、ソファで意識を失っていたんだ。だから下まで運んでいって、ガードレールにもたれるようにして歩道にすわらせると、二人でまたクラブに戻った。戻ってきたときは午前二時ぐらいだったけど、彼女はいなくなってたよ」

チャールズはジェイクをしげしげと眺めた。「ひとつはっきりさせておこう。きみは彼女の年齢を勘違いしてクラブから連れだした。だが、どうして仲間たちもいっしょだったんだ？　全員が彼女を物にするつもりだったのか？」

「おれたちはそんなろくでなしじゃないよ」ジェイクがけんか腰で抗議した。

「わたしたちは警察じゃないのよ」アガサはなだめた。「それに、あなたの動機にも興味はない。実はメリッサについてひとつわかったことがあって、それは空想家だってことなの。それで、どうして全員がいっしょに戻ってきたの？　だいたい、あなたたちは彼女の年齢を勘違いしていないと思うわ。そうか、ドラッグね！　あの馬鹿な女はどこで手に入れられるか知っているって言ったんでしょ」

「おれが薬物依存症に見えるかい？」ジェイクが反論した。

「ねえお願い、話してちょうだい」アガサが頼んだ。「警察に行くつもりはないの。ただ、彼女がどこまで嘘をついていたのか知りたいだけよ」

「五十ポンドの価値はあるな」チャールズがいきなり言った。

ジェイクはうつむいてすわっていた。それから口を開いた。

「あんたたちが信用できるってどうしてわかる？」

「警察じゃないからだよ」チャールズが言った。「きみは薬物依存症には見えない。だから何だったのかな？　マリファナか？」

彼は肩をすくめてから口を開いた。「うん、そうなんだ。彼女の愛人がディーラーで、最高のコロンビア製のやつを手に入れてくれるって自慢してたんだよ。おれたちの家から電話するって。でも家につくと、おれたちに誘いをかけてきた、全員にね。まったくうんざりだったよ。『あんたの友だちに電話しろよ』っておれたちはせかした。彼女ときたら『それはあとよ。まず楽しみましょ』って言うばっかりでさ。だから、彼女にウィスキーのボトルを渡しておいて、キッチンで相談して、彼女は嘘をついているという結論になったんだ。で、戻ってみたら気を失っていたから、今言ったみたいに歩道に置いてきたんだ。いかれたおばさんだった」ジェイクはアガサに視線を向けた。「あんたの写真は新聞で見たよ。彼女、あんたの旦那とやってたんだろ？」

アガサは目をそらした。

「それはどうでもいい」チャールズが急いで口をはさんだ。彼はミス・シムズの方を向いた。「きみはこのことを何も知らなかったのかい？」

「ええ。あのクラブじゃ、まったく話が聞きとれないでしょ」

「おれの五十ポンドは？」ジェイクが要求した。

「あなたが払ってもらえるかな、アギー？」チャールズが言った。「わたしはちょっと懐が寂しくて」

「わたしはディスコの入場料を払ったわよ」

「あたし、小切手帳を持ってるわ」ミス・シムズがお金がないくせに、とんでもない気前のよさを見せて言いだした。

「いや、大丈夫だ」チャールズが立ち上がって財布をとりだし、お札を数えてジェイクに渡した。「名刺を渡しておいて、アギー。何か他に思いついたら電話してくれ、ジェイク」

「わかった。じゃあ、帰るよ」ジェイクは立ち上がると、ミス・シムズを見下ろした。「おれ、ディスコに戻るけど、いっしょに来る？」

「もちろん行かないわよ」ミス・シムズはきどって答えた。「あたしはお友だちといっしょに帰るわ」

ミス・シムズは立ち去っていくジェイクの背中を見ながら、不満そうだった。

「生意気ね！　あたしはもっと大人の紳士が好きなの。実を言うと、またエディとよりを戻したのよ」

「エディって誰？」アガサはたずねた。

「前の前の人。とってもいい人よ。チェルトナムでバスルームの設備業をしているの。奥さんが出ていったんですって。あたしのせいじゃないわよ。あたしとのことは最後までばれなかったから。どこかの女みたいに、あたしは図々しくないの。奥さんが手術用品を扱っている人とくっついて彼を捨てたのよ」


ミス・シムズを家で降ろすと、アガサとチャールズはアガサのコテージのキッチンにすわり、手に入れたささやかな情報について検討した。「何がつらいかわかる？」アガサがぼやいた。「メリッサについて知れば知るほど、ジェームズが彼女と関係を持ったことがおぞましく感じられるわ」

「死刑宣告をされた男は考えてもみなかったようなことをするものなんだと思うよ。それにジェームズはきわめて嫉妬深い男だったからね」

「まさかジェームズが！」

「いや、そうだよ」

「彼が嫉妬深いなんて一度も思ったことはないわ。わたしの方がとても嫉妬深かった」

「アガサが欠点を認めたとは！　驚いたよ」

「そのことはもういいわ。メリッサがドラッグディーラーの友人がいるって言ってたことについて、どう思う？」

「ドラッグのことを思いついたとは鋭いね。どうしてそんなことが閃《ひらめ》いたんだ？」

「ただの山勘よ。それにミス・シムズが怪しい連中がいたとか、いい加減なことを言ったから。あの人、ほんと、お上品ぶってるのよ。かなり危ない店かと思ったけど、実際はちゃんとしたピカデリー・サーカスにあるディスコだった。シングルバーでもなかったわ。どうしてメリッサはあそこに行ったのかしら？」

「セックスめあて？」

「どうかしら。彼女は殺人の被害者になるべくしてなった気がしてきたわ。だって、あの青年たちだって加害者になったかもしれない。ともかく、ドラッグディーラーの愛人のことに戻りましょう。それが本当ならねえ。動機が潜んでいそうでしょ」

「このドラッグディーラーの話は眉唾ものだと思うな。メリッサがミス・シムズを誘っていっしょにロンドンに行ったんなら、他にも村に親しい人がいたんじゃないかな」

「まちがってミス・シムズを選んだのかもしれないわ」アガサは苦々しく言った。「ミス・シムズは自分と同じようにいい加減な道徳観念の持ち主だと思ったのよ。村の他の人間じゃ、その条件にあわなかった」

「誰かいたかもしれないよ。外面的には、メリッサは完璧な村の主婦だった。ジェームズとの不倫は別にして。ねえ、アギー、やっぱりジェームズをこの方程式から除外しておくわけにはいかないよ」

「彼がやったんじゃないわ！」

「だが、何かに関わっていたから襲われることになったんだ。おそらくメリッサを殺したのと同じ人物にね」

「それだと、また夫たちに戻ってくるわ。結局、ミスター・デューイとはちゃんと話せなかったし」

「彼のことはちょっとおいておこうよ」チャールズが言葉に力をこめた。「ああ、疲れた。泊まっていってもいいかい？」

「予備の寝室の場所は知ってるでしょ」

「車から荷物をとってくるよ」

アガサは彼が出ていくのを半ばおもしろがり、半ばうんざりして見守った。過去に何度かチャールズは彼女の家に泊まったことがある。そういうときは退屈しているか、同居している年配の叔母が慈善パーティーを開くので、それが終わるまで屋敷に帰りたくないか、決まってどちらかのせいだった。どこかの女性を口説いているときは、何カ月もアガサの生活から姿を消す。チャールズはいまだに結婚願望を捨てていなかったのだ。永続的な関係を築けないのは、お金にケチなせいだとアガサは考えている。それに、お金にケチな人間は感情的にもケチになりがちだ。チャールズは感情的にも物質的にも、相手に多くを与えない。

「何を考えているんだい？」

アガサははっと顔を上げた。物思いにふけっていて、チャールズがキッチンに戻ってきたのに気づかなかった。

「あなたのこと」

彼はすわると、おもしろそうにアガサを見た。「わたしの何について？」

「どうして長続きするガールフレンドができないのかしら、って考えていたの」

「で、その理由は何だと思う？」

「あなたが締まり屋だからだと思うわ。ディナーに連れていって、財布を忘れる人、というか、あなたの場合は忘れたふりだけど、そういう男に我慢できる女性がいるかしら？」

「あなたはまったくおかしな女性だね。それで思い出した。あの五十ポンドの半分は貸しだよ」

翌朝、アガサが遅く目覚めると、ベーコンを焼く匂いが漂っていた。寝間着で階段を半分下りたところで、チャールズが泊まっていることを思い出した。階段を引き返して、手早くシャワーを浴び、服を着た。一階に下りていくと、チャールズは朝食をとりながら掃除婦のドリス・シンプソンとおしゃべりをしていた。

アガサとドリスはお互いをファーストネームで呼び合う、カースリーでは希有な間柄だった。

「おはよう、アガサ」ドリスはあいさつした。「そろそろ始めようと思っていたところなんです。二階はもう使わないなら、寝室から始めますけど。ゆうべ遅かったんですか？」

ドリスはチャールズとアガサを交互に見た。

「禁欲的な夜更かしよ」アガサは強調した。「メリッサがどんな人だったのか調べようとして、ロンドンまで行ってきたの」

「実は彼女のところでもお掃除をしていたんです」ドリスは言った。キッチンの棚から掃除道具を出そうとしてかがんだので、その声はくぐもっていた。

アガサとチャールズは目を見合わせた。「すわってちょうだい、ドリス」アガサは言った。「彼女のところで掃除をしていたのは知らなかった。何も言っていなかったから」

ドリスはしぶしぶすわった。「状況を考えると、言いたくなかったんです。あの人の名前も聞きたくないかと思って。それに、あなたはとても具合が悪そうでしたから、心配していました」

「われわれはメリッサの人となりを分析しようとしているんだ」チャールズが言った。「そうすれば、なぜ殺されたのかわかるかもしれないだろう」

「こんなことを申し上げていいのかわかりませんけど、極秘ですから。でも、彼女はもう亡くなってますしね」

アガサとチャールズは期待をこめてドリスを見た。「どういう意味、極秘って？」

「彼女がそう言ったんです」ドリスはエプロンをした肩越しに振り返ってから、声をひそめた。「デスクの上の物には一切手を触れるなって。政府の極秘プロジェクトの仕事をしていると言ってました。警察に話すべきでしたね」

アガサはため息をついた。「メリッサについてひとつわかったんだけど、彼女は空想家で嘘つきだったの。でも、どのぐらい彼女のところで仕事をしていたの？」

「週に一度だけです」

「亡くなるまで？」

「いいえ、その前に辞めました」

「どうして？」

ドリスは困ったように顔を赤くした。「お話ししないといけませんか？」

「ぜひ聞かせて」

「ある朝、家に行ったんです。彼女は出てきませんでした。鍵をもらっていたので掃除を始めました。まず寝室から掃除しようと思いました」

ドリスはじっとアガサを見つめた。

アガサは重いため息をついた。「ジェームズとベッドにいるのを見つけたのね」

「ええ。わたしは彼女を思いきり非難して鍵を返すと、家から逃げだしました」

ジェームズ、ジェームズ、どうしてそんな真似を？　しかも、あんな女と？　アガサは心の中で嘆いた。

声に出してはこう言った。「その部分は忘れて、ドリス。それと極秘の仕事の件も。

他に何か気づいたことはない？」

「とても細かいことにこだわりました。いつも、わたしの仕事をチェックするんです。ご満足いただけないなら辞めます、って言ったら、笑って、『以前はたくさん使用人を雇っていたの、執事やら従僕やらいろいろね。だから使用人を監督してチェックする癖がついているのよ』って言いました。でも、振り返ってみると、いろいろな面で彼女のことは尊敬できないと感じました」

「政府の仕事をしているとしても？」チャールズがたずねた。

「そのことも別に。だって、コッツウォルズには退役軍人がたくさんいて、戦時中は諜報活動をしていたってよく自慢してますから。『わしは政府のスパイとして仕事をしていたんだ。それがわしの背負っている十字架だよ』とかね。でも実はありふれたデスクワークをしていたとあとでわかるんです。彼女も地元議員のためにタイプでもしてたんじゃないかしら。だけど、警察に話さなかったのは、誰にも言わないと約束させられたからだし、もしかしたら少しは真実が含まれているかもしれないと思ったからです。自分でもひねくれていると、ときどき思いますけど。あちこちの家で掃除をしていると、そうなるんです。じゃ、そろそろ仕事を始めますね、アガサ」

ドリスが二階に行ってしまうと、アガサは言った。「タイプをしてたって言ってたわね。何をタイプしてたのかしら。ところで誰が遺産を相続するの？　ビルに訊かなかったわ」

「ミセス・ブロクスビーに訊いてみよう。メリッサには子どもがいたのかな？」

「それも知らないわ」

「じゃあ、牧師館に行ってみよう」

「何か食べてからね。わたしにも何か作ってくれたらよかったのに、チャールズ」

「寝ていたから」

「じゃ、自分で何か作るわ」

チャールズはアガサが冷凍カレーをとりだし、電子レンジにかけるのをおもしろそうに眺めていた。「まさか朝食にカレーを食べるつもりじゃないよね？」

「いけない？」

アガサができあがったカレーを電子レンジからとりだし、いかにもまずそうな料理を濃いブラックコーヒーといっしょに満足そうに食べているあいだ、チャールズは待っていた。

それからアガサは煙草に火をつけた。「一本もらえるかな？」チャールズが言いだした。

アガサは冷たい視線を彼に投げつけた。

「実現可能って言葉を聞いたことがある、チャールズ？」

「なんだかセラピー用語みたいだな」

「ようするに自分で買えるでしょ、って言いたいの。わたしは煙草を吸うけど、他人に吸うようには勧めないわ、とりわけ、その相手が吸わなくてもすませられる兆候を示しているときはね」

「あなたはやっぱり聖人だね、アギー。そうそう聖人と言えば、そろそろミセス・ブロクスビーに会いに行こう」

ミセス・ブロクスビーは牧師館の庭で水をまいていた。

「いろんなアブラムシがたくさん発生しちゃって」彼女は嘆いた。「暑い夏のせいね。今日は少し涼しくなるってラジオで言っていたわ、二十二度ぐらいになるって。イギリスで二十二度が涼しいって言われる日が来るなんて思ってもみなかったわ」

「雨の予報も出てますよ」チャールズが言った。「相変わらずメリッサの人柄について調べてるんです」

ミセス・ブロクスビーは水を止め、庭のテーブルに二人といっしょにすわった。

ていた。

「このあいだあなたたちに会ってから、ミセス・シェパードのことをずっと考えていたの。第一印象で、この人はサイコパスなんじゃないかって思ったわ」

「なんですって？」アガサは叫んだ。「連続殺人鬼みたいな人ってこと？」

「いえいえ、ちがうわ。サイコパスでもいろいろな段階があるの。目つきのせいね。彼女はしょっちゅう虚ろなまなざしをしてたんだけど、それを見て、以前知っていたある人を連想したの。そのときは大げさに考えすぎていると思ったけど、あなたたちの話である種のサイコパスの人物像が完成したわ。しょっちゅう嘘をつき、良心のかけらもない人よ。それに、思い出してみると、ミセス・シェパードは誰のことも好きではなかったと思うの」

「それは興味深いな」チャールズは言った。「あなたに会いに来たのは、誰が彼女のコテージを相続するのか知りたかったからなんです」

「村の噂によると、遺言書は残していなかったし、お子さんもいなかったみたいね」

「メリッサのコテージの中を見たいんだけど」アガサは言った。「何をタイプしてい

たか知りたいの」

二人はわかったことを洗いざらい話した。ミセス・ブロクスビーは熱心に耳を傾けてから言った。

「何を発見したの？」

たのか知りたいの」

「タイプしたものはミルセスター警察署の証拠保管箱の中にあるんじゃないかしら」

「それでもコテージに入ってみたいわ」

「ミセス・シンプソンが掃除をしていたから、まだ鍵を持っているかもしれないわね」

「返したって言ってたわよ」

「たぶん、こんな話はするべきじゃないんだろうけど、ミセス・シンプソンはクライアントの鍵をなくすことが心配なので、いつも合い鍵をこしらえているって口を滑らせたことがあるの」

「やったわ！」アガサは叫んだ。「行きましょ、チャールズ。戻ってドリスにたずねましょう」


ドリス・シンプソンはクライアントの合い鍵を作るなんて滅相もない、と強情に言い張ったが、作っていることはよく知っているのよ、とアガサが詰め寄ると、ついに折れた。もしかしたらメリッサの鍵はまだ持っているかもしれない、としぶしぶ認めると、ただちにアガサの車でドリスの自宅に行き、鍵を探すことになった。

「悪いことをしているような気がするな」メリッサのコテージに徒歩で向かいながら、チャールズが言った。

「どうして？」

「フレッド・グリッグズが通りかかって見つかったら、困ったことになるよ」フレッドは地元の警官だった。

「ほら」コテージの外まで来るとアガサは言った。「警察の立ち入り禁止テープはないわ。もう撤去されたのよ。フレッドが来たら、貸していたものがあるから取り戻したかったって言えばいいわ」

「そうしたらフレッドは言うだろう。『何を貸していたんですか？　どうして警察に言わなかったんですか？』」

「そうしたら、警察は手一杯だと思ったからって答える。もう心配するのはやめてよ、チャールズ」

二人はコテージのドアに近づいていった。「見て。単純なエール錠よ」アガサは鍵を錠前に挿しこんだ。「誰でも押し入ることができるわ」

「あのぞっとする死の臭いがまだ漂っているぞ。そこらじゅうに指紋採取用の粉があるだろう。何かに触れたら、わたしたちの指紋がはっきり採られちゃうよ、アギー。

手袋をしてこなかったし」

「見るだけよ。何かタイプしていたなら、デスクが必要だったはず。リビングにはないわね。たぶん寝室をオフィス代わりに使っていたのよ」

二人は階段を上がっていった。「気が進まないな」チャールズがつぶやいた。

「もう、黙っててよ。あなたのせいで、こっちまで不安になってきたわ。だいたい、何が起きるっていうの？」

二人はそっとドアを開けてのぞいた。バスルーム、ダブルベッドのある寝室、収納室、リネン戸棚。そのあとデスクとコンピューターのある小部屋が見つかった。

「ここだわ！」アガサは興奮して叫んだ。「何があるか見てみましょう」

手がかりを見つけられるかもしれないと夢中になるあまり、指紋のことも忘れ、アガサはデスクの引き出しを開けた。「何もないわ。まだミルセスター警察署に保管されているにちがいないわね」

「こんなことは提案したくないけど、パソコンに何か入っているかもしれない」

「そうね！」アガサはスクリーンの前にすわり、電源を入れた。「ファイルを見てみましょう。信じられる？　『チック・リット』っていうタイトルのファイルがひとつあるだけだわ」

「クリックしてみて。彼女は小説を書いていたのかもしれない。『チック・リット』っていうのは女性向け小説のことだろ、買い物とセックスしか出てこないやつだ。そういう小説の中じゃ、誰も彼もがグッチやアルマーニを着てセックスしているんだよ」

アガサはマウスを動かした。「ほら、出てきた。プロット」

二人は読んだ。「あのあばずれ！」アガサは押し殺した声を出した。プロットはコッツウォルズの村に住むようになった美しく洗練された女性がハンサムな男と恋に落ちる話だった。男には冷たく支配的な妻がいた。文章は下手くそだったが、描写されている男はまちがいなくジェームズだ。

「これがわたしってこと？」アガサはスクリーンに指を突きつけた。チャールズは肩越しにのぞきこんだ。「ミセス・ダーシーは」とアガサは読みあげた。「がっちりした体型のいばった女性で、服の趣味も悪く、クマそっくりの小さな目をしていた」

チャールズは笑いをこらえた。「もちろんちがうだろ」

アガサはぎくりとした。「あれは何？　外で車の停まる音がした」

チャールズは窓からのぞいた。「引っ越しバンで、メリッサにちょっと似ている同年配の女性が降りてきたぞ。彼女が姉にちがいない。見つからないうちにここから出なくては」彼は窓を開け、肩越しに硬直しているアガサに命じた。「早くパソコンの電源を落とすんだ！」

チャールズは窓からぶらさがった。「蔦が生えている。わたしが先に下りて、あなたが落ちてきたら受け止めるよ」

アガサがパソコンの電源を切り、窓枠に片脚をかけたとたん階下のドアが開く音が聞こえた。彼女は蔦をつかみながら、じりじりと下りていった。パンティストッキングがビリッと裂ける音がした。

「あとちょっとだ」チャールズがささやく声がする。蔦が切れて、アガサはチャールズの腕の中にころがり落ち、やわらかい花壇に彼を押し倒した。

「早く」チャールズがせかし、彼女は息を荒くしながら彼の体の上からどいた。二人はよろけながら立ち上がり、庭の奥へ走った。そこは高い塀に囲まれていた。チャールズに押し上げられ、アガサは塀のてっぺんを必死につかむと、うんうん言いながら体を持ち上げて塀にまたがった。下の地面にはイラクサが群生している。目を閉じて飛び下り、イラクサのど真ん中に落ちると悲鳴を押し殺した。

まもなくチャールズも隣に飛び降りた。そこはコテージの裏側にある小道だった。

「全身を突き刺されたわ。なんてざまかしら。家に帰って、軟膏《なんこう》をつけた方がよさそうね」

「そうしたまえ。わたしはコテージの表側に回って、彼女と話をしてくるよ」

「わたしもいっしょに行くわ」

「その格好じゃ、何をしていたのかと不審に思われるよ。腕にも脚にもイラクサの棘《とげ》が刺さっているし、ストッキングは裂け、ブラウスの前見頃には蔦の緑の染みがべったりついている。わたしはちょっと土ぼこりがついてるだけで、服が黒いから目立たない。行っておいで、アギー。すぐに合流するよ」

アガサはしぶしぶ家に向かって歩きはじめたが、コテージに近づくにつれ、棘の痛みがひどくなってきたので足を速めた。

家に帰ると二階に行き服を脱ぎ、シャワーを浴び、棘の刺し跡に抗ヒスタミン軟膏を塗った。きれいな下着を身につけ、ゆったりしたコットンのドレスを着てメイクをやり直すと、一階に行きチャールズを待つことにした。

さんざん待ってもチャールズが現れず痺れを切らし、メリッサのコテージに戻って、どんな様子なのか見てくることにした。

コテージに着いてみると、引っ越し業者が家具を運びだしているところだった。

「この家の女性はどこなの？」アガサはたずねた。

「どこかの男とパブにランチに行ったよ」業者は答えた。

アガサはきびすを返し、〈レッド・ライオン〉をめざした。猛烈に腹が立っていた。チャールズは電話して、いっしょに来るように誘うべきよ。

チャールズはいかにもメリッサと姉妹らしい顔立ちの女性とすわっていた。髪は黒かったが、おそらくメリッサの本当の髪の色も黒だったのだろう。

「ずっと待ってたのよ、チャールズ」アガサはなじった。

「電話しようとしていたところなんだ。こちらのジュリアと知り合ってね。ジュリア・フレイザーはメリッサのお姉さんなんだよ」

「このたびはお悔やみ申し上げます」アガサはあいさつした。

「あら、そうなの？」ジュリアは冷ややかに応じた。「わたしは悔やんでなんかいないわ」

アガサは腰をおろした。「何か食べる？」チャールズがたずねた。「わたしたちは卵とフライドポテトを頼んだけど」

「それでいいわ」アガサは答えた。チャールズがバーに注文しに行くと、アガサは興味しんしんでジュリアを眺めた。「じゃあ、妹さんのことは好きじゃなかったのね」

「そうよ」

「どうして？」

「嘘つき女だったから。おまけに主人に誘いをかけたから、二度と顔を見たくないって言ってやったの」

「まあ。だけど、遺言であなたにすべてを遺したんでしょ？」

「ええ、意外にもね。あのコテージは荷物を片づけて、売るつもりよ」

じゃあ、遺言書があったんだわ！　ミセス・ブロクスビーは何もかも知っていたわけじゃなかったのね、とアガサはいくぶん優越感を覚えた。

「ところで、あなたは誰なの？」ジュリアがたずねた。

「失礼。名乗るのを忘れていたわ」そう言ったとき、チャールズが戻ってきた。「アガサ・レーズンよ」

「お気の毒に。メリッサがあなたのご主人を毒牙にかけたんですってね。新聞で記事を読んだわ。消息はわかったのかしら……その、お名前は何でしたっけ？」

「ジェームズ・レイシーよ。いえ、何も」

「あなたは旧姓に戻ったの？」

「いいえ、仕事ではずっとレーズンという苗字を使っていたので、そのまま使っているだけ。妹さんを殺したがる人に心当たりはあります？」

「たくさんいるわ。あなたのご主人もその一人」

「夫の仕業のはずがないわ。夫を襲った犯人とあなたの妹さんを殺した犯人はきっと同一人物よ」

「特定の人は思いつかないわね。妹はいつも厄介ごとを起こしていたわ。父がかつて妹を入院させたことは知ってる？」

「いいえ、何のために？」

「十代後半でドラッグにはまったからよ」

またドラッグか、とアガサは思った。

「妹はサイコパスと診断された。しょっちゅう嘘をつき、善悪の区別もつかないみたいだったの。男性を意のままに操るのが好きで、ちょっとカメレオンみたいだったわ。妹は男性が望むことをかなえるために、何でもしたの。それで男性は夢中になったけど、すぐに過ちに気づいた。しかも、妹は何をしても長続きしなかった。でも、そういう性分だったからしょうがないわね。あの子がわざわざ遺言書を作ったので驚いたわ。だって妹は自分が不死身だと考えているような人間だもの。ひどい言い方に聞こえるかもしれないけど、妹には愛情をまったく感じていないの。死んだと聞いたとき、最初に感じたのは安堵《あんど》だった。殺人犯がまだ野放しになっているのは怖いけど、妹は親しい相手をとことん怒らせたし、悪意のこもった言葉をしじゅう投げつけたから、当然の報いかもしれないわね」

「彼女の夫たちをご存じでしたか？　シェパードとデューイを」

ジュリアは首を振った。ほとんど手をつけていない卵とフライドポテトの皿を押しやった。「とっくの昔に妹とは縁を切っていたから。ランチをごちそうさま。でもそろそろ戻らなくては。いいえ、そのままで。歩いて帰りたいから」

ジュリアがいなくなると、アガサはチャールズを責めるようににらんだ。

「二人でパブに行くって、どうして連絡してくれなかったの？」

「とても話が弾んでいたし、あなたが身支度を整えるには何時間もかかると思ったんだ」

「いい、二度とわたしをのけ者にしないでよ。ひどいわ、こんな真似をして。ああ、大変！」

「どうしたんだ？」

「メリッサの仕事場の窓、開けたままだった。警察に通報されたらどうしよう？」

「わたしが閉めておいたよ。家に入れてもらって、ちょっとしゃべってからトイレを借りたいって言ったんだ。二階に行ったときに閉めておいた」

「抜け目ないわね」アガサは機嫌を直した。

「じゃあ、許してもらえる?」

「まあね。二度としないでよ。ねえ、メリッサがサイコパスってことで、いっそうわからなくなったわ。容疑者はたくさんいるにちがいないし、わたしたちはいまだに手がかりをまったくつかんでいないのよ」

「サイコパスのことはあまり知らないんだけど、ハンニバル・レクターみたいな人間のことだと思ってたよ」

「食べ終わったら家に帰って、百科事典で調べてみましょう」

百科事典で調べ、インターネットで情報を得ると、アガサはうめいた。

「何かを説明するときに、どうして簡単な言葉を使えないの?」

「サイコパスはつい最近まで包括的な診断だったんだと思う。メリッサがごく最近入院させられたのなら、ASPD、すなわち反社会性パーソナリティ障害と診断されていたと思うよ。ほら、ここに特徴が書いてある。良心がないってことの他に、共感の欠如、過大で傲慢な自己評価、軽薄なうわべだけの魅力。酒、ドラッグ、またはその両方に溺れる傾向……ええと……」

「何？」

「気にしないで」

「何を隠しているの？」

「異常性行為」

「ジェームズなんて、もう愛していない」アガサは震え声でつぶやいた。

「当然だよ。あんな化け物と一分たりともよくいっしょに過ごせたもんだ」

「もういいわ。反社会的性パーソナリティ障害についてはたくさんの知識を得たけど、誰が殺したのか、ジェームズがどこにいるのかはさっぱりわからないままよ」

ジェームズ・レイシーは体に力がみなぎり、気分がよかった。頭痛は消えた。祈禱に参加し、修道院の菜園で働いていた。奇跡が起き、なぜか脳腫瘍が消えたのだと感じた。しかし、カウンセラーのミシェル修道士はそのことを何も知らなかった。ジェームズは静かな宗教的な生活を送りたいということしか打ち明けていなかったのだ。ミシェル修道士は、ジェームズが長いあいだ軍隊で過ごしてきたことは知っていたが、結婚や逃亡のいきさつについては何も聞かされていなかった。ジェームズはアガサのことが思い浮かぶと、すぐさま頭から追いだした。昔の生活のごたごたは脳腫瘍のせいにした。修道院にいて、厳しい規律に従っていると、再び軍隊に入ったかのように感じられた。見習い期間が終わったら、修道会に入るつもりだ。いつかミシェル修道士に自分の人生の真実について語るかもしれない。だが、まだそのつもりはなかった。

6

翌日、アガサは言った。「ミスター・デューイにもう一度話を聞くべきよ」

「彼の家の近くに顔を見せただけで、あのいまいましい女にまた通報されるよ」

「それはないでしょ。すでに笑い物になったんだから」

「えっ、そうかなあ？　笑い物になったのはあなたの方だと思うよ。銃を持っていると言ったせいで」

「あのことはもう忘れて。デューイには窓の修理代を気前よく払ったんだし、もう一度行ってみましょうよ。ただじっとすわって、ジェームズのことを心配しているのが耐えられないの」

「もうジェームズのことは愛していないのかと思った」

「彼を見つけたら、説教してやりたいだけ。さ、行くわよ、チャールズ」

ウースターへと車を走らせながら、アガサは言った。「この新しいバイパスができたせいで、ブロードウェイの景色が見られなくなって残念ね。いつか脇道に折れて、昔はこのあたりがどんなだったか見ようと思っているわ」

「じゃ、こうしよう。この殺人事件の犯人を見つけたら、〈リゴン・アームズ〉でディナーをごちそうするよ」〈リゴン・アームズ〉はブロードウェイにある有名で高級なホテルだった。

「そんなことを言ってほしくなかったわ。だって、あなたが値の張るディナーを約束するってことは、犯人を見つけられるとは信じていないからでしょ」

「ちがうよ、いつものようにあちこちで失敗を重ねているうちに、何かを暴くにちがいないと信じてるよ」

イヴシャムに近づいたときに、チャールズが何かつぶやき、路肩に駐車すると車を降りた。「どうしたの？」彼が車に戻ってくると、アガサはたずねた。

「スローパンクチャーだ。このあたりで修理できるところがあるかな？」

「スペアタイヤはないの？」

「うん、去年使って、新しいタイヤを積んでおくのを忘れた」

「そうねえ、新しい環状交差点を回ってフォー・プールズ工業団地に入ると、〈モーターウェイズ〉っていう店があるわ。ものの一分で新しいタイヤをつけてくれるわよ」

〈モーターウェイズ〉で車を停めた時には、タイヤはほぼぺちゃんこになっていた。二人はオフィスにすわって待っていた。修理工が入ってきた。

「他のタイヤもぎりぎりまですり減ってますよ」

アガサはチャールズに鋭い視線を向けた。

「すべてのタイヤを直してもらって、チャールズ。高速道路でスピードを出しているときにパンクしたらどうするの？」

チャールズはすべて新しいタイヤに交換して、スペアタイヤもひとつほしいと伝えた。「あなたがお金を使っているのを見るとうれしいわ」アガサはにやっとした。

カウンターの向こうの男が言った。

「そこのマシンのコーヒーは無料ですよ。よかったらどうぞ」

チャールズの顔がぱっと明るくなった。ただでもらえるもののことを考えたおかげで、痛い出費への狼狽《ろうばい》が鎮まったようだった。

アガサはコーヒーのカップを手にして、ぼんやりとあたりを見回した。妙なものね、都会で育つとそれが刷り込まれ、こんな工業団地の建物でも心を慰めてくれるほど美しく感じるんだわ。外ではまた雨が降りだしている。熱したほこりっぽいコンクリートを雨がたたく懐かしい匂いを吸いこんだ。村ではそこらじゅうに花が咲いていた。ラベンダー、タチアオイ、バラ、ヒエンソウ、グラジオラス、パンジー。それでも、工業団地のコンクリートの割れ目から伸びてきている雑草を美しいと感じられた。

車の用意ができたと言われたときは、残念に感じたほどだった。

「ねえ、チャールズ、真面目な話、どうしてそんなにしみったれになったの?」車が走りだすと、アガサはたずねた。「お金に困っているわけじゃないんでしょ」

「すべては相続税のせいだと思うよ。それに父は土地を荒れ放題にしておいたから、農夫たちは小作料を払わなかった。すべてを変えるためにものすごく奮闘したんだ。金が金を生むように、優秀な株式仲買人を見つけた。屋敷と土地を失うわけにはいかなかったからね。できるだけ節約するようにしていたら、それが習慣になったんじゃないかな。農業で学位をとり、簿記のコースもとった。自分で帳簿をつけられれば、税理士の費用を節約できるからね。しばらくは屋敷の一般公開までしていたほどだ」

「あなたの家をけなしたくないけど、あれは大きいだけのヴィクトリア朝様式の建物で、建築的な価値はないでしょ」

「幽霊を発明したんだよ。書斎の壁からドライアイスが流れだす仕掛けを作ったんだ。見学者たちはそりゃもう興奮していたよ。ぎゅう詰めの観光バスに乗ってやって来たものだ。でも懐が潤うと、屋敷のツアーは中止した。その株主仲介人は魔術師だったんだ。わたしにひと財産こしらえてくれた」

「わたしの株主仲介人もかなり優秀よ」アガサは応じ、二人で株や配当金についてなごやかにしゃべっていると、ウースターとの境界にたどり着いた。

「今回は運に恵まれず、彼は在宅していないかもしれないわね」

そのとおりになった。ドアベルを押しても誰も出てこなかったが、ありがたいことに〈ご近所パトロール〉の女性はどこにも姿がなかった。

「隣の家を訪ねてみよう」チャールズが提案した。「カーテンが引っ張られるのが見えたよ」

「いいえ、やめておきましょうよ」アガサはあわてて止めた。「このあいだ警察に連れていかれるところを見られていたかもしれない。住宅地を出たところに新聞店があったわ。彼の居所を知っているかもしれない。どこで働いているのか訊くのを忘れたわね」

パキスタン人の店主は、ミスター・デューイがウースターの中心部にある〈マークス＆スペンサー〉の裏手で〈シャンブルズ〉というアンティークショップを経営していると教えてくれた。そこで白鳥が優美に舞い降りたり飛び立ったりしている川沿いの大きな駐車場に車を停めた。今では土砂降りになっていた。チャールズは車のトランクから大きなゴルフ用の傘をとりだし、それをさして二人はメインストリートを横断し、〈シャンブルズ〉まで歩いていった。

そこは小さなアンティークドールだけを置いているこぢんまりした店だということがわかった。二人はしばらくウィンドウを眺めていた。

「古い人形にはどこか不気味なところがあるな」チャールズが意見を言った。「こちらを見ているあの目。人形をかわいがっていた子どもの性格が、そのまま人形の中に投影されているんじゃないかという気がするよ」

暗い店に入っていった。ミスター・ジョン・デューイは店の奥で小さなテーブルについていて、立ち上がって二人を迎えた。「ああ、またあんたたちか」

「小切手は届いたと思いますけど」アガサは言った。

「うん、ありがとう」

「先日はお話が途中になってしまったので」

「他に話すことは思いつかないな。作業を続けてもかまわないかな?」

テーブルにすわり、青い目がひとつしかついていない大きなエドワード王朝時代の人形をとりあげた。「新しい目をつけてあげているんだ」彼の前にはガラスの目が入ったトレイが置かれていた。「ぴったりの色とぴったりの大きさを選ばなくてはならないんだ。ああ、たぶんこれだな」ひとつの目をつまみあげ、ウィンドウのそばに持っていった。「ううむ、これでよさそうだ」戻ってくると、すわって人形を膝の上に置いた。「すぐに世の中が見えるようになるよ」と話しかけながら、手際よく頭をはずした。「中側から留めるんだよ」二人を見上げて説明した。

とても小柄なミスター・デューイは几帳面な性格らしく、細かい作業に没頭しているようだった。ついアガサはたずねた。「どうしてメリッサみたいな人と結婚したんですか？」

「ときどきそれを自問したものだよ。それまで女性にほとんど関心がなかったんだが、彼女はアンティークドールについてとても知識があるように思えたんだ。待って、ある物を見せよう」彼は修理していた人形を置くと、店の奥に入っていった。

「不気味な人ね」アガサはささやいた。「ハンマーをぶらさげて戻ってきたら、すぐに逃げて」

「どうしてハンマーなんて思いついたんだ？　凶器は何も発見されていないよ」

「ずっとハンマーだって気がしてたの。理由はわからない」

ミスター・デューイは人形を手に戻ってきた。「これはわたしのいちばんのお気に入りなんだ。十八世紀のものだ。こういう古い人形は人間の顔をしていることに気づいたかな？」

その人形は革製の顔に緑の目がついていた。髪には髪粉がはたかれ、ドレスはシルクでパニエが入っている。アガサは落ち着かない気持ちで人形を見た。小馬鹿にしたような生意気な表情をしている。「この人形とメリッサにどういう関係が？」

「すべてだよ。数週間のあいだメリッサと店でいろいろな話をして、ときどきランチをとったが、いつも話題は人形のことだった。やがて公会堂の仮装舞踏会のチケットを二枚持っているので行かないか、と誘われた。わたしは内気だし、ダンスはできないと断ったんだが、仮装してみんなの衣装を眺めるのは楽しいと説得されたんだ」

「どういう格好で行ったんですか？」アガサはたずねた。

「海賊の黒ひげだよ」アガサはふきださないようにするのに苦労した。こんなにきちんとしていて身だしなみがよく、人形を腕に抱いている人が海賊とは。「会場で落ち合うことになっていた。ここから公会堂までは歩いてすぐなんだ。衣装を着ると、まったくちがう気分になったよ。いつもよりも大股で歩いたほどだ。着いてから、会場を見回した。最初に目に飛びこんできたのはメリッサではなく、この人形、わたしの宝物だった。メリッサはこれと同じドレスを着て、髪粉をふりかけていた。その場で恋に落ちた。頭がくらくらしたよ。夜が終わらないうちに、彼女に結婚を申し込んでいた」彼は嘆息した。

「それで、どうして結婚生活はだめになったんですか？」

「結婚したとたん、メリッサは人形の話をしなくなり、まったく関心を示さなくなったんだ。しかも、そのドレスは二度と着なかった。家の中で、わたしのためだけに着てほしいと頼んだが、聞き入れてもらえなかった。まるで別の人間になったみたいだった。頑固で怒りっぽくて。わたしは仕事に没頭したが、結婚生活も続けたかったので、そういう悲惨な状態を三年ほどずるずる続けた。もう一度、わたしはドレスを着てほしいと頼んだ。すると彼女は、『いい加減にして！』と叫ぶと、キッチンばさみを手にとり、わたしの大切な人形をずたずたにしてやると怒鳴ったんだ。

わたしは胸がつぶれそうになったが、できるだけ冷静に説得するようにしゃべった。きみは店の鍵を持っていないだろう。金属製シャッターがウィンドウとドアに下ろしてあるし、警報装置もセットしてある。もう二度とドレスを着てくれとは頼まないから、さあ、すわって、飲み物を持ってこよう、とね。彼女はぐいぐい酒を飲んだ。わたしは特別なカクテルを作ってあげようと申し出て、自分の睡眠薬を何錠かとりだし、作ったカクテルに混ぜた。それをひと息に飲み干したとき、彼女の目がみだらにぎらついていたのを覚えているよ。彼女が意識を失うと、両腕と両脚をとても固く縛った。ワイヤーで」

アガサはチャールズの方ににじり寄った。

「意識を取り戻したとき、目をえぐり出して、人形の目をはめてやると脅しつけた。そうそう、さるぐつわも噛ませたことは言ったかな？　まだだったか。ああ、さるぐつわもしたよ。それから離婚したいと告げた。すぐに出ていってほしいと。承知するなら、うなずけと言うと、彼女はうなずいた。とことん怯えさせたかったんだ。わたしのもとを去って離婚するだけではなく、解放したときに反撃されないようにね。いましめを解くと、すぐに荷物をまとめて出ていったよ」

アガサは目を光らせて、彼を見た。「でも、あなたはまだ彼女を愛しているにちがいないわ」

「どうして？」

「彼女がわたしの夫と関係を持っているとどこかから耳にしたので、まず夫を襲ったけど、逃げられたのでメリッサを殺したのよ」

ミスター・デューイはそっと笑い声をあげた。アガサの非難にもまったく心を乱されていないようだった。「わたしは暴力的な人間じゃない。ああ、彼女がいなくなってどんなにほっとしたか。ダンスはできないと言っただろう？　内気なのでダンスができないんだ。でも、彼女がいなくなると、家でワルツを踊り回ったよ」人形の小さな手をとると、その場でワルツのステップを踏んだ。

そのときお客が入ってきたので、彼はダンスを中断した。「すぐに戻ります」と彼はお客に言って、人形といっしょに裏にひっこんだ。

「ここを出ましょう」アガサが声をひそめて言った。

二人は外に出た。雨は止んでいて、ぎざぎざの灰色の雲のあいだにところどころ淡いブルーの空がのぞいている。

「ビルにこのことを報告した方がいいな」チャールズが言った。

「まったく驚きよね！」アガサはチャールズの腕をつかんだ。「一杯やりたいわ」

二人はパブに入っていった。アガサはジントニックを、チャールズはオレンジジュースを頼んだ。「彼にはアリバイがあるってビルが言っていなかった？」アガサはたずねた。

「いいや、シェパードにアリバイがあるって言ったんだ。デューイについては何も言っていなかったし、こちらもたずねなかった。ビルにこのことを話すべきだよ。あの男は絶対におかしいよ」

アガサは携帯電話をとりだした。しかし、ミルセスターの警察署に電話すると、ビルはすでに帰宅していた。

「家で会うのは気が進まないわ。あの両親は苦手よ！」

「ともかく行ってみよう。早く飲んで！」


ウォン一家はミスター・デューイの家と同じような造成された住宅地に住んでいた。ビルの父親は香港系中国人で、母親はグロスターシャー出身だった。ミセス・ウォンがドアを開けた。二人をじろっと見てから、肩越しに叫んだ。

「父さん、また、あの女だよ！」

じゅうたん地のスリッパでパタパタ歩いてミスター・ウォンがやって来た。

「ビルと話せますか？」アガサはたずねた。「とても重要な用件なんです」

「まず電話をして約束するべきだろ」父親は妻といっしょに戸口をふさいでいて、二人とも断固としてどくつもりはないようだった。ビルは結婚できると思っているのかしら、こんなに独占欲の強い両親と住んでいて。

アガサはいきなり声を限りに叫んだ。「ビル！」すると彼が「アガサ？」と答える声がしたので、ほっとした。

しぶしぶ両親は戸口から後退し、ビルが満面に笑みを浮かべて現れた。

「どうぞ入ってください。みんなでお茶でもどうかな、母さん？」

「誰にもお茶を出すつもりはないわよ」母親は不機嫌に応じた。

「よかったら庭に行かない？」アガサが提案した。「あなたが興味を持ちそうな話があるの」

「いいですよ」ビルは家を通り抜けて裏庭に二人を案内した。たくさんの花が咲き乱れた庭はビルの誇りであり、大きな喜びをもたらしていた。三人は花に囲まれたガーデンテーブルについた。

「何をつかんだんですか？」

アガサはジョン・デューイとの会話とその結婚生活の顚末について語り、最後に「彼にはアリバイがあるの？」とたずねた。

「メリッサが殺された夜、店で遅くまで働いていたと証言する人が複数いたんです。例の〈ご近所パトロール〉の女性は彼が真夜中に帰宅するのを見ています。もちろん正確な死亡時刻はわかりませんから、その気になればカースリーまで行って戻ってこられたでしょう。彼に目を光らせておきますよ。他には？」

アガサはディスコを訪ねたことと、メリッサが薬物依存症で入院していたことがあり、サイコパスと診断されていたことを話した。それからつけ加えた。「もちろん、もう一人の夫、シェパードがいるわ」

「ただ、ルーク・シェパードと奥さんはあの晩、オックスフォードのランドルフ・ホテルに泊まっていたんです」

「でも、そんなに遠くないわ。カースリーまで車で行き、犯行におよび、あっという間にまた戻ってくることはできる。オックスフォードまでは四十五分ぐらいよ。制限速度を無視したら三十分で行けるわ」

「ちゃんと調べましたよ。夜間スタッフは彼が出ていくのを見ていませんでした」

「ありえない」アガサはうめいた。「犯人は彼女が過去に関わった誰かにちがいないんだけど。メリッサはうちの掃除婦に、政府に依頼された極秘の仕事をしていると言ったらしいわ。どうしてそんな嘘をついたのかしら？　どこかの議員とか、軍人と関係があったの？」

「ジェームズのような？」アガサの目に浮かんだ憑《つ》かれたような表情に気づき、言わなければよかったとビルは後悔した。

「ジェームズについてはまだ何もわからないの、ビル？」

「まったく。お金を引き出しているか定期的にチェックしているんですが、何も動きがないんです。ねえ、ちょっとここでのんびりしていって、みんなでディナーをとりませんか？」

アガサは身の毛がよだつ思いだった。ビルの母親はおそろしく料理が下手だったし、食事のあいだじゅうお客がいることで愚痴をこぼすだろう。両親がいかにひどい人間かビルが気づいていないことにはいつも驚かされるが、彼は両親を心から敬愛していて、欠点にもまるで気づいていなかった。

「いえ、せっかくだけど。そろそろ行かなくちゃ」

「知らせてくれてありがとうございます。デューイを呼んで、もう一度話を聞いてみますよ。そんなふうに彼女を縛って目玉をえぐりだすと脅した男なら、殺しだってやりかねない」


「さて、これからどうする？」チャールズがたずねた。「そろそろ切りあげて、ディナーに行く？」

「疲れたわ。だけど、店を閉める前にルーク・シェパードをつかまえられるわね」

「彼に何を訊くんだ？　まだたずねていないことがあるかな？」

「デューイの話ができるわ。デューイに会ったことがあるか、デューイはメリッサを訪ねてきたことがあるか訊ける」

「いいとも」チャールズは愛想よく賛成した。「試してみよう」

ふいに彼に対する愛情が胸にあふれ、アガサは口を滑らせた。

「あなたなしでは途方に暮れてたわ、チャールズ」

チャールズの顔はこわばり表情を失った。しまった、アガサは舌を嚙みたくなった。ルールその一。あなたが必要だと絶対に男性に言ってはならない。今にもチャールズは家に帰って荷造りをしたい、と言いだすだろう。だが意外にも、チャールズはそのまま運転していき、ミルセスターの大駐車場に滑りこむとようやく口を開いた。

「シェパードは短気な男だと思うな。怒りの矛先がわれわれに向かないように祈ろう」

「何か買えばいいわよ」アガサが提案した。「そうすれば機嫌がよくなるかもしれない」

「あの店で？　冗談だろ」

「ちょっと思いついただけよ」二人はシェパードの店のある通りを歩いていった。彼は外に出てちょうどシャッターを下ろしているところだった。二人は足を速めて近づいた。

「おや、お二人さんか」シェパードはそっけなかった。

「ちょっとお時間を拝借できないかと思って」アガサは言った。

「かまわないが、一分だけだよ。パブに行こう」

中に入ると、アガサは彼に何を飲むかとたずねた。チャールズにまた財布を忘れたなどと言いだされたくなかった。

アガサは飲み物をテーブルに運んでいった。チャールズと自分にはオレンジジュースを頼んだ。帰りは自分が運転していくつもりだった。

ジョン・デューイと会ったことを話してから、質問した。「メリッサは前の結婚について話題にしたことがあります？　あるいはデューイが彼女に会いに来たことは？」

「デューイは頭がおかしいと言ってたよ。人間よりも人形を愛しているっていう話だったな。だが、それぐらいしか話そうとしなかったね。大喜びで彼から逃げだしたわけだからね」

アガサはがっかりした。「彼のことを怖がっているというような話は聞きました？」

「それはないな、一度だけデューイを見たことがあるよ、好奇心からね。彼の店に行ってみたんだ。吹けば飛ぶような小男だった。ハエ一匹殺せないだろう。離婚に際しては何のトラブルもなかったと言っていた」

チャールズが口を開いた。「しかし、彼はメリッサに無理やり離婚を承知させたんです。その話は聞いてませんか？」

シェパードは心から驚いた様子だった。「いいや、何も言わずに離婚を承知してくれたと聞いていたが」

「実はこういう事情だったんです」アガサはデューイがメリッサを縛り、脅しつけた顚末を語った。

シェパードは目を丸くした。「ひとことも言っていなかった。もっとも、あいつは秘密主義だったからな。メリッサは自分の金をたんまり持っていたが、それについても一切言わなかった。通帳や銀行関係の書類は鍵をかけて保管していた。言っとくが、それは別にどうでもいいことだ。ハネムーンが終わったときには、すでに彼女と縁を切りたくなっていたからね」

「ハネムーンで何があったんです？」アガサは身をのりだしてたずねた。

シェパードはいらだたしげに腕時計を見た。「じゃ、かいつまんで話すよ。パリに行ったんだ。八月だったので、フランス人はあまりいなかった。みんな休暇に出かけてしまっていたんだ。メリッサは半端じゃない知識を持っていた。ガイドブックを暗記したんだろう。いたるところに行ったよ。ノートルダム大聖堂、ヴェルサイユ宮殿、サクレ・クール寺院。わたしはフランス語を話せないが、彼女はネイティブ並みに話せると自慢した。だから、たずねたんだ。『ネイティブはどうしてきみが言っていることをひとことも理解できないんだろうね？』その瞬間、彼女はわたしの一言一句に耳を傾ける完璧なパートナーの演技をやめてしまった。わたしばかりか出会ったすべての男から常に注目されたがった。ちがった性格の多数の男たちが同じ部屋にいたらどうするんだろうと、ときどき思ったものだ。気に入られるように、一人一人に別の演技をするのかもしれない。というわけで、戻ってきたときには、あの女にうんざりしていたんだ」

「それで、どうやって離婚に同意させたんですか？」

シェパードはまた腕時計を見た。「本当にもう行かないと」

「簡単でけっこうですから。離婚を求めたら、彼女はおとなしく受け入れたんですか？」アガサはたずねた。

「まあ、そうだね」彼は立ち上がった。「失礼するよ、二度も時間を割いたんだから。金輪際ここに来ないでほしい」

「結婚していたときはどこに住んでいたんですか？」チャールズがいきなりたずねた。

彼は振り返った。「なぜ？」

「ちょっと思っただけです」

「オックスフォードだ」

「オックスフォードのどこですか?」

「ジェリコ。プリニー・ロード」

大股でパブを出ていった。

「今の話をどう思った?」チャールズがたずねた。

「そうねえ」アガサは両手に顎をのせた。「デューイと同じように、彼もメリッサを脅したんだと思う」

「わたしも同じ意見だ。だから古い住所を訊いたんだ」

「どうして?」

「明日そこに行って、近所の連中にシェパードとメリッサのことを訊いてみるんだ。どうしてオックスフォードなんだろうね? オックスフォードからミルセスターまで少なくとも車で一時間半かかるぞ」

「メリッサのお姉さんにもっと質問をするべきだったわ」

「これからだってできるよ。彼女の名刺をもらったから。ケンブリッジに住んでいるんだ。やっぱり大学の町だ」

「そこまで行く必要がある？　かなり遠いわよ」

「電話をしてみよう。とりあえず、ここを出て、ディナーをとろう」

「家に帰って、わたしが何か作るわ」

「朝食に電子レンジ調理のカレーを食べているような人間にディナーを任せられない。ミルセスターにはいいレストランがたくさんあるよ」


翌朝目覚めたとたん、憂鬱が黒い波のようにアガサに襲いかかってきた。ずっとジェームズの夢を見ていたのだった。夢の中で二人は手をつないで晴れたビーチを散歩していた。彼はどこなの？　生きているの？　わたしのことを考えているのかしら？彼の汚名をそそごうと、どうしてこんな苦労をしているんだろう？


寝室に入ってきたチャールズに、どうして起きないのかと叱責されると、アガサはそうした思いを口ごもりながら伝えた。

「あなたの名誉も挽回しようとしているんだ。忘れちゃったのかい？　あなたのアリバイはジェームズがいなくなった夜しかないんだ。メリッサの殺害に関しては無実を証明するものがまったくないんだよ」

「ここにコーヒーを持ってきてくれる？」

「だめだ。ここで飲んだら、煙草を吸って、またベッドにもぐりこんでうじうじしているだろうからね。下りて来るんだ」

アガサはベッドから出た。膝がこわばっているので見下ろした。また肉体の裏切りだ。少しストレッチしてから、熱いシャワーを浴びた。服を着たときにはこわばりはなくなっていた。しかし、これが老いへの序奏曲なのではないだろうか？　さようなら健康な生活、こんにちは、尿漏れパンツと膝サポーター。歩行器を使って歩くのはどういう気分だろう？　ふいに生きている実感が、刺激がほしくなった。今すぐ二階のベッドに来て、とチャールズに言いたい衝動がこみあげてきた。そのときふと思った、ジェームズが感じたのはこういうことだったのかしら？　短時間だけ膝が痛くてもこんなふうに感じるなら、死ぬかもしれないと知った彼はどんな思いだっただろう？　彼は神と和解したんでしょ。あなたはどうなの？　と頭の中の皮肉っぽい声がたずねた。アガサはのろのろと首を振った。少しだけ信じている神はぼさぼさの灰色の髪をして、爪先のあいたサンダルをはき、アガサ・レーズンに批判的だった。

「アガサ！　どうしてそこに突っ立って首を振りながら、ぶつぶつ言ってるんだ？」チャールズがたずねた。

アガサは心の中で自分に活を入れた。「癌のことを知ったとき、ジェームズが何を考えたのか想像しようとしていただけよ」

「そんなこと、恐ろしくて考えることもできないよ。トーストを焼いてコーヒーを淹れたよ。まずは食べて飲むんだ。それからオックスフォードに出発だ」

オックスフォードに向かいながら、ハンドルを握っていたアガサはエアコンのスイッチを入れた。「太陽が照りつけているわ。今日はとても暑くなりそうね」

「ブレナム宮殿を過ぎてすぐ、速度違反のカメラがあるから気をつけて」ウッドストックを抜けていくとチャールズが注意した。「いつもこっち側に向いているカメラを見慣れているけど、反対側にも向けておいて、無事に通過したと思ったとたんにスピードを上げるドライバーをすべてつかまえているんだ」

「町や村でスピードを出したことはないわ」アガサは真面目に言った。前方の車はカメラの向きが変わっていたことに気づかず、ゆっくりと通過してからスピードを上げた。とたんに写真を撮影され、まばゆいフラッシュが光った。「ほら、言ったとおりだろう」チャールズは別の運転者が速度違反のカメラにつかまったのを見て、やけに満足そうだった。

「ねえ、チャールズ、頭の中で容疑者についていろいろ考えていたんだけど。つまり、二人の容疑者ね、シェパードとデューイ」

「三人だよ」

「三番目は誰？」

「姉だ。彼女が遺産を相続するんだからね。たぶん自分が相続することを知っていたんだろう。メリッサは自分のお金を持っていたようだから」

「ええ、でもジェームズはそこにどう関係してくるの？」

「彼のことは忘れていた」

「お姉さんがどうしてジェームズを襲うの？」

「ジェームズが何をしていたのかわかったもんじゃないよ。ほら、ジェームズはいろいろなことを見つけだそうとすると、あなたみたいに熱心になるだろう」

「じゃあ、三人の容疑者たちは……」

「もっといるかもしれない。ジェイクと友人たちは？　最近はマリファナのことなんて気にする人間はいないだろうけど、覚えてるだろ、メリッサはかつて薬物依存症で入院したんだ。もしかしたらもっと強いクスリがほしくなって連中に無理に勧められたのかも」

「可能性はあるわね。だけど、ただの推測じゃビルに話せないわ。シェパードもデューイも犯人らしく見えるけど、動機がわからない。二人とも彼女と別れたわけでしょ」

「そうとも限らない。もしかしたらメリッサはデューイの店を訪ね、お気に入りの人形に唾を吐きかけたかもしれないし」

「それでも、ジェームズがそれにどう関わっていたのか、という問題に戻るわ」

チャールズはうーんとうなった。「いいだろう、メリッサとシェパードが結婚していたときに、何かあったのかもしれないから探ってみよう。だって、離婚が成立するまで一年近くかかったんだから、ハネムーンのあとただちに離婚を申し立てたわけじゃないよ」

「プリニー・ロードの番地を訊かなかったのは残念だったわ。ジェリコあたりは詳しくないの。待避所に停めて、地図と相談してみるわ。グローブボックスにあるオックスフォードの地図を出してちょうだい。ジェリコはウッドストック・ロードとセント・ジャイルズと運河にはさまれた住宅地よ」

「知ってるよ」アガサが車を停めると、チャールズは言った。二人は地図を広げた。「インデックスで調べよう。ほら、ここだ。プリニー・ロード、ウォルトン・ストリートからちょっと入ったところだよ」

「そう長くなさそうな通りね」とアガサ。「順番に家をノックしていけばいいわ」

「オックスフォードに来たんだし、〈ランドルフ〉で少し質問をしてみたらどうかな？　スタッフの誰かが何か覚えているかもしれないぞ」

アガサは首を振った。「そのあたりは警察が徹底的に調べているでしょう」

「それでも……とりあえずジェリコで何かつかめるかもしれない」

「道があまり混んでいないといいけど。コーンマーケットがショッピング街になったから、いつもすごく混雑しているのよ」

「どうやらすいているみたいだ」チャールズはウッドストック・ロードに入るとそう言った。「次を右に曲がって、アギー」

「あら、そう呼ぶのはあきらめたのかと思ってたわ。アギーはやめてよ。アギーって呼ばれるたびに、北部の炭鉱地帯にある連棟式の家の戸口に立ってる気がするの。髪にカーラーを巻いて、シェニール織りのガウンをはおって、ふわふわしたスリッパをはいて、煙草を口にくわえてね」

「まさにあなたじゃないか」

「運転していなかったら、あなたを殴りつけてたわ。今はどこ？」

「ウォルトン・ストリートで右折して、次を左だ」

「住人専用駐車場よ」

「危険を冒そう」

アガサはプリニー・ロードに停め、二人は車を降りた。道の両側には背の高いヴィクトリア朝様式の家々がずらっと並んでいる。「どこから始めたらいいかしら？」アガサがたずねた。

「真ん中を試そう。もっとも、いまいましい法則だと、彼らは端の家に住んでいたってことになるだろうけどね。あなたは左側を頼む。わたしは右側を訪ねてみるよ」

何軒かドアベルを鳴らしたあとで、アガサはうまくいくかどうか心許《こころもと》なくなってきた。オックスフォードはロンドンと同じで、隣人同士ろくに知らないのかもしれない。

そのとき道の向こうで叫び声がしたので振り返ると、チャールズが手を振っていた。彼は走ってきた。

「あの家の女性が」と肩越しに親指で示す。「二人を覚えているって。角の店でときどきメリッサとおしゃべりしたそうだ。彼らは十五番地に住んでいたんだ」

十五番地には窓に緑の党のポスターが貼られていた。アガサはベルを鳴らした。やせた傲慢な顔つきの女性が出てきた。インド綿の赤いロングドレスを着て、ビニールサンダルをはいている。とても背が高かった。

「何なの?」切り口上に言った。家の中からお香の匂いがふわっと漂ってきた。

「わたし、アガサ・レーズンといいますけど、シェパード夫妻についてできたら知りたいと思っているんです。夫妻から家をお買いになったんですか?」

「記者は嫌いなの。はっきり言って、資本主義のマスコミはこの国を破滅させるわ」

「わたしは記者じゃなくて、あの……」

チャールズが前に進みでて、愛想よく微笑みかけた。

「わたしはサー・チャールズ・フレイスと申します。以前、お目にかかったことがありませんでしたか?」

彼女の変貌ぶりは滑稽なほどだった。「いえ、たぶんないかと……どうぞ、お入りになって、サー・チャールズ」

「それはご親切に」チャールズはつぶやいた。アガサは彼に続きながら、「スノッブな女」と声を殺して言った。

「わたしはフェリシティ・バンクス=ジェームズといいますの」初対面の女主人は肩越しにぺちゃくちゃしゃべりながら、二人を地下にあるキッチンに案内していった。そこはまるで「フランスの田舎風キッチン」を勧める高級雑誌の写真から抜けだしてきたかのようだった。天井からはほこりがついたハーブの束がいくつもぶらさげられている。コンロのそばのフックにはキジ。アガサはそれが剥製《はくせい》だということに気づいて笑いたくなった。エブリントンの剥製師がアメリカ人に売っているようなしろものだ。片方の棚には大きな銅製の鍋がずらっと並んでいるが、一度も使われた形跡はない。部屋の真ん中を占領している大きな使いこまれたテーブルの周囲には、簡素な木製の椅子が並べられている。別の棚にはブルーと白の皿が置かれていたが、ほこりがうっすら積もっている様子からして、やはり使われたことはないのだろう。テーブルの隅には大量の〈マークス&スペンサー〉の冷凍ディナーが積まれていた。「買い物から帰ったところなんです」彼女は言いながら、巨大な冷凍庫を開け、おしゃれとは言えない電子レンジ調理の証拠品を隠した。「コーヒーでも?」

「それはうれしいですね」チャールズはにっこりした。

「デカフェですけど。カフェインは避けているので……何をしているんですか?」

「失礼」アガサはむすっと言うと、煙草のパックをバッグにしまった。

「デカフェでけっこうですよ」チャールズがあわてて口をはさんだ。「実に魅力的なお住まいですね。シェパード夫妻からお買いになったんですか?」

「ええ、彼は家具ごと売りたがったんです。もう、ぞっとしましたわ、三点セットとか、身震いしそうな絵とか。今も売っているかどうか知らないけどドラッグストアに置いてあるようなたぐいの絵なんですよ。緑色の顔をした女性が波の打ち寄せる海辺に、幼い子どもや子犬といるみたいなね。バスルームはフリルのついたピンクのトイレ用品だらけ。『気絶する前にすべて運びだして』って彼に言ったわ。おまけに趣味の悪い敷きつめのじゅうたんをはがさなくちゃならなかった。そうしたら地下室にスーツケースを見つけて……とうてい信じられないものが入っていたんです」

「死体？」アガサは皮肉っぽくたずねた。

彼女はアガサを無視して、チャールズに言った。

「フォックスのコートだったんですよ！」

「うわ、背筋が寒くなる！」チャールズはコーヒーの入ったグリーンのマグカップを受けとりながら答えた。

「本当に。わたしが友人たちと狩りを止めさせるために、さんざん努力してきたことを考えますとねえ。シェパードに電話したわ。彼はお店をやっているんです、紳士服の。変わってるわね。とりに来たのはあの女性、殺されたメリッサっていう人だったわ」

「ミセス・バンクス＝ジェームズ――」チャールズが言いかけた。

「あら、どうかフェリシティと呼んでくださいな、サー・チャールズ」

「チャールズだけでけっこうですよ。フェリシティ、彼女のことをどう思いましたか?」

アガサとチャールズはテーブルの両側にすわっていた。フェリシティはチャールズの隣に腰をおろすと、まるでアガサがいないかのようにしゃべりだした。

「驚きました、実を言うと」

「どういうところが?」

アガサはいきなり立ち上がった。「裏庭に出て、そこで煙草を吸ってもかまわないかしら?」

「どうぞご自由に」フェリシティはチャールズに視線を向けたまま答えた。

アガサは庭に出ていった。フェリシティはドアが閉まるのを待ってから、ささやいた。「なんて無愛想な人かしら。こんなことを言って申し訳ないけど、チャールズ。わたしたちとはちがう世界の人ですよね」

チャールズは口に出しそうになった言葉をのみこんだ。〝どういう意味だね、わたしたちとはちがう世界って。あんたこそ、うぬぼれた頭の悪いおばさんだろ?〟

だが、穏やかにこううながした。「メリッサのことで驚いたと言ってましたね?」

「ああ、そうなんです、あの趣味の悪い家具を見ていたので、あんな女性だとは予想もしていなくて。とても感じがいい外見で、粋な服装をしていました。自己紹介してから、彼女はこう言ったわ。『あのぞっとするコートを引き取りに来たんです』もうびっくり仰天したわ。彼女の話だと、彼が買ってくれたけど、死んだ何匹もの小さなキツネたちのことを考えると袖を通すたびに泣かずにはいられなかったそうよ。わたしたちは長いこと話し込んだ。夫から自由になれて、とてもうれしいって言ってから、泣きだして、結婚生活は悪夢だったと話していました。彼女が少し落ち着いてから、こんなに繊細な女性がああいう室内装飾をするとは意外だったと言ったの。実を言うと、わたしもとても繊細で、霊媒者って呼ばれることもあるくらいなんです。で、メリッサが言うには、すべて彼が選んだんですって。しかも、彼に暴力をふるわれていたそうなんです。訴えたらいいと勧めたけど、もう自由になれたし、これからはただ平穏無事に過ごしたいと言ってました。狩りの反対運動に参加すると約束して、電話番号を教えてくれて。でも、かけてみたら、つながらなかった。とても動揺していたから、まちがえたにちがいないわ。だからシェパードに電話して、メリッサの番号を知っているかとたずねたら、彼は怒り狂い、『地獄に落ちろ』と言って電話をたたき切ったんです。本当に、そう言ったのよ。ああ、庭で煙草を吸っている人、あのアガサ・レーズンね。ご主人が行方不明になっているんでしょ。お気の毒に。とげとげしい顔つきなのも無理はないですわね」

「そろそろ失礼します」チャールズは言った。フェリシティの相手をするのはもう限界だった。

「あら、もう？」彼女は引き留めようとしたが、チャールズはキッチンのドアに歩いていき、ドアを開けて呼んだ。「行こう、アギー」

フェリシティが先に階段を上がっていった。

「ねえ、チャールズ」甘ったるい声で呼びかけた。「あなたの電話番号を教えてくだされば、また気の毒なメリッサについてお話しできますわよ」

「今はアガサと暮らしているんです」チャールズはよどみなく答えた。

「それと、わたしの電話はつながらないの。さ、行くわよ、チャールズ」とアガサ。

「おおせのとおりに、愛しい人。さよなら、フェリシティ」チャールズはアガサのあとを追いかけていきささやいた。「車に戻って」

彼はフェリシティの言ったことを逐一報告して、彼女の声色まで上手に真似したので、アガサは笑いが止まらなくなった。笑い止むと、アガサは言った。

「絶対にメリッサがあの家を装飾したのよ。カメレオンの能力を発揮して、いっしょにいる人にあわせたのね。毛皮のコートもとり戻したらすぐに着たと思うわ。たぶんルーク・シェパードが新しい妻にあげてしまわないように、地下室に隠しておいたのよ」

「ここでしばらく待っていて、フェリシティがもうこちらを見ていないのを確かめてから近所に話を聞きに行こう。とうとう何かつかめそうな気がしてきた」

「こういう通りで暮らすのって、どんな感じなんでしょうね」アガサが考えこんだ。「とても平和だわ」

「オックスフォードでは車上狙いがすごく多いんだ。あなたが車にとりつけた高価なラジオもなくなっているかもしれない。一度もかけたことないけど。せっかく買ったのに、どうしてかけないいんだ？」

「運転しているときはポップスを聴きたいんだけど、BBCは午後はディスクジョッキーが登場するからよ。彼らは若者言葉でべらべらまくしたて、ときにはレコードにあわせて歌ったりするでしょ」

「頭を下げて！　フェリシティが出てきた」

二人はフロントシートでかがみこんだ。

しばらくすると、アガサはささやいた。「足がつりそうよ。もう行っちゃった？」

「もう少し待って」

アガサは十まで数え、さらに二十まで数えた。三十まで数えかけたとき、チャールズが言った。「警報解除」

アガサはうめきながら腰を伸ばした。

「行こう。フェリシティの右隣の家で誰かがカーテンからのぞいていたみたいだ」

二人はフェリシティが戻ってこないか油断なく目を配りながら通りを歩いていった。隣人の家の階段を上がっていき、ドアベルを鳴らした。やせた猫背の男がドアを開けた。

アガサが名前を名乗り、訪問の理由を説明した。「入ってくれ」男は言った。「わたしはウィリアム・ダルリンプルだ。知っていることを話そう、たいしてあるわけじゃないが。何か飲むかね？」

「いえ、お気遣いなく」アガサは言った。彼は居心地のいい一階のリビングに二人を案内した。ずらっと書棚が並び、窓辺には庭を眺められるデスクがあり、本や書類が積み上げられている。

「大学で教えていらっしゃるんですか？」アガサはたずねた。

「ああ、歴史をね」

ジェームズは彼に会いたかっただろう、とアガサは思った。ジェームズ、あなたはどこにいるの?

三人は腰をおろした。「厳密に言うと、何を知りたいのかな?」ウィリアムがたずねた。

「メリッサ・シェパードにお会いになったことがあるか、どういう印象を抱いたか、夫婦げんかがあったか、そういうことを」

「けんかについてはわからないな。この家の壁はとても厚いのでね。ただし、メリッサはもう来るなと言うまで何度かうちにやって来たよ」

「それについて話してください」チャールズが頼んだ。

「引っ越してすぐにメリッサがやって来て、ドライバーを借りたいと言ってきたんだ。わたしは部屋にあげ、工具を探しに行った。戻ってくると、書棚から本を一冊抜いて、読んでいた。アーサー・ブライアントの『エレガンスの時代』だ。借りてもいいかと言うので、十九世紀初めの歴史が美化されている部分がところどころあると念を押した。彼女は華やかなものが好きだと言って、お世辞を並べた。わたしは年とった独り者なので、正直に告白するとちょっとうれしかった。しかし、本とドライバーを持たせて送りだした。

数日後にふたつを返しにやって来た。本はとてもおもしろかった、マリー・アントワネットについての本もあるかとたずねた。そのとき、彼女が歴史に対してハリウッド的な関心しか持っていないことに気づいた。つまり、ジャンヌ・ダルクとかスコットランドのメアリー女王とか、まあそういうたぐいのものだ。彼女の求めるような本は持っていないが、ブラックウェル書店に行けば、きっと何か見つかるだろうとアドバイスした。彼女は自分自身についてしゃべりだした。生まれ変わりを信じていて、自分は前世でジョゼフィーヌだったと言うんだ。ほら、ナポレオンの最初の奥さんのジョゼフィーヌだ。生まれ変わりを信じる人々は、決まって前世では有名だった誰か、たとえばクレオパトラだったと信じているのは驚くべきことだ、とわたしは言った。皿洗いのメイドだったとは誰も言わないと。わたしたちはソファにすわっていたんだが、メリッサは片手をわたしの膝において言いだした。『ああ、ウィリアム、わたしが皿洗いのメイドに見える?』わたしは彼女の手をどかし、少しよそよそしく、仕事があるので帰ってほしい、と告げた。それで終わりだと思っていた。しかし、彼女はまた現れたんだ。

夜遅い時間だった。ベルがしつこく鳴るのが聞こえた。ドアを開けると、彼女はわたしの胸に飛びこんできて、夫が自分を愛していないから、ここに泊めてもらえないかと言った。

わたしは彼女を押しやり、二度と来ないでほしいと言うと、その鼻先でドアを閉めた。頭がいかれている女だと思ったよ。だって、わたしをごらん！　女性が夢中になるような男じゃないんだ」

アガサは彼の穏やかな顔立ち、だらんとのびたカーディガン、世捨て人のような雰囲気を目にしながら、メリッサに迫られる前にも、自分では気づいていないだけで何度も女性からアプローチされたにちがいないと思った。

「話せるのはこれぐらいだよ」ウィリアムは言った。「メリッサが殺されたという記事を読んでも驚かなかった。彼女はとびぬけてナルシストだったからね」

「この通りに他にメリッサと親しい人がいたかどうかご存じですか？」チャールズがたずねた。

「生まれ変わりについて突飛な話をしているときに、たしか二十五番地のミセス・エラーズビーとかいう人も自分の意見に賛成してくれたと言っていたな」

「なるほど、彼女に話を聞いてみます」

アガサはふいに何もかも放りだしたくなった。ウィリアムの居心地のいいリビングでずっと過ごしたかった。「行方不明のご主人のことはお気の毒だね」二人を玄関に送りながら、ウィリアムが言った。彼はアガサの背中を遠慮がちにたたいた。「心配しなさんな。わたしは『知らせがないのはいい知らせだ』といつも思っているんだ。生きている人間は隠れることができる。死んだ人間はたいてい発見される」

アガサとチャールズはウィリアムに別れを告げて、通りを歩きだした。いきなりアガサが疑問を口にした。「だけど、どうしてジェームズはわたしたちから隠れようとしているの？」

「罪悪感だ。メリッサとの浮気に対する罪悪感。さて、その風変わりなミセス・エラーズビーと話をしに行こう」

7

ドアを開けたミセス・エラーズビーは、どこから見てもまともに見えた。肩までの長さの白髪交じりの髪をカールし、分厚い眼鏡をかけ、顔のすべての皺がタートルネックの襟元まで続いているように見える。アガサはこっそりと自分の首に触れ、近いうちにエステに行こうと頭に刻みつけた。

自己紹介と説明のあとで、彼女は二人をキッチンに案内してくれた。こうした背の高いヴィクトリア朝様式の家々には、かつてメイドやコックがいたのだろう、とチャールズは思った。今では住人たちは幸運に恵まれればだが、掃除婦を頼んでやりくりしているようだ。そのキッチンはもったいぶってもいなければ、風変わりでもなかった。設備はあの高級な〈スモールボーン・オブ・ディバイジズ〉ね、とアガサは熟練した目で見てとった。お金があるにちがいない。

「で、メリッサについて何をお知りになりたいの？」ミセス・エラーズビーはたずねた。「その前に、何かいかが？　お茶？　コーヒー？」

二人とも首を振った。「メリッサとは仏教のクラスで知り合ったの。彼女にとても惹かれたわ。エネルギッシュで、できるだけたくさんのことを学ぼうとしていた。仏教についての本をお貸しして、興味深い話をしたのよ」

「そのクラスはどこにあるんですか？」チャールズがたずねた。

「それがね、悲しいことに解散してしまったの。セント・ジャイルズの教会堂で開かれていたのよ」

「では、メリッサのことを非の打ち所がないすばらしい人だとお思いになったんですね？」アガサが質問した。

「最初はね。それから、がっかりしたわ」

「なぜ？」

「本当はとても愚かな人だとわかったの。生まれ変わりに興味があったのよ。でも、それは自分が前世で有名な人だったにちがいないと信じているからなの。最初は、わたしの言うすべてのことに魅了されているように話に耳を傾けてくれたので、こちらは気分がよくなった。彼女をよく知るようになると、それまでは気づかなかったんだけど、考えの浅さに愕然としたわ。前世ではジョゼフィーヌ皇后だったという強迫観念にとりつかれているようだったわね」

「夫の話をしたことは？」

「わたしとはないわ。ジョゼフィーヌとしての自分自身について語り、ナポレオンは彼女につらい思いをさせた、ときには殴ったと言っていた。もしかしたら自分自身の夫について遠回しにほのめかしていたのかもしれないわね。ご主人のことはまったく好きになれなかったわ」

「彼を知っていたんですか？」アガサが訊いた。

「ええ、もちろん。パーティーを開いて、新入りの二人を招く義務があると思ったのよ。メリッサにはもう関心がなかったけど、彼女の方はまだわたしと親しいつもりみたいだったから、わたし、身動きがとれなくなっていたの。あなたと友だちにならなければよかった、なんてまさか言えないでしょ。他の友人たちも招いたわ。だけどシェパード夫妻のふるまいときたらひどかった。メリッサは夫をだしにして意地の悪いジョークばかり言って。ほら、みんなの前で夫に恥をかかせるぞっとする妻ってよく見かけるでしょ。ご主人はお酒を飲みすぎて、いきなりみんなの前でメリッサにわめいたのよ。『おまえと結婚したなんて、頭がどうかしてたんだ』そのあと、彼女とは一切関わらないようにしようと決心したの。次に彼女が訪ねてきたとき、わたしは階下のキッチンに隠れて、彼女が立ち去るのを待っていた。だけど、彼女は家の表側の階段を下りてきたのね。わたしはキッチンのテーブルについて、コーヒーのカップを手にしていたんだけど、ふと顔を上げると、ガラスに彼女の顔が押しつけられていたの。お互いに長いあいだ見つめあっていたわ。それから彼女は去っていき、それっきり会うことはなかった」

「シェパードが彼女を殺したんだと思いますか？」チャールズがたずねた。

「ああ、ありえるわ」ミセス・エラーズビーは言った。彼女は近眼らしい目でアガサをやさしく見た。「だけど、あなたのご主人が襲われたんでしょう？　シェパードが奥さんを襲うのは想像がつくけど、他の人はどうかしらね」

「でも主人はメリッサと浮気していたんです」アガサは言葉を絞りだすように言った。

「そのことも新聞で読んだわ。だけど、シェパードはもう離婚していたのよ。そんなことをするのはとても嫉妬深い男だろうけど、わたしの意見ではシェパードは彼女をとても嫌悪していたから、おそらく彼女と関わった男性に対して気の毒に感じたほどじゃないかしらね。ご主人のことをあまり責めないで、ミセス・レーズン。どうしてあんな女性と関係を持ったのか不思議に思っているにちがいないけど、初対面ではとても魅力的に思える人なの。熱意とエネルギーと温かさを発散していたわ。わたしは人柄を見抜くことにかけては自信があったんだけど、それでも最初は簡単にだまされてしまった」

「ありがとうございます。それを聞いて救われました」

「ご主人について新しいことはわかったの？　新聞によるとご病気だそうね」

「ええ、脳腫瘍ができているんです。警察はすべての病院を当たりました。パスポートを持っていったようですけど、出国記録はないんです」

「どの病院にかかっていたのかしら？」

アガサはミセス・エラーズビーを見て眉をひそめた。「まだ治療は開始していなかったと思います」

「だけど、癌だとわかったのなら、どこかの病院でそう診断されたわけでしょ」

「ミルセスター総合病院だと思います」

「そこに訊いたら、腫瘍のステージとか、今後の治療計画について何か言っていなかったか、わからないかしら？　多くの人は抗癌剤治療をすると考えただけで怯えてしまう。ご主人は医師に何か話したかもしれないわ」

「そのことは考えつきませんでした」アガサは意気込んで言った。「調べてみます」

二人はミセス・エラーズビーに暇《いとま》を告げた。

「おなかがすいたよ」外に出るとチャールズが文句を言った。「だから今すぐミルセスターに向かうつもりはないよ。あなたも同じ気持ちだろ。車は今のところに放置して、セント・ジャイルズの〈ブラウンズ〉まで歩いてハンバーガーを食べよう」

「いいわよ。急に疲れを感じたわ」

〈ブラウンズ〉はいつものようにとても混んでいたが、二人は十分待っただけで喫煙席にテーブルを確保できた。「若い連中ばかりだな」チャールズは席につくと言った。「これじゃあ年老いた気分になるよ、アギー」

正直に言えば、すでに一日じゅう年老いた気分でいたが、アガサは返事の代わりにうーんとつぶやくだけにした。

チャールズはハンバーガーふたつとワイン一本を注文した。

「わたしは運転があるのよ」アガサは思い出させた。

「そうとも。だから、飲むのはわたしだ」

「ハンバーガーとフライドポテトにはビールみたいな庶民的な飲み物の方が合うのかと思ってたわ」

「自分が飲めないから、そう言ってるだけだろう」

「一杯だけなら飲めるわよ。それなら基準値以下だわ」

「おっと！　あそこを見ろ。いや、じっと見ないで。さりげなく視線を向けて。左側の隅のテーブルだ」

アガサはこっそり視線を向けた。

それから向きを変えてひそひそ声で言った。「驚いた、シェパードと子どもっぽい奥さんじゃないの」

「オックスフォードで何をしているんだろう？」

「たんに食事じゃない？　わたしもジェームズとしょっちゅうオックスフォードに食事に来てたわ。妻があういう格好をしているのを気に入っているんだと思う？」

メーガン・シェパードは白い丸襟のついた黒のミニドレスを着ていた。

「彼女はすごく魅力的だよ、アギー。少女っぽい外見だからああいう服が許されるんだ」

「ふん！」

「おっと、彼が見ている。あまりうれしそうじゃないな。こっちに来るぞ」

シェパードは拳を握りしめたり開いたりしながら、二人の脇に立った。

「つけているのか？」彼は詰問した。

「そんなことをする理由はないでしょう？」チャールズはとりなすように言った。「ここで食事しているだけですよ、あなたたちと同じように」

シェパードは怒りにどす黒くなった顔で、じっと二人をにらみつけた。それから立ち去った。アガサは振り返って、二人の方を窺った。彼は妻にかがみこんでなにやらささやくと、乱暴に肘を引っ張って立たせた。それからテーブルに紙幣を放りだし、小柄な妻をひきずるようにしてレストランを出ていった。

「ふうん、いかにもうしろめたいことがある男って感じね」アガサは目をぎらつかせながら顔を戻した。

「彼にはまったく後ろ暗いところがないのに、われわれが怯えさせたのかもしれない」

「わたしたちがですって？　どうして？」

「あれこれ質問され、二人の人間にあとをつけられ、しかも、その一人は第一容疑者と結婚していて、かつ第二容疑者だとしたら、不安にならないか？」

「自分が実際に犯人ならね」アガサはかたくなに言い張った。「あの男は絶対に殺人犯よ」

「きのうはデューイが第一容疑者だと言ってたぞ」

「ああ、そうね、でも、意味がちがうの」

「どういうふうに？」

「デューイは彼女の目をえぐりだすぞと脅した話をしたので、気味が悪かった。だけど、メリッサの殺害方法みたいに、誰かを情け容赦なく殴りつけるっていうのは、いかにもルーク・シェパードがやりそうなことだわ」

「想像力を働かせない方がいいよ。確固たる事実を探りださなくちゃならない。今のところ何もかも推測の域を出ていないんだ。メリッサの人柄を知れば、殺人犯に導いてくれると考え、メリッサについてできるだけ調べようとした。でも、何がわかった？　気が変わりやすいカメレオンみたいな女で相手を操ろうとすること。率直に言って誰に殺されてもおかしくない女性だよ。しかも、ジグソーパズルの重大なピースはジェームズだ。彼なしでは手がかりがつかめない」

「でも先に進むしかないわ、ジェームズが見つからないと仮定して。わたしたちが彼の汚名をそそげば、彼はどこにいようと新聞でそれを読み、戻ってくるわよ」

「あなたのところにかい、アギー？　幸せな結婚生活をいまだに期待しているんじゃないだろうね？」

「彼がまだ生きているかどうか知りたいだけよ」アガサは皿に視線を向け、チャールズと目を合わせないようにした。

「じゃ、次はどういう手に出るつもりなんだい？」

アガサは頭を悩ませた。行き止まりだとは言いたくなかった。チャールズが荷物をまとめて帰ってしまい、一人で取り残されるのは嫌だった。一人でも平気だった昔のアガサ・レーズンはどうなってしまったのだろう？　いや、本当は誰かが必要だったのに、それを認めようとしなかっただけなのかもしれない、と苦い気持ちで考えた。

それから明るい表情になった。「そう、病院よ！　少なくとも妻なら夫の病状について医師に訊けるわ」

「いいとも。明日行こう」アガサは安堵のため息を吐いた。「だが、その前に、落ち着いてメモをとり、すべてをきちんと整理するべきだと思うんだ。ああ、そうだ、メリッサの姉のジュリアもいたな。ケンブリッジに行き、もう少し彼女と話してみた方がいいと思うよ。セックスと情熱ばかりに目を奪われ、他の大きな動機を忘れているよ。お金のことを」

アガサは翌朝早く起き、ミルセスターにすぐにでも出発したがったが、チャールズは断固としてゆずらなかった。「まずメモで整理だ」

アガサはコンピューターのスイッチを入れた。その朝、猫たちは遊びたい気分らしく、猫らしいことをさかんにしたがった。つまり、キーボードに飛び乗って、足でキーを踏みつけたのだ。チャールズは二匹を庭に連れていき、戻ってくるとアガサの隣にすわった。

「シェパードから始めましょう」アガサは言った。「メリッサが殺された夜はちゃんとしたアリバイがあるけど、それ自体が怪しいわ。無実の人間にはたいていアリバイがないものでしょ。動機？　メリッサは彼が他人に知られたくないような秘密を何か知っていたのかもしれない」

「じゃあ、ジェームズはそこにどう関わってくるんだ？」

「ああそうか！　ジェームズね。うーん、メリッサはジェームズに何かを話そうとした。ジェームズは殺されないように逃げることにした」

「じゃあ、どうしてメリッサだけを殺し、ジェームズのことは放っておかなかったんだ？」

「難癖ばかりつけていては先に進めないわ」

「わかったよ。続けてくれ」

「もしかしたら、シェパードはずっとメリッサを憎んでいたのかもしれない。シェパードは――」

「あ、ひとつ思いついた。ジェームズはメリッサが殺されたことについて何も知らないのかもしれない。襲われたあとで大あわてで逃げだし、記憶喪失にかかっている。あるいは新聞を読んでいないのかもしれない」

「つまり、彼が生きているなら、この事件を解決するような情報を持っているかもしれないっていうの?」

「まあ、そんなところだ。それからお上品なお友だちのミス・シムズが乱暴者って呼んだジェイクと友人たちは? メリッサは薬物依存症で入院したことがある。ああ、それだ!」

「何なの?」

「お姉さんに会ったら、いつ、どこで入院して、どういう病状だったのかを訊こう。静脈注射をするとか、かなりひどい依存状態だったのかどうか」

「最後に会ったときは、ドラッグはやっていなかったわ。瞳孔も開いてなかったし腕に注射跡もなかった。整理するほど充分な情報はまだ手に入れてないんじゃないかしら、チャールズ。ねえ、とにかく病院に行きましょうよ」

「行くまで、あなたはじっくり考える気になれないんだろうね。じゃあ、出発しよう」

ミルセスター総合病院は町の郊外にある現代的な新しい建物だ。町の中心部にあった古いヴィクトリア朝時代の病院は現在はホテルになり、最近になってこちらの病院が建てられたのだ。「あれを見て！」病院の駐車場に入ると、アガサが憤慨して叫んだ。「駐車料金を払わなくちゃならないのよ」

「近頃はできる限りお金を搾りとろうとしているんだよ。あなたなら国民健康保険が始まったときのことは覚えているだろう、アギー」年齢についてほのめかされたので、アガサは顔をしかめた。「国民全員が無料で治療が受けられるはずだった。ところがそれが崩壊しかけている。しかも、崩壊しかけている理由は、きわめてまずい運営方法を別にすれば、いまや誰もが期待している新しい手術のせいなんだ。新しい骨盤置換術、新しい心臓移植、そういう莫大な費用がかかるもののせいだよ」

「とはいえ、駐車料金を払わせるのは陰険なやり方よ」アガサは不機嫌に言った。

「どのぐらい時間がかかると思う？」

「二時間分のお金を入れたまえ」

まだ愚痴をこぼしながらアガサはチャールズと病院に入っていった。コンサルタントかジェームズ・レイシーの診断をした医師に会いたいと要求すると、お待ちくださいと言われた。そこで待った。もう嫌になるぐらいさんざん待った。アガサは古い〈グッド・ハウスキーピング〉誌のページをそわそわしながらめくったが、内容はろくに頭に入らなかった。受付デスクに行ってアガサ流の文句を言ってやろうとしたとき、長身でやせた白衣の男が近づいてきた。「担当医のヘンダーソンです。ジェームズの友人でもあります。本当にお気の毒です、ミセス・レイシー。まだ何もわからないんですか?」

「残念ながら。彼の病状についてお話をうかがいたいんです」

「どうぞこちらに。少しなら時間を割けます」医師はピカピカの病院の廊下を歩いて小さな散らかったオフィスに二人を連れていった。「どうぞおすわりください。ただ、すでにご存じのことしかお話しできないんです。つまり、彼が脳腫瘍を患っているということですね。抗癌剤治療をする予定で、姿を消した日は最初の治療の予約が入っていました」

「彼を診察したとき、精神状態はどうでしたか?」チャールズが質問した。

「非常にショックを受け、動揺していました。代替療法についていろいろな質問をされました。何よりも精神について興味があったようなんです。カリフォルニアで、テープをかけて病気をやっつける手法があると耳にしたらしいんです。食事療法についても質問されました。たしかに奇跡が起きることもあるが、彼の場合、抗癌剤治療しかお勧めできないと答えました。残念ながら、わたしは奇跡を信じていないんです」

「でも、奇跡が起きることもあるとおっしゃったわ」アガサは指摘した。

「わたしには経験がありませんが、同僚がそういう体験をしています。強い信仰を持つと、それが免疫システムを修復するらしい。しかし、わたしは不可知論者ですし、そうしたことは偶然だと思っています。ジェームズは精神分析医に会いたいと言いました。精神療法を提案されることを期待していたようです」

「精神科医？　この病院のですか？」アガサはたずねた。

「ウィンザー先生です」

「彼にお目にかかれますか？」

ヘンダーソン医師はデスクの電話をとりあげた。「ちょっとお待ちを。時間があるか訊いてみます」

彼は二人に背を向けて、子機からダイヤルした。「こちらにジェームズ・レイシーの奥さまとそのご友人がいらしているんですが、少し時間を割いていただけますか？」

受話器から声が漏れてきた。「ええ」ヘンダーソン医師が言っている。「そちらに行っていただきます」

彼は受話器を置いた。「ついてましたね。次の診察まで十五分あるそうです。ここを出たら左に曲がり、廊下を戻って受付デスクを過ぎ、精神科病棟という案内表示をたどっていけば、小さな受付エリアに出る。ウィンザー先生はそこでお待ちしています」

二人は急いで部屋を出て、彼の指示どおりに進み、精神科病棟に着いた。アガサは典型的な精神科医を想像していた。がっちりした体格の顎ひげを生やしたドイツ訛りの医師。だから、小柄でほっそりした、アガサの目には精神科医にしては若すぎるスポーツジャケット姿の男性がいたので意外だった。

「ウィンザーです」彼は二人と握手した。「どうかおすわりください。ご主人の行方はまだわからないんですか？」

「ええ、残念ながら。夫は精神療法によって癌を治すことができるかどうか知るために、先生に会いにきたとうかがっていますが」

「実を言うと、百パーセントそういうわけではないんです。通常は患者の問題についてお話しすることはしません。たとえ近親者や配偶者であっても。しかし、彼の疑問は純粋に学問的なもののようでしたし、知りたがったことを打ち明けてもかまわないと思います」

「どういうことだったんですか？」アガサは椅子の中で身をのりだし、クマのような目でじっと医師の顔を見つめた。

「反社会性パーソナリティ障害の特徴について訊かれました。特定の人のことでたずねるわけではなく、執筆中の本のために詳細が必要だとか」

「患者でもない相手に時間を割いたとは意外です」チャールズが口をはさんだ。

「時間の対価は払ってくれましたよ。町にある個人的なコンサルティングルームで面接したんです」

「わたしたちもその病気について調べました」アガサは失望して、ぐったりと椅子にもたれた。じゃあ、ジェームズはとっくにメリッサをそう診断していたのね。たいしたものだわ。

しかし、チャールズが続けて質問した。「特に彼がはっきりさせたがった点はありますか？」

「ええ、ありました。そういう人格の人間は誰かに拒絶されると、相手をストーキングするだろうか、と訊かれました。わたしはときにはある、と答えました。そういう人間には罪悪感がなく、激しい恨みや怒りの感情を抱くからです。また、そういう人間同士は友人になれるか、とも訊かれました。そういう二人であれば、お互いに助けあったり励ましあったりするかもしれないが、友情とは呼べないだろう、と答えました。また会ってほしいと言われましたが、断りました」

「どうしてですか？」アガサはたずねた。

ウィンザー医師の顔が暗くなった。「彼がいるときに、個人的な電話がかかってきたんです。それを受けるために別室に行った。長い電話になりました。戻ってきたとき、彼はわたしが出ていったときのまますわっていた。しかし、彼が帰ったあとで、いくつかのことが気になったんです。デスクの引き出しがふたつわずかに開いていた。まるで急いで閉めたかのように。それからキャビネットのファイルが何冊か、まちがいなくいじられていた。病院から持ってきて、部屋に保管していた古いファイルです。ファイルのてっぺんから書類が飛びだしていました。しかも、ファイルキャビネットは鍵がかかっていたんです。受付係は夜はいないので彼女ではない。夜に面接したと申し上げましたっけ？　ええ、そうなんです。病院の勤務後にしか彼のために時間がとれなかったんです。

わたしは彼に電話して、ファイルキャビネットをこじ開けたことを責めた。彼はすべてを否定した。とても強く。だが、もう二度と会わないと伝えたんです。信頼できなかった。長時間いっしょに過ごしたわけではないが、もしかしたら彼もこの病気を多少ともわずらっていたのかもしれない。とはいえ、こういう精神疾患をわずらっている人間が、それを自覚していることはほぼありえないはずです」

チャールズとアガサは外に出て駐車場に歩いていった。

「二人」アガサは興奮していた。「ジェームズは何を調べていたのかしら？　それにもう一人は誰なの？」

「もしかしたらメリッサの元夫たちのどちらかかな」

「それがわかればいいんだけど。忍びこんで、調べてみれば――」

「だめだ！　絶対にだめだよ」

「ちょっと思いついただけ。まだ時間が早いわ。ケンブリッジに行くとして、どのぐらい時間がかかるかしら？」

「そうだな、バイパスを使ってA40号線に乗ってオックスフォードまで行き、それからM40号線に出て、次にM25号線、さらにM11号線からケンブリッジだ。たぶん二時間半ぐらいかな」チャールズは名刺をポケットからとりだした。「どこに住んでいるんだっけ。ボックステッド・ロードだ。ケンブリッジの地図は持っているかい？」

「いいえ、でも出発前にミルセスターで手に入れられるわ」

自分で運転していなくても、アガサは車の旅は疲れるとわかった。オックスフォードの郊外を出発したあと、彼女は目を閉じ、殺人に関係しているかもしれない人たちを一人一人数え上げていった。いつのまにか眠りに落ち、夢の中でデューイが鋭いナイフを手に彼女に近づいてきた。「かわいいお人形さん、新しいメリッサが必要だよ」ぎくりとして目が覚め、寝ぼけながらあたりを見回した。「どこにいるの？」

「M11だ。もうすぐだよ。ケンブリッジに着いたら、マディングリー・ロードに折れ、クイーンズ・ロードにぶつかる直前でグレンジ・ロードに入り、右側の三番目の道で曲がる。あらかじめ電話しておいた方がいいかな。留守かもしれないしね」

「ここまで来たのよ。ともかく行ってみましょう。だって、もし電話したら、追い払われるかもしれない。彼女にうしろめたいことがあればなおさらだわ」

天気がいいのはコッツウォルズだけだったようだ。制服のような灰色の空がケンブリッジの大学町の上に広がっている。「ケンブリッジは頭脳でいえば、オックスフォードを凌駕《りようが》しつつあるね」チャールズが意見を述べた。

「どうして？」

「もう何年もオックスフォードは反スノッブの姿勢をとってきたからだ。公立学校出身の生徒を優遇するために、プライベートスクール出身の優秀な生徒たちを不合格にしたんだ。大きなまちがいだよ。子どもたちの教育にお金を出すのは金持ちだけではなく、愛情ある両親もそうだ。学費をまかなうために家を第二抵当に入れることまでしてね。愛情ある両親が優秀な子どもを育てるんだ。しかし、オックスフォードはいまだに大きな魅力を持っている。天気のせいにちがいないな。こっちは天気がいまひとつだし、冬になると冷たい霧が湿地から流れこんできて何もかも真っ白に覆ってしまう。ほら、ここがマディングリー・ロードだ。グレンジ・ロードに注意していて」

「そこだわ、その右手」

「あったぞ。さてここを進んでいき、一本、二本、三本。ああ。ここがボクステッド・ロードだな。かなりの高級住宅地だね。こういうところの家に住むには、相当なお金が必要だ。番地は？」

「十三ね。でも、わたしは迷信深くないわ」

チャールズが車を停め、二人は降りた。「ジャケットを持ってくればよかった」アガサはむきだしの腕をさすった。「通りの奥は霧でほとんど見えないわ。夏に霧が出るなんてありえない」

「ケンブリッジではこれが当たり前なんだ。彼女は家にいるかな」

二人は花ひとつ咲いていない前庭の小道を歩いていった。レンガの小道はローレルの茂みに縁取られている。

「中から人声が聞こえるぞ」チャールズは言って、ドアベルを鳴らした。

若い男性がドアを開けた。

「ミセス・フレイザーはいますか？」チャールズがたずねた。

彼は振り向くと、「ジュリア！」と大声で叫んだ。暗い廊下のドアが開き、ジュリア・フレイザーが姿を見せた。

「あらまあ驚いた、ケンブリッジで何をしているんですか？　どうぞ」二人を居心地よく物が置かれたリビングに通した。

「息子さんですか？」アガサがたずねた。

「いいえ、学生に部屋を貸しているんです。たぶんもっと質問をしようとしていらしたんでしょうけど、少し度を超えていません？　あなたは」とアガサを見た。「ご主人を見つけたいと必死になっているんでしょうけど、これ以上は協力できません。メリッサとはもう何年も前から絶縁状態だと申し上げたでしょ」

「その件じゃないんです」チャールズが言った。「ジェームズ・レイシーはいなくなる前に少し調べ物をしていたようなんです。理由はわかりません。妹さんはサイコパスと診断されたとおっしゃっていましたね。ジェームズはミルセスター総合病院の精神科医に、そういう人格の二人が親密になることはあるのか、とたずねたそうなんです」

「妹に頭のいかれた友人がいるかどうか訊くために、はるばるここまで来たんですか？　わたしが知っているわけないでしょう？」

アガサは居心地はいいが、みすぼらしいリビングを見回し、下宿の学生たちが立てる物音が天井から伝わってくるのに気づいた。

「さらに興味があるのは、メリッサがいくらお金を遺したかってことです。彼女は安楽に暮らしていたようです。下宿人も置いていなかった」

「これっきり二度と戻ってこないと約束するなら、知っている限りのことを話します。あなたたちは、わたしができたら忘れたいことをまた蒸し返しているんですよ」

チャールズがアガサを見ると、彼女はうなずいた。

「じゃ、決まりですね」チャールズは言った。

ジュリアは椅子にもたれ、目を半分閉じた。「父は……父のことはご存じかしら？」

二人はそろって首を振った。

「父はピータースン大佐といい、ウースターシャーに広大な地所を持つ裕福な地主でした。家では絶対君主で、母は父に支配され、わたしたちの育児にもほとんど意見を言えなかった。幼い頃から、メリッサはわたしが悪い子に見えるように仕組む妹でした。父は妹を溺愛していたので、欠点が見えなかったんです。メリッサがドラッグをやっているのを知ったとき、父は衝撃に打ちのめされました。母はわたしたちがまだ十代のときに亡くなっていたんです。メリッサは父に買ってもらったチェルシーのアパートに住んでいたんですが、薬物の過剰摂取で倒れているのを発見されました。父は見張っていられるように、メリッサをロンドンの病院からミルセスター総合病院の精神科病棟に移しました。メリッサに失望したせいで、父は健康を害し、彼女が退院してまもなく重い心臓発作を起こしました。財産はすべてメリッサに遺しました。父は遺言についてわたしに手紙を送ってきたんですが、そこには最近遺言書を書き換えたことが記されていました。おまえは悪い人間だ、大切な娘メリッサを麻薬の道にひきずりこんだことがその邪悪さを物語っている、と書かれていました。わたしは怒りを爆発させ、メリッサを問いただしました。あのときのことは一生忘れないでしょうね。メリッサは涙が出るほど大笑いしました。もちろん、彼女は一族の家も土地も売り払ってしまいました」

「でも、お父さまは彼女がサイコパスだと医師から告げられたんですよね？」

「たぶん。でも、悪いジュリアが妹に無理やりやらせた薬物のせいだと思いこもうとしたのでしょう。わたしはすでに結婚していました。主人はお金儲けがあまり得意ではなく、父が亡くなったとき、わたしがもらったのはこの家だけでした。それで生活の足しにと部屋を貸すようになったんです」

「だけど、今回、メリッサの遺産を相続したから、もう貸す必要もないでしょう？」

「たしかに。事件から立ち直りかけているところなので、まだ生活は何も変えてませんけど。実はメリッサはほとんどお金を使っていなかったんです。てっきり、ほとんど浪費してしまったものと思ってました」

「それで、いくら遺したんですか？」アガサが熱心にたずねた。

「関係ないでしょ。もうこれぐらいにしてください」

「お時間を割いていただき、ありがとうございました」チャールズが魅力的な笑みを彼女に向けた。「しかし、あなたも妹さんを殺した犯人をお知りになりたいでしょうね」

「いえ、あまり。犯人と握手したいぐらいだわ。メリッサのことは心底嫌いでした。父のことは尊敬していましたが、彼女は父の愛情を独り占めし、わたしの子ども時代を惨めなものにした。だけど、彼女を殺したのはわたしじゃありませんよ。そうお考えかもしれないので申し上げておきますけど。妹が殺された夜、わたしはここに学生たちといました。では、そろそろお引き取りを」

「当時、というのは入院した頃ですが、彼女が傷つけた可能性のある人はいますか？　もしかしたら彼女と過去に関係のある誰かが殺人犯じゃないかと思うので」

「妹の友人については一切知りません。言われてみれば、彼女には一人も友人なんていなかったかも。一見、人好きがするんですけど、父以外の相手には長い間うまくふるまうことができないんです。すぐに、みんな離れていく。さあ、お願いだからもうお帰りください」

小道を歩きながら、アガサが言った。「彼女にアリバイがあって残念だわ！　これだけの動機があるんだもの！」

「まったくだ」チャールズは同意した。「おや、霧を見てごらん。どこかで食事をして、霧が晴れるのを待とう」

ペンブローク・ストリートのはずれの高層駐車場に車を停めると、中心部のショッピング街に歩いていき、イタリアンレストランを見つけた。

「それで、状況はどうなのかしら？　あまり進展はないわね」チャールズがピザを頼むとアガサが口を開いた。

「これがミステリ小説ならなあ」チャールズが嘆いた。「わたしたちは優秀な探偵で、文学的な引用をあちこちでし、ジュリアがリビングの窓辺に自分のダミーを置き学生たちの目をくらましておいて、カースリーに車で行って妹を殺したことを証明するんだけどね。だって、ジュリアが手に入れるお金のことを考えてごらんよ」

「ひっかき回すこともできなかったわね。わたしたちが質問した人のうち誰かが犯人なら、今頃、手の内を明かしていそうなものでしょ」

「たとえば、あなたを殺そうとするとか？」

「そこまではないかも。ただ、わたしたちに警告して手を引かせようとはするかしら」

「ジュリアは似たり寄ったりのことをしたよ」

「いいえ、警告はしていない。『今すぐやめるんだ。さもないと、ひどい目に遭うことになるぞ』っていうのが警告よ。わたしたちはまだ誰も動揺させていないのよ。うわ、どうしてピザを注文したの、チャールズ？　これ、濡れた本みたいな味がするわ」

「飲みこむんだ」チャールズは歩いていく人々が幽霊のように見える窓の外の霧に視線を向けた。「今夜はここに泊まらなくてはならないかもしれないぞ、アギー。これじゃあ、車を運転できないよ」

しかしアガサはチャールズとホテルに泊まりたくなかった。

「どうにか出発しましょう。ケンブリッジは霧の濃い町だって言ってたでしょ。ってことは、郊外まで出れば霧が晴れてくるわよ」

チャールズは霧の中で高速道路を運転したくないと言って、ミルトン・キーンズとバッキンガムを抜ける道を選んだ。

しかし、のろのろ走りながらベッドフォード・バイパスまでたどり着いたときには、霧はいっそう濃くなっていた。「道路沿いにホテルがある」チャールズは曲がりこみながら言った。「今夜はここにチェックインした方がよさそうだ」

「わたしが支払うわ」アガサは急いで言った。「あなたがずっと運転していたから」

中に入ると、アガサは二部屋にしてほしいと、フロント係にきっぱりと告げた。

「はっきり言って、ダブルの部屋の方が安くすむし、もっと楽しいよ」フロント係の視線を無視して、チャールズは反対した。

アガサは彼を無視した。フロント係から鍵を受けとると、ひとつをチャールズに渡した。

「何か思いついたら、教えて。わたしは自分の部屋にいるから」

「今夜の食事のことを考えていたんだが、ここにはレストランがあるのかい？」チャールズはフロント係にたずねた。

「もちろんでございます。そのドアを抜けて左手です」

「七時にそこに行こう」チャールズが言った。「あのピザじゃ、おなかがもたないよ」

自分の部屋に入ると、アガサは初めて一人きりになれてほっとした。服を脱ぎ、ゆっくりとお風呂に入り下着を洗うと、できるだけヘアドライヤーで乾かした。

また服を身につけないうちにドアがノックされた。アガサはベッドカバーをはがして体に巻きつけると、ドアを開けた。チャールズがセーターを差しだした。

「着替えを車に入れていたのを思い出したんだ」

アガサは感謝しながら受けとった。「霧は晴れそう？」

「いや、相変わらず濃いよ」

「今、何時かしら？」

「そろそろ七時だね」

「すぐ行くわ」

チャールズがいなくなると、アガサは湿った下着と服を身につけ、チャールズのセーターを頭からかぶった。ブルーのカシミアだった。ジェームズもこういうセーターを持っていたっけ。ジェームズのことを考えるたびに感じる、胸にナイフを突き立てられるような鋭い痛みをどうにかできればいいのに。

レストランは他の足止めを食った観光客たちで混雑していた。二人はどうにか隅のテーブルを確保した。

「これからどうする？」アガサはフィッシュ・アンド・チップスを注文するとたずねた。

「わからない。どうやら袋小路にぶつかったかな」

「犯人を刺激して手の内を見せるように仕向けられたらいいんだけど。あの記者にもう一度会って、殺人犯が誰なのか知っているという話を聞かせ、あとは決定的な証拠を見つけようとしているところだ、と言ってみたらどうかしら」

「それは危険だよ。犯人に追われるだけじゃなくて、ミルセスター警察にこってり絞られるだろう。詳しく説明するように求められ、何も手がかりがないとわかったら、わたしたちは恥をかくし、犯人は胸をなでおろす」

「たしかに、そうね。ひと晩ぐっすり眠ったら、何か思いつくかもしれないわ。何時にここを出る？」

「八時だ。すぐに出発して、朝食は途中で食べよう」

しかし、翌朝出発したとき、アガサには何ひとつすばらしい閃《ひらめ》きがなかった。弱々しい日の光がうっすらとかかる霧のあいだから射していて、前日のぞっとする霧は消えていた。アガサは頭をフル回転させた。何か思いつかなかったら、チャールズが自分の家に帰ってしまう気がした。誰かに頼るのは嫌いだったが、チャールズがいなかったら調査をあきらめ、また鬱状態に戻りそうな予感がした。

二人は朝食にどこにも寄らずに、カースリーにまっすぐ帰ることにした。アガサはあくびを嚙み殺した。ゆうべはよく眠れなかった。

そのときチャールズがアガサの恐れていた言葉を口にした。

「自宅に帰って様子を見てきた方がよさそうだ。どうやら袋小路にはまってしまったみたいだし」

アガサは何も言わなかった。プライドが邪魔していっしょにいてほしいとは頼めなかったし、いつ戻ってくるつもりかとも訊けなかった。

「さて着いた」チャールズはアガサのコテージの前で車を停めた。「荷物をとってきて帰るよ。わたしの朝食の心配はいらないよ」

「チャールズ」アガサがか細い声で言った。「ドアが開いてるわ」

「ドリス・シンプソンかな？」

「今日は掃除の日じゃない」

「警察に電話しよう」

「いえ、誰のしわざにしろ、明るいうちに押し入ったんじゃないと思うわ」

二人は車を降りて、いっしょにドアに向かった。「こじ開けられているわ。木が裂けているのを見て」

「でも、高価な警報装置はどうしたんだろう？」

「セットするのを忘れたの」アガサは泣きそうだった。「ああ、猫たちが。猫たちは無事なの？　見てこなくちゃ」

家に飛びこむとリビングに入っていった。「テレビもラジオも盗まれていないわ。まあ、これを見て」

チャールズがすぐあとからリビングに入ってきた。部屋の隅にあるアガサのデスクの引き出しは開きっぱなしで、書類が床に散乱し、コンピューターのスイッチが入れられている。

「やった！」チャールズが叫んだ。「ついに誰かを動揺させたんだ。あなたの書類を探していたんだよ、アギー、あなたの推理を調べるために。猫たちを見つけたら、警察に連絡しよう」

アガサは猫たちを呼びながらキッチンに入っていった。そのときキッチンのドアが開いているのに気づいた。猫たちは日だまりの芝生でのびをしていた。アガサは二匹のわきにしゃがむと、温かい毛をやさしくなでた。

チャールズの呼ぶ声が聞こえた。「フレッド・グリッグズがこっちに向かっている。わたしはコーヒーを淹れるよ」

アガサはキッチンに戻った。「何かに触っても大丈夫？　警察はすべての指紋をとりたいんじゃない？」

「犯人はここでコーヒーを淹れなかったと思うよ」チャールズはケトルに水を入れ、プラグを差しこんだ。

フレッド・グリッグズが戸口にぬっと現れたので、二人はぎくりとした。

「何かとられましたか？」ノートをとりだしながらたずねた。「本署に電話しました。すぐに来るそうです」

「みんなが到着してから話した方がいいんじゃないかしら」アガサは言った。「そうすれば、同じ話を二度繰り返さずにすむでしょ。二階はまだ見ていないの」

「きみといっしょに行くよ」チャールズがフレッドに言った。「あなたはコーヒーを淹れて、アギー」

しばらくすると二人は戻ってきた。「スーツケースに書類を入れておいたんだ。目を通そうと思っていた農場の帳簿だ。それが床にばらまかれていた。あなたのベッドサイドのテーブルも荒らされていたよ」

「ミスター・レイシーの家はどうですかね？」フレッドがたずねたので、アガサとチャールズは狼狽して顔を見合わせた。

「見てきた方がいいね」チャールズが言った。

「鍵はありますか？」とフレッド。

「ええ、コンロのそばのフックにかけてあるわ。ああ、なくなってる」

「よりによってそんなところに……」チャールズが言いかけたが、すでにアガサはドアから飛びだしていた。

フレッドとチャールズも彼女についてジェームズのコテージに向かった。

「ドアは閉まっている」フレッドは言った。取っ手を回した。「鍵がかかっているぞ」

「あの鍵は裏口のものなの」アガサは言った。「だから、わたしのところから鍵を持ちだした人は裏口を使ったはずよ」

三人は裏口に回った。ドアは錠に鍵が挿されたまま大きく開いていた。どやどやと中に飛びこみ、リビングに向かった。書類がいたるところに散らばっている。アガサのコテージと同じように家捜しされていた。

アガサはいきなりすわりこむと、両手で顔を覆った。サイレンの音が聞こえてきた。

「あなたのコテージに戻りましょう」フレッドが声をかけた。

アガサはチャールズに支えられながら立ち上がると、フレッドのあとから自宅に歩いていった。ビル・ウォンが来ていたが、その丸顔には心配そうな皺が寄っていた。

「何をしたんですか、アガサ？」

「何もしてないわよ！」アガサは叫んだ。その声はショックのあまり甲高くなっていた。「うちが押し込みに遭ったの！」

「すわって、検討しましょう」ビルは言った。彼は女性警官と男性の刑事といっしょだった。

全員がキッチンのテーブルを囲んだ。アガサは疲れた声で、警報装置をセットするのを忘れたこと、無防備にジェームズのコテージの鍵をキッチンのフックにかけておいたことを説明した。「不思議なのは、どうして警報装置がセットされていないことを犯人が知ったのかってことね」

ビルが刑事にうなずくと、彼は外に出ていった。しばらくして彼は戻ってきた。

「ワイヤーが切断されています」

「それで、貴重品は何も盗まれなかったんですか?」ビルが質問した。

「ざっと見た限りでは」アガサが答えた。「わたしたちが殺人事件について何かつかんだかどうか探ろうとしていたにちがいないわ」

「手がかりをつかんだんですか?」ビルが鋭くたずねた。「以前ぼくに話したこと以外に」

「あれ以上は何もないわ」アガサは答えた。チャールズは彼女を見ながら、精神科医から聞いたことを忘れているのだろうか、あるいはあえてその情報を伏せているのだろうかと考えた。

外で車の停まる音がした。「鑑識チームでしょう」ビルが言って立ち上がった。「ジェームズのコテージからとりかかってもらいます」彼はフレッド・グリッグズに言った。「村を回って、何かを見たり聞いたりしている人がいないか調べてほしい」

電話が鳴った。アガサはキッチンの子機で出た。

ミセス・ブロクスビーからだった。「泥棒に入られたって聞いたから。何かわたしにできることがある？」

「これといってないけれど、できたら夜にライラック・レーンをうろついている人を見かけていないかみんなに訊いてもらえる？」

「あなたはどこにいたの？」

「ケンブリッジよ。あとで話すわ」

「じゃあ、ケンブリッジにいたんですね」ビルはアガサが受話器を置くと言った。

「メリッサのお姉さんにあれこれ訊いていたんですか？」

「ちょっとおしゃべりしただけ。前方がまったく見えないほど霧が濃くたちこめていたので、途中で泊まらなくてはならなかったの。わたしが家に帰れそうもないって知っていたのは誰かしら？　その場で急遽《きゅうきょ》泊まることにしたのよ」

「誰かがこのあたりをうろついていて、留守に乗じたのでしょう」ビルは言った。

「姉ではない。ケンブリッジで会っているし、その濃い霧の中をここまで運転して、また自宅へ戻れたとは思えませんからね」

「もしかしたら」とチャールズがいきなり言った。「われわれをつけてきたのかもしれない。バックミラーでつけられているかをチェックしていなかったし。チェックする理由もなかった」

「だけど、どうして彼女がこんなことをするんですか？」ビルが追及した。

「彼女はいちばん強い動機を持っている。それに、彼女が犯人なら、わたしたちをつけてきて、ケンブリッジでさらに手がかりを探るかどうか監視しただろう」

「なぜ？　彼女には確かなアリバイがあるんですよ。下宿していた学生たちがメリッサの殺された夜はずっと家にいた、と証言しています」

「でも、本当にわかるかな？　たとえば、夜中に抜けだして高速を使ったら、二時間半で犯行をやってのけられる」

「片道でそれだけかかりますよ」ビルが言った。「となると往復五時間になる。それだけ長く留守にしていたらばれますよ」

「学生たちは早起きじゃない」チャールズが反論した。「午前二時に出発すれば、殺人の時間も入れて、まあ、だいたい八時には戻れる。学生たちは何も気づかないだろう。だって、誰かがおやすみと言って部屋に入り、そのあと朝食の席で会ったら、当然ひと晩じゅういたと思うだろう。わたしたちは霧が出ていたので、のろのろ運転だった。つけるのは簡単だったし、あのホテルに入るのを見届けたんだろう」

「食事だけで帰る可能性もあった」

「彼女は駐車場で待っていたんだよ。明るく照らされているので、そこからなら霧が出ていても受付デスクがよく見える。われわれが部屋をとるのを確認したんだ」

ビルは顔をなでた。「それじゃあ、ただの推測ですよ」

「よくわからないのは」とアガサが口をはさんだ。「ジェームズが襲われ、メリッサが殺されたときに、指紋も足跡もひとつも見つからなかったのはどうしてかってことなの。鑑識のテレビ番組をしょっちゅう見ているけど、髪の毛や繊維や足跡や指紋から——」

「最近は科捜研から結果が戻ってくるまでにとても時間がかかるんです。でも、どちらの事件でも、犯人は手袋をしていた。ジェームズの事件では足跡はこすれていた。メリッサの事件では、犯人は細心の注意を払っていた。指紋がきれいにふきとられ、掃除機がていねいにかけられていた」

「掃除機のダストバッグを調べたら、何か——」

ビルはかぶりを振った。「問題があるんです。犯人は自分の掃除機を持ってきたようなんですよ」

「ますます泥沼にはまっていくみたいね」アガサは泣き言を口にした。「誰にも見られずに掃除機を運べるものかしら？」

「車用に使うハンドクリーナーだった可能性がありますね」ビルは言った。「犯人は冷静に計算していたにちがいありません」

アガサとチャールズは質問を受けたあと、鑑識チームを残してミセス・ブロクスビーのところに行くことにした。「家じゅうが指紋検出用の粉だらけになるわ」アガサが文句を言った。「最近はライトを使うんだと思ってた」

「わたしに言ってもむだだよ。その分野はちんぷんかんぷんだから」

「今日は家に帰るのかと思ってたわ」

「もう少し残るよ。少し退屈になっていたけど、また進展があったからね」

アガサは心が揺れた。チャールズにとって自分は退屈しのぎの存在だろうと推測していたものの、はっきりそう言われるといい気がしなかった。

二人が歩いていくと、ミセス・ブロクスビーはちょうど牧師館に帰ってきたところだった。「あら、お気の毒だったわね」彼女は言った。「どうぞ入ってちょうだい。ミセス・アランを訪ねてきたところなの」

ミセス・アランは公営団地に住む虐待されている妻だということをアガサはぼんやり思い出した。「ご主人のところに戻ったの？」

「いいえ、彼は姿を消しちゃったの。でも、信じられる？　夫がいなくて寂しがっていて、何度も何度もそんなにひどい人じゃなかった、警察に通報しなければよかった、って言ってるのよ」

「子どもがいなかったのがせめてもの救いね」アガサは言った。「子どもが巻きこまれるのはかわいそうよ」

「それで思い出したわ」牧師の妻は二人を家に案内しながら言った。「二週間後に村祭りを開いて、セーブ・ザ・チルドレンのために基金集めをするの。協力してもらえないかしら、ミセス・レーズン。ケーキも売る予定なの」

「ケーキ作りは得意じゃないから」

「でも、宣伝は得意でしょ。たくさんの人に来てもらいたいのよ」

「とりかかるのがちょっと遅すぎるわ。できるだけやってみるけど。正確な日時を教えて。それから何を売るのか。できたら地元の新聞に売りこんでみるわ」

「お友だちのミスター・シルバーが手伝ってくれるんじゃないかしら。以前、大活躍してくれたでしょ」

「となると、彼をこっちに招かなくちゃならないし、週末じゅう滞在することになるわ。今はとてもそういう気分になれないの。だけど、できるだけのことはするわね」

「それから、不用品セールを担当する人がいないのよ。どうかしらサー・チャールズ

「……」

「すみません。しばらく家に帰っていないので、これ以上ここにいられないんです。それに、不用品セールがどういうものかご存じですか？　人はある年には協力するために何か買い、翌年にはそれを寄付する。誰も何ひとつ買いたくなくなるまで、それが繰り返されるんです」

「だけど、ミセス・レーズンが宣伝をしてくれれば、村にたくさんの観光客が来てきっと大成功をおさめると思うわ」

「申し訳ないが、苦手な分野なので」

「すわってちょうだい。朝食はすませたの？」

「いいえ、こんなことがあって時間がなくて」

「ロールパンを焼いたのよ。ベーコンロールを作るわね」アガサは言った。

彼女がキッチンに行ってしまうと、アガサは古いソファの羽毛クッションに頭を預け、目を閉じた。「このままだとまずいわね。押し入った人間は、わたしが家にいてもいなくても気にしなかったんだと思う。掃除機とハンマーを持った顔のない男のことが頭から離れないわ」

「この事件は何もわからずに終わるという嫌な予感がするよ、アギー」

「だけど、解決しなくちゃ！　ジェームズの無実を証明しなくてはならないわ」アガサは目を開いて、とがめるようにチャールズを見た。

「実をいうと、本当に家に帰らなくてはならないんだ。ここに来る前に叔母に電話したら、今夜お客が何人か泊まりに来るらしい。しかもタラを連れてくるんだよ」

「いったいタラって誰なの？」アガサはむっとしてたずねた。

「すごくゴージャスな女性だ」

「『風と共に去りぬ』のプランテーションにちなんで名前をつけるなんて、趣味が悪いわね！」

「でも、親なんてそんなものだよ。男の子にはジョンとかチャールズとかデイヴィッドとか伝統的な名前をつけたがる。だが、女の子となると、実にまぬけな名前を選ぶんだ」

ミセス・ブロクスビーが食べ物をのせたトレイを運んできた。

チャールズはベーコンロールをおいしそうにかじった。

「絶品ですね。結婚してもらえますか？」

「考えてみるわ」ミセス・ブロクスビーははしゃいだ笑い声をあげた。アガサはじろっと彼女を見た。なによ、牧師の妻のくせに。牧師の妻らしくふるまうべきだわ。

「それで、誰が押し入ったか、見当がついたの？」ミセス・ブロクスビーがたずねた。

「シェパードってことに賭けてもいいわ」

「あら、どうして？」

「シェパードは心からメリッサを嫌っていたんだと思うの。すぐに脅したり暴力をふるったりしかねない男だったわ」

「もう一人の元夫はどうなんだ？　デューイは？」チャールズがたずねた。「あいつもこそこそしていて狡猾《こうかつ》だから、あなたのコテージに姿を見られずに忍びこんだかもしれない」

「よくわからなくなってきたわ」

「しばらく村を離れたらどうかしら？」ミセス・ブロクスビーが提案した。「あなたがここにいると心配なの。殺人犯に狙われるんじゃないかって」

「わたしは大丈夫よ」それから、つけ加えかけた。「チャールズがいるし」と。だが、気まぐれなチャールズはタラとかいう名前のゴージャスな女の子を追いかけて、もうすぐいなくなることを思い出した。たぶん、彼はアガサのことを何週間も忘れてしまうだろう。

8

ロイ・シルバーはアガサの招待を喜んで受けた。仕事の同僚たちに週末はコッツウォルズで過ごすことになったと言えるなんて、とてもイケてると思ったのだ。

アガサは金曜の夕方にモートン・イン・マーシュの駅でロイを出迎えた。

「あまりうれしそうな歓迎じゃないですね」ロイはアガサの渋面を見てたずねた。

「何かあったんですか？」

「あら、改めて説明した方がいいかしら？　ジェームズはどこへとも知れず消え、殺人の疑いをかけられているし、わたしも完全に容疑が晴れたわけじゃない。それに、わたしの家もジェームズの家も押し込みに遭った。殺人犯はまだ野放しになっていて、たぶん次の標的はわたしよ。おまけに、チャールズは困ったときにはわたしを助けてくれるはずだったのに、地所に帰っちゃったの」

ロイはやせた腕をアガサの肩に回した。「ご心配なく、ぼくがついてますよ」

アガサはため息をこらえた。ロイはさらにやせたらしく、ひょろっとして顔色も青白く冴えなかった。デザイナーズジーンズをはき、ハイヒールの模造ワニ革のブーツをはいている。村祭りのことを話したら来ないのではないかと不安で、まだ伝えていなかった。一人きりで過ごしたくなかったのだ。

「殺人事件のことを最初から話してください」ロイは高いヒールによろめきながら車に向かった。

「そのブーツ、はき心地がすごく悪いんじゃないの？」アガサは指摘した。

「まあね。でも、背が高く見えますから」

「そんな必要ないでしょ。あなたは充分に背が高いわ。そういう靴はこの土地向きじゃないわよ」

ロイは車のドアに手をかけて、立ち止まった。その顔はひきつっていた。

「え、本当に？」

「ロンドンではおしゃれなんでしょうね」アガサは機嫌をとるように言った。「でも、ここではちがう。スーツケースは後部座席に入れて」

「モカシンとスニーカーも持ってきました」出発するとロイは言った。「それで犯人は誰だったんですか？」

「わからないの。だけど、家に着いたら、一杯やりながら洗いざらい話すわ」

PR業界の知人についてあれこれおしゃべりしながらA44号線を下りて、カースリーへ下る道に入ると、ロイは大きな看板に気づいた。〈村祭り〉とある。

「ずいぶん偶然だなあ」疑わしげな口調になった。「ぼくがこっちに来るときは、いつも祭りがあるみたいですね」

「今日は暑くて湿度が高くない?」アガサははぐらかした。

ロイがにらんでいるのがわかった。「祭りか。あなたはその準備を担当しているので、ぼくにも何かさせようという魂胆なんですね。道化師の格好をさせられて、跳んだり跳ねたりさせられたことは忘れてませんよ。二度とごめんです」

「ただの富くじの屋台よ」アガサはなだめた。「ほんの一時間か二時間よ」

「あるいは三時間か四時間」ロイは憤慨した。「しかも、商品ときたら! 古いサーディンの缶詰めとか、ブルネット用のシャンプーとか、プラスチックの花だ」

「実は、わたしは不用品バザーの方を担当するの」

「それはなお悪い」

「今年はそうでもないわよ。グロスターシャーのお金持ちのところを回って価値のありそうな品物を寄付してもらったから。慈善のためなの。成金たちはまったく何も出そうとしないけど、この地方の旧家の人々は何か寄付するのが義務だと感じているみたい。だから、不用品バザーにはお宝が出るらしい、って噂を流したの。買い付け業者たちがぞろぞろやって来るでしょうけど、彼らだけじゃないわ。テレビで『アンティークス・ロードショー』を見てる人は多いし、自分たちも高価なスタッフォードシャー焼きをガレージセールで手に入れられるかもしれないと考えているはずよ。元気を出して、ロイ。ちょっとした名声を手に入れられるわよ。地元新聞にあなたを紹介してもらうように頼むわ。『若きロンドンのエリート、村祭りで富くじを売る』って」

ロイの顔が明るくなった。「それならオフィスでも評価されそうです」

アガサはコテージの外に駐車した。「ジェームズのコテージはなんだか今にも崩れそうに見えますね」ロイは車を降りながら指摘した。

「茅葺き屋根のせいよ。葺き替えが必要なの。だけど、葺き替えにはかなりお金がかかるから、彼がまた現れて自分でやるのを期待してそのままにしてあるの」

たっぷりお酒を入れたグラスを手にリビングに落ち着くと、アガサは殺人事件とチャールズといっしょに調べたことを語りはじめた。

「デューイですよ」話し終えると、ロイは言下に決めつけた。「ぼくの言葉を覚えておいてください。デューイです。なんて気味が悪い男だ！　警察は痴情のもつれでカッとなって起きた殺人事件だとは考えていないんでしょう？　だって、わざわざ掃除機を持ってくる手間をかけたんですからね。デューイがメリッサに薬を飲ませて脅した手口を見ればわかる」

「だけど、彼はメリッサを追い払ったのよ」アガサは反論した。

「そうか」ロイは興奮して叫んだ。「メリッサがまた現れて、彼につきまとっていたのかもしれない。その可能性はありますよ。彼に会ってみたいな。明日彼の店に行って——」

「明日はお祭りよ」

「その仕事は免除してください。重要なことなんですから」

「今さら、やらなくていいなんて言えないわ」

「ぼくが現れなかったらどうします？　他の人を見つけるしかないですよ」

「じゃあ、こうしましょう。お祭りで働いてくれたら、デューイが住んでいるところに連れていってあげる。あるいは日曜に電話して、熱心なコレクターが訪ねたいと言っているけど、今日しか予定が空いていないと言えばいいわ」

「はいはい、わかりましたよ。ところでディナーは何ですか？」

「冷凍庫を調べてみるわ」

「電子レンジ調理は卒業したのかと思ってました」

「また戻ったの」

アガサは立ち上がってキッチンに行くと、深い冷凍庫の蓋を開けた。いろいろな物が入ってるわ、たぶんすごく昔に買った物ね。ラベルを貼っておけばよかった。底の方にあったふたつの物を解凍してみることにした。

「二種類の料理を選んだわ」彼女はふたつの容器を電子レンジに入れて解凍しながらロイに声をかけた。

キッチンのテーブルをセットした。アガサはめったにダイニングルームを使わなかった。それから電子レンジがピーッといったので、ふたつの容器をとりだし、蓋を開けた。

「大当たり」アガサはうれしそうに言った。ミセス・ブロクスビーが大量のおいしいシチューとダンプリングをくれたので、残った料理をふたつの容器に入れて冷凍しておいたのだ。シチューは自分で作ったのではないことをわざわざロイに明かす必要はない。中身をこれまで一度も使ったことのないきれいなオーブン皿にあけると、オーブンの火をつけた。それから冷凍ベイクトポテトをふたつ電子レンジに入れると、ロイのところに行った。

「すぐできるわ。電子レンジ料理っていうのは冗談よ。あなたのために今日はずっとキャセロールを作っていたの。ミセス・ブロクスビーから教えてもらったレシピよ」

ディナーはとてもおいしかった、とロイは認めた。アガサは食器洗い機に皿を入れてしまうと、食事中は昔のよもやま話で終わってしまったので、殺人事件について改めて話し合いたかった。しかし、ロイはデューイが犯人だと繰り返すばかりで、アガサのお気に入りの犯人、シェパードについては意見を言おうともしなかった。

とうとう、屋台を準備するために早起きしなくてはならないからそろそろ寝ましょうと、アガサは提案した。修理したばかりの警報装置をセットすると、家に自分一人ではないことに胸をなでおろしながら、深いすこやかな眠りに落ちていった。

朝になると殺人も暴力もまるで縁遠いものに感じられた。イギリスらしい美しい夏の日で、暑すぎず、空は青く晴れていた。朝食をすませると、アガサとロイは教会の集会ホールに歩いていった。ロイは祭りで働くことにすっかり気が滅入っているらしくおしゃれもせず、古いジーンズにシャツとセーターを合わせ、まともな靴をはいていたので、アガサはほっとした。アガサ自身はベージュのパンツスーツにハイヒールのストラップサンダルをはいた。一日が終わらないうちにハイヒールにしたことを後悔するだろう、と警告する声が頭の中で聞こえたが、行方不明のジェームズが祭りに現れるという嫌な夢を見ていたので、フラットシューズをはいて、ずんぐりして見えるのをどうしても避けたかった。

不用品バザーは富くじの隣だった。ロイが富くじに寄付された安っぽい品物に愚痴をこぼしているあいだに、アガサは自分の担当の品々を開封し、ありふれた使い回しのガラクタは屋台の前の方に、上等な品は奥の方に並べた。予想どおり、コレクターやアンティークディーラーたちが早くも詰めかけていた。アガサはゆっくりと品物を並べていった。地元の新聞社に声をかけておいたので、連中が到着するまで販売を始めたくなかった。地元の領主屋敷から開催日ぎりぎりで寄付されたのでまだ中身を検分していなかった箱を開けた。海に船が何隻か浮かんでいる暗い色調の小さな油絵。これは修復がぜひとも必要だ。もっとアンティークについて詳しければよかったのに。この絵だって価値があるものかもしれない。それから、いくつかの陶器の飾り物は、たいていひびが入っていたり欠けたりしていた。箱の底には薄紙に包まれた物が入っていた。それをとりだして薄紙をはがしたとたん、あわやとり落としそうになった。薄紙のあいだからこちらを見上げているのは、十八世紀のアンティークドールだった。デューイがあんなに愛していた人形のふたごか、どういうわけか彼が領主屋敷の人間に売ることにして、その後、彼らが寄付をしてくれたか、そのどちらかだ。ロイを呼んで、人形を見せた。「これはデューイが愛していた例のアンティークドールなの」アガサはひそひそ声で言った。

「どこからもらってきたんですか？」

「ロングボローの方のお屋敷よ。まいったわ！　ただドアをノックして寄付をお願いしただけで、名前も知らないの」

ロイは興奮しているようだった。「デューイに電話して、ここに来てもらいましょう。同じ人形ってことがあるかな？」

「わたしには同じに見えるけど、デューイが手放すなんて想像できないわ。電話帳を持ってきて。教会集会ホールの裏の調理場あたりに電話があったはずよ」

アガサはロイが電話帳を持って戻ってくるのをいらいらしながら待っていた。ページを繰って、デューイの店の番号を調べると電話した。ロイはアガサが早口にしゃべっているあいだ、隣でそわそわしていた。電話を切ると、アガサは目を輝かせてロイを見た。

「彼のものじゃないけど、店を閉めてすぐ来るって。こうした物の値段はどうつけたらいいのかしら。もっとアンティークについて知識があればよかった。無知なせいで、古い傑作を数ポンドで売ってしまいかねないわ」

「オークションにしましょう」ロイが提案した。「バザーに値打ち物が出品されたので、十一時からオークションをするってアナウンスしてください。〈不用品バザー〉って書かれている大きなカードを裏返して、〈オークション〉って大きな文字で書くんです」

アガサは言われたとおりにして、ひたすら待っていた。バイヤーたちが何重にも取り巻き品物を買おうとしたが、アガサは断固としてはねつけた。オークションが始まるまで待ってもらうしかなかった。ミセス・ブロクスビーにマイクを用意してもらった。新聞社がやってくると、彼らにそっと耳打ちした。オークションでたぶん何千ポンドもの売り上げが手に入るだろうと。それから、ロンドンから来たPR会社の役員だと言って、ロイを紹介した。

デューイが十一時少し前に到着した。「人形はどこですか？」

「オークション開始まで待ってください」アガサは答えた。

「見るだけでいいので！」うっすらと顔に汗をかいていて、目はぎらついている。

アガサは人形を持ちあげてみせた。彼は鋭く息を吸いこんだ。

「それに二百ポンド出します」

「他の人といっしょにお待ちください」アガサはきっぱりと言った。

十一時になると同時に、アガサは油絵からオークションを開始した。絵はとても汚れ署名もかすれていたので、画家の名前すらわからず、自分がずぶの素人だということを痛感させられた。だが、勇気を出して声を張り上げた。「さあ、百ポンドをつける方は？　百ポンドから入札を始めます」

大勢の人々がどよめき、身じろぎした。一人の男が眉毛をかいた。あれは入札？

「ここにはプロの方もアマチュアの方もいらっしゃいます」アガサは呼びかけた。「合図ではなく、どうか大声で指し値を叫んでください」

静寂。そのとき眉をかいた男が叫んだ。「百五十」

またもや静寂。汚らしい絵にしては悪くないわ、と思いながら、アガサはハンマーをとりあげた。オークション用の槌《つち》はなかったので、キッチン用の肉たたきだ。

「さあ、百五十、百五十……」

「二百」別の声が叫んだ。

不用品バザーの人垣はますます厚くなっていった。指し値はぐんぐん上がった。絵はついに千二百ポンドで落札された。アガサはうしろめたくなり、絵をくれた人が見物人の中にいないことを祈った。

オークションは続いた。人々はオークションに夢中になっていた。何年も目もくれなかったがらくたに、とんでもない指し値をつける村人もいた。

最後にアガサは例の人形をとりあげた。指し値はどんどんつり上がり、とうとうデューイが甲高い声で叫んだ。「二千!」

度肝を抜かれたような静寂が漂った。デューイは渇望に目をぎらつかせながらアガサを見つめている。アガサは彼が気の毒になってきた。「二千、二千。ミスター・デューイに落札されました」彼女はすばやく宣言した。

それを頂点に、興奮は下火になった。デューイは小切手を書き、いとおしそうに人形を抱いた。「そのお金はりっぱな理念のために使われる予定です」アガサは言った。ロイはミス・シムズに頼んで富くじの屋台を引き継いでもらうと、急いでやって来た。アガサは彼を紹介した。「ぼくはアンティークドールにとても興味があるんです」ロイは口からでまかせを言った。「少しお話しできますか?」

「無理です」デューイはそっけなかった。「オークションのために店を閉めてきたので、すぐに戻らないと」

「ごいっしょさせてください。アンティークドールに夢中なんですが、あなたの手に入れた品は見たこともないほど魅力的で美しい品ですね」

デューイは疑わしげな目つきでアガサとロイをじろっと見た。それから、しぶしぶ承知した。「まあ、いいでしょう」

ロイは彼のあとを小走りについていった。アガサもいっしょに行きたかったが、誰も入札したがらないような残りの品物を売らなくてはならなかった。新たにやって来た見物人もたくさんいた。そこでアガサは残り物に値札をつけると辛抱強く屋台の前に立っていたが、まもなく猛烈に足が痛くなってきた。ハイヒールで一日じゅう駆けずり回っていても、まったく平気だった時代はどこに行ってしまったのかしら？　アガサは人生の秋が目の前に広がっているのをまざまざと感じた。

あたりを見回して、バザーを引き継いでくれる人はいないかと物色した。そうすれば、家に戻ってフラットシューズにはき替えることができる。カースリーの虐待されている妻、ミセス・アランを見つけたので呼びかけた。ミセス・アランはアガサの方に歩いてきた。まだ三十代なのに、猫背になっている。まるで常に殴打から逃れようとしてきたかのように。「ちょっと替わってもらえない？」アガサは頼んだ。

「無理じゃないかしら。オークションなんてやったことがないので」

「オークションはもう終わったわ。どれも値札をつけてある。ミセス・ブロクスビーに小切手を渡してきたいのよ」

「ああ、わかりました。暑いですよね？」彼女はだらっとした白いカーディガンを脱ぎ、屋台の端にひっかけた。カーディガンの下に着ていたブラウスから、肌があらわになっている。アガサの視線が鋭くなった。ミセス・アレンのやせた腕には、醜いあざができていたのだ。「それ、どうしたの？」アガサはあざを指さした。

「ああ、これですか？　あたしったら不器用で、ドアにぶつけたんです」

アガサはミセス・ブロクスビーを見つけに行き、小切手と札束を渡した。

「まあ、これはひと財産ね、ミセス・レーズン」ミセス・ブロクスビーは牧師である夫の方を向いた。「アルフ、彼女ってすばらしいでしょ？　あなた、ミセス・レーズンを思い切りハグしたいんじゃない？」

牧師は怯えた馬のようにあとずさった。「驚いた、もうこんな時間なのか」わざとらしく声を張りあげた。「人と会う約束があった」そしてすごい勢いで走り去った。

「家に帰りたいの」アガサは言った。「足が痛くて死にそうなのよ」

「それはお気の毒に。その靴、本当に華やかだわ」

アガサはにっこりした。ミセス・ブロクスビーは相手を喜ばせるせりふを心得ていた。できの悪い女性ならこう言っただろう。「もっと実用的な靴をはいてくればよかったのに」

「バザーはミセス・アランに頼んできたんだけど、片方の腕にひどいあざができていたわ。夫のせいかしら？　もう別れたんじゃなかった？」

「わたしの知る限りではね。でも、えらそうなことは言いたくないけど、ときどき絶望するわ。ああいう女性は悪い男とようやく手を切っても、また別の悪い男にひっかかるのよ」

「なぜかしら？」

「自分を大切にしない人は、さらに自分を否定するような人に惹かれるって聞いたことがあるわ。ある男と手を切っても、まったく同じタイプの男と結婚するので唖然とさせられることがよくあるの」

「あの人、彼氏がいるの？」

ミセス・ブロクスビーはため息をついた。「わたしは知らないし、たとえいるとしても、わたしにはどうすることもできないわ。ただ、それがまた限度を超したら介入し、どうにか後始末をするだけ。どうぞおうちに帰って。今日はすばらしい働きぶりだったわね。あの人形！　びっくりするような大金が集まったわ」

「あれがメリッサの元夫よ。シェパードの前に結婚していた相手」

「そうなの？　完全にたがはずれている人みたいだった。あんな大金を投じたことを後悔しないといいけど。でも、こうしたアンティークドールは本当に貴重なのよ」

「あの人形を寄付してくれた人が文句を言ってきて、お金を返せと言わないか心配だわ」

「誰だったの？」

「広大な領主屋敷のご主人。ロングボローのあたりで、外に大きなヒマラヤスギが立っていたわ」

「ああ、フリーム卿ね。それなら心配いらないわよ。彼はうなるほどのお金を持っているから」

「じゃあ、ちょっと失礼するわ」

「若いお友だちはどこ？」

「デューイといっしょに行って、探りを入れてくるみたい」

「それって賢明なこと？　彼は殺人犯かもしれないのよ」

アガサは心配そうな顔になった。「ちょっと待っても戻ってこなかったら、彼を追いかけていくわ」

アガサは家に帰るとすぐさま靴を脱ぎ、痛む足をマッサージした。猫たちが肘掛け椅子にすわったアガサの膝に飛び乗り、ゴロゴロ喉を鳴らしたので、毛をなでてやった。もう村祭りには戻りたくなかったが、結局、猫たちを庭に出してやると、フラットシューズにはき替えて教会の集会ホールに戻っていった。

「何か売れた？」ミセス・アランに訊いた。

「小さなカップがひとつ。お金は箱に入れておきました」

「ありがとう、ミセス・アラン。お茶を飲んできたら？　あとはわたしがやるわ」

ミセス・アランは立ち去った。隣の屋台ではミセス・シムズが富くじの抽選器を回しながら、叫んだ。「あの若い方は戻ってこないの？」

「そのようね。ここに残った品物には誰も興味がなさそうだから、わたしがそっちを引き継ぐわ」

「チャールズはどうしたの？」

「家に帰ったわ」

「あなたの男性たちはみんな去っていったわけね？」

「そうみたい」アガサは苦々しく答えた。

のろのろと時間が過ぎていった。モリスダンスの踊り手たちはエネルギッシュに跳んだり跳ねたりしていて、観光客たちは写真を撮っている。ケーキとジャムの屋台は売り切れになり、カフェテリアは大繁盛だ。西から雲が流れてきて、アガサは頭痛の前触れを感じた。ロイはどこかしら？　だんだん心配になってきて、ミセス・ブロクスビーが祭りの終了を宣言し、手伝ってくれた全員、とりわけアガサ・レーズンに感謝をします、とあいさつしているときも、ろくすっぽ耳に入らなかった。拍手が止むやいなやアガサは家に走って帰り、車に乗ってウースターをめざした。

ウースターに着いたとき、ロイが電話してくるのを家で待っているべきだったと気づいた。彼には車がないことをすっかり忘れていた。電車に乗り、モートン・イン・マーシュに向かっている最中かもしれない。ダッシュボードの時計を見た。六時だ！　デューイは店を閉めてしまっただろう。となると、ロイがいつ帰ったのか訊くこともできない。

それでも店に行ってみることにした。車を停めると急いで〈シャンブルズ〉に向かった。シャッターがまだ下りていなかったので、ほっとしながら、手を目の上にあてがってウィンドウをのぞいた。ロイが椅子にすわっている。怯えたウサギそっくりだ。デューイが何かまくしたてていて、ハサミを振り回しながらロイにかがみこんでいる。アガサは飛びこもうとしたが、デューイがさらに暴力的になるかもしれないと思い直した。ウィンドウを離れると携帯電話をとりだし、警察に通報して不安におののきながら待った。やっと一台のパトカーがやって来た。

「友人があそこにいるんです」彼女は最初の警官に訴えた。「ハサミで脅しつけられています」

全部で三人の警官が来た。彼らが店に入っていったので、アガサもそのあとに続いた。ロイがまだ無事なのを見て胸をなでおろした。

「こちらの紳士をハサミで脅しているという通報がありました」いちばん階級が上の警官が重々しく告げた。

アガサがウィンドウからのぞいていたときは顔を怒りにゆがめていたデューイは、たちまち困惑し、おどおどした店主に変身した。「何のことやらわかりません！」彼はハサミをデスクに置きながら言った。彼はアガサを見た。「またもやトラブルメーカーのこの女か。この紳士にアンティークドールについて講義をしていただけです」

「それは本当ですか？」警官がロイに視線を向けた。

「ええ、そうだったんでしょう。でも、本当に怖かった。何時間もここに足止めされたんです。彼の身辺を嗅ぎ回っていると責められました。『おまえはアンティークドールのことなんて何ひとつ知らない』とこの人は怒鳴り、顔の前でハサミを振り回しながら、延々としゃべり続けていたんです」

「告発したいですか？」

「いいえ。ただここから帰りたいだけです」

「あなたをハサミで脅したのなら、彼を告発するべきですよ」

「わたしは自分を守ろうとしたんです、お巡りさん」デューイが言いだした。「この女と別の男が最近わたしの家に来て、銃を持っていると脅したんです」

今度は警官は疑わしげな目でアガサを見た。「この男につきまとっているんですか？」

アガサは「いいえ」と言い、デューイは「はい」と答えた。

「この件はこれで終わりにできませんか？」ロイが訴えた。

デューイが突然賛成した。「ああ、すべて忘れることにしよう」

パトカーの運転手が店内に入ってきた。「ウォールズでショーウィンドウ破りです」

「いいだろう」警官は全員を見回した。「今回だけは見逃すことにしよう」

「行きましょう」ロイがささやき、アガサの腕をとった。デューイと二人きりで取り残されたくないようだった。

「やれやれ！」ロイは通りを急ぎ足で歩きながらぼやいた。「パブに入りましょう。一杯やらないと」

「ねえ、何があったの？」静かなパブのテーブルにつくとアガサはたずねた。

「最初は和気藹々《わきあいあい》とした雰囲気だったんです。ウースターに行く途中、彼は人形を手に入れた喜びと、金を払いすぎたんじゃないかという不安を感じているようでした。もっぱら彼がしゃべっていた。店に着くまでは順調だったんです。ぼくのことを気に入ってくれたようで。コーヒーを淹れてくれ、いっしょにデスクにすわった。ぼくはあなたの友人だと言い、元奥さんが殺されたなんて恐ろしいですね、と水を向けた。彼はああ、ぞっとするよと答えてから、急によそよそしくなり、アンティークドールについての知識を試すような質問をしはじめた。もちろん、ぼくは何ひとつ知らなかった。すると、おまえはわたしの生活を詮索しているんだろう、と責めはじめたんです。ぼくは否定した。知識はあまりないが、これからコレクションを始めたいと考えているから、いろいろ学びたいんだ、と主張した。

彼は奇妙にぎらつく目で、おまえはメリッサと同じだ、持ってもいない知識があるふりをして自分と親しくなり、ひどい目に遭わせようと企んでいるんだろうと非難しはじめたんです。そのときにはハサミを持ちだして、振り回していました」

ロイはぐいっとお酒をあおると続けた。「それで、ぼくは高飛車に出て、そんなことを言われて傷ついたから、もう帰らせてもらうと言った。『いや、だめだ、帰すわけにいかない』と彼は言って、ハサミをぼくの顔に向け、仁王立ちになった。『学ぶためにここに来たと言ったな。じゃあ、学ばせてやろうじゃないか』そのとき二人の客が入ってきた。彼はとても愛想よく落ち着き払って、『ちょっと失礼』と客たちに言うと、ハサミをぼくの脇腹に突きつけて奥の部屋に連れていった。『戻ってくるまで、ここで静かにすわっていろ。助けを呼んだら、おまえを殺し、正当防衛だと言うからな』と脅した。そしてドアに鍵をかけて、店に戻っていったんです。

逃げ道はなかった。裏口のドアは鍵がかけられていたし、格子のはまった小さな窓しかない。ぼくは恐怖で震えていた。それに、ああいう人形たちに囲まれ、小さな目に見つめられているとぞっとしました。長い時間がたったので、もう帰ってしまったのかもしれないと思い、思い切って叫ぼうとしたとき、ドアが開いて、彼がまたあのハサミをちらつかせながら現れ、店に戻って椅子にすわれと命じた。それから長々しい講義を始めたんです。何についてかは訊かないでください。びくついていて、ひと言も耳に入らなかったから。そのとき、あなたが来たんですよ。あいつはこれでもかと妄言をわめきたてていた。そのすさまじい怒りには身の毛がよだちました」

「だけど、それをどうやって証明したらいいの？」アガサは残念そうに言った。

「あいつの過去には絶対に何かあるにちがいない。あなたの警官の友だちに会いに行きましょう。助けが必要ですよ」

「明日行ってみましょう。ビル・ウォンが非番じゃないことを祈るわ。両親には会いたくないでしょ。それを飲み終えたら、帰りましょう」

駐車場に歩いていくとき、ロイはひっきりなしに不安そうな視線を周囲に向けていた。今にもデューイが飛びかかってくるかもしれないと怯えているかのように。


コテージに戻るとビルに電話した。手短に起きたことを話し、明日、警察に訪ねてもいいかと訊いたが、ビルはすぐにそっちに行くと言った。

「彼が来るまでに何か食べておいた方がいいわね」アガサは言った。「ビルはもう夕食をすませているでしょうから」

「ぼくが作りますよ」ロイが言いだした。「まだ神経が高ぶっているので、手を動かしていた方がいい。卵とチーズはありますか？　チーズオムレツにしますよ」

「どちらもあるわ。じゃ、任せたわ」

ロイがキッチンで料理をしているあいだに、アガサはミセス・ブロクスビーに電話して、村祭りからそそくさと帰ったことを詫びた。

「ロイは見つかったの？」

「ええ、そのことはあとで話すわ」

「そう、すばらしい働きぶりに改めてお礼を言うわ。たくさん寄付金が集まったの。すべてあなたのおかげだって、アルフに言ったのよ」

「で、ご主人はどう答えた？」アルフが自分を好きではないことは知っていたが、好意的な意見を聞きたかった。

「ええ、同意したわよ」だが、牧師が実際に言った言葉は「神の御心は謎だな」だった。

アガサは電話を切った。強いジントニックを作ると、煙草に火をつけた。お酒を飲み終え、煙草を吸い終わったとき、ロイがキッチンから呼んだ。すわっていたふかふかの肘掛け椅子から立ち上がったとき、膝関節にかすかな痛みを感じ、胸がなんとなく苦しくなった。ぎくりとして棒立ちになった。大きく息を吸うと胸苦しさは消えた。ワイカーデンにいたときは、どうにか禁煙していたことを思い出した。あのときは気分爽快だった。それからワイカーデン警察の警部、ジム・ジェソップがプロポーズしてくれた記憶も甦った。たのもしくて、ちゃんとした人だった。チャールズといっしょにベッドにいるところを見つからなければ、今頃、ジェソップ夫人になっていただろう。いまいましいチャールズ。占い師に二度とセックスすることがないと言われなければ、彼とベッドをともにすることなんて絶対になかったのだ。今、ジムは結婚している。幸せなのかしら？　もしかしたら離婚したかもしれない。

「アガサ！」ロイが叫んだ。「料理を盛りつけましたよ」

とりとめのない物思いを振り払うと、キッチンに行った。

「ずっと考えていたんですけど、明日できることについて」

「どうするの？」

「このシェパードというやつはブロックリーに住んでいるって言ってましたよね。ここからあまり遠くない。明日、そこに行って――」

「冗談でしょ。彼はカンカンになるわ」

「でも、犯人は絶対にデューイだと思うって言ったら、口を開くかもしれない」

「そうねえ。もしかしたらうまくいくかもね」アガサは関節のおぞましい痛みについて考えた。「じゃ、こうしましょう。わたしは運動が必要だし、晴れていたら歩いていきましょうよ」

「いいですよ。ぼくも少々運動不足ですからね」

二人が食事を終えたときに、ビルが現れた。ビルはロイが語るデューイとのひと騒動について熱心に耳を傾け、いくつかメモをとった。ロイが話し終えると、アガサが言った。「ねえ、デューイの過去については調べていると思うけど、何かなかった?」

「何もおかしなことは見つけられませんでした」ビルは答えた。「かなり裕福な中流階級の両親のもとに生まれています。父親は若くして亡くなり、母親べったりだったようですね。母親が亡くなったのは、大学を出たばかりのときでした。母の遺産があったので、彼は店を買い、商売を始めた。その分野では商才があったようです。友人はまったくいないようですね。メリッサと結婚していたときも、社交的ではなかったようです。もう少し探ってみますよ。署に呼んで、また話を聞くことにします」

「ジェームズについて何かわかった?」アガサがたずねた。

「いえ、全然。何か聞いていたら、もちろん連絡してましたよ」

翌日は晴れて気持ちのいい天候だった。二人はブロックリーめざして歩きはじめた。となると、まずカースリーからの急な坂道を上り、A44号線に沿って歩き、それからブロックリーへと丘を下ることになる。村に着いたとき、アガサは煙草を猛烈に吸いたくなったが、必死にこらえた。その日はまだ一本も煙草に火をつけていなかった。

「なんだか気が進まないわ」アガサはグリーンウェイ・ロードを歩きながらロイに小声で言った。「すごく粗暴な男なのよ」

「もうすべて忘れた方がいいのかもしれませんね」ロイも不安になってきたようだった。〈クラウン・イン〉にとてもおいしいフレンチがあるって聞いてます。ちょっと歩いてから、そこでランチをとりましょう」

しかし、ロイの臆病さに、アガサはかえって闘争心がわきあがった。

「やっぱり、ここまで歩いてきて収穫なしなんて嫌だわ。彼がわたしたちに腹を立てているなら、ドアを閉めればいいだけのことでしょ」

くっつくようにして二人はシェパード家のコテージのドアの前に立った。アガサがベルを鳴らした。

少しして、メーガン・シェパードが玄関を開けた。短いホットパンツにギンガムのブラウスを着ている。髪の毛は左右でお団子にしてピンクのリボンをつけていた。

「ああ、あなただったの」彼女は肩越しに叫んだ。「ルーク、あなたを悩ませているカースリーの女性よ」

ルーク・シェパードが妻の後ろに現れた。「ここから出ていけ」彼は脅しつけた。

「お知らせにうかがったんです」アガサは勇気をふりしぼって言った。「わたしたち、メリッサを殺したのは最初の夫のデューイにちがいないと確信したものですから」

ルークの目をよぎった奇妙な表情は何だったのだろう？　ロイは思った。安堵？

けんか腰の態度が消えた。彼は穏やかな口調になった。

「じゃあ、中でそれについて話してほしい」

二人はシェパード夫妻についてコテージを通り抜け、庭に出た。全員がガーデンテーブルを囲んですわると、ロイがデューイの店を訪ねた顛末を語った。

「お気の毒に」メーガンがロイの目をのぞきこみながら言った。「さぞ怖かったでしょうね」

「いや本当に、もう最期だと思いましたよ」ロイは思いやりのある聞き手にすっかり気をよくしていた。

「で、警察にはそれをすべて話したのか？」ルークがたずねた。

「ええ」とアガサ。「デューイを呼んでさらに取り調べるそうです。そういえば、お訊きしたことがあったかしら？　メリッサが過去に入院していたことをご存じでした？」

ルークは心から驚いたようだった。「いいや。酒のせいで？」

「ドラッグです」

「いつのことだね？」

「大昔、父親がまだ生きていた頃よ。お姉さんのことをご存じ？」

「いや、メリッサは彼女と縁を切っていたので」

「メリッサに昔からの友人がいたかどうか知ってますか？　たぶん精神科病棟で知り合ったんじゃないかと思いますけど」

「いや、考えてみると、彼女には友人らしい友人がいなかったな。誰かとすぐに仲良くなるんだが、友情はあまり長続きしなかった。みんなすぐに彼女を避けるようになってね」

「あなたのようにね」メーガンが夫の手をなでた。だが、アガサはメーガンのなめらかな日に灼けた脚がロイの脚に押しつけられていることに気づいた。

「何か考えつきません？」アガサはさらに追及した。「メリッサを殺した犯人を見つけるために、どんな些細なことでもいいんですけど」

「なんだって？」ルーク・シェパードはまたも怒りを爆発させた。「デューイが犯人だと言っていたじゃないか」

「彼にまちがいないと思っています。それでも――」

「もう、いい加減にしてほしいね」ルークが声を荒げた。

「彼女にそんなに当たらないで」メーガンがなだめた。「こういう年とった村の女性は退屈な生活を送っているんだから」

ロイは大笑いしたが、アガサの怒りにゆがんだ顔を見て、はっと口を押さえた。だが妻が何も言わなかったかのように、ルークは言葉を続けた。

「他人の生活を嗅ぎ回り、つつき回すのをいつになったらやめる気だ？　ここから出ていってくれ」

アガサは顔を真っ赤にして立ち上がった。「行きましょう、ロイ」

二人は外に出ていった。シェパード夫妻はすわったまま動こうとしなかった。

「我慢ならない男ね」アガサは毒づいた。「それにあの意地悪なチビの女」

「だが、頭の回転が速いですよ。ルークが癇癪《かんしゃく》を起こさなくても、彼女に侮辱されて、あなたは引き揚げていたでしょうからね」

「ジェームズはこの件にどう関わっているのかしら。ああ、どうして彼は姿を見せないの？　治療を受けなくてはならないのに。死んでしまうかもしれない」

アガサは泣きだした。ロイはためらいながら彼女の肩に腕を回した。「生きている人間は警察を避けることができるものですよ、アギー。死者にはそれができない。元気を出して。〈クラウン・イン〉にランチを食べに行きましょう」

その晩、ロイをロンドン行きの列車に間に合うように送っていき、コテージに戻ってくると、アガサはますますワイカーデンの警部、ジム・ジェソップのことを考えるようになっていた。あと少しで彼と結婚するところだったのだ。たしかに、当時はジェームズを嫉妬させ怒らせたいと思っていた。それに気が滅入ってショックを受けているときにチャールズが現れなければ、セックスなんてしなかっただろう。ジムのやさしい微笑と、アガサを見るたびに目をぱっと輝かせたことを思った。ロイは帰っていき、チャールズは戻ってくる気配もない。男性の話し相手がほしかった。

眠りに落ちる前に、夜の物音に耳を傾けた。茅葺き屋根の中で何かがざわざわ鳴り、眠りにつく古いコテージがおなじみのきしむ音を立てている。明日は朝早く起きてワイカーデンに行ってみよう、と決心した。

翌朝カースリーを出ると、車のラジオをつけた。ステッピング・アウトのハイキングの曲は相変わらずポップスのトップに君臨している。有名になったことで、あの子たちはわたしに感謝してくれるかしら。車を走らせながら、まずジムに電話するべきだったかもしれない、と思いはじめた。でも彼が結婚した女性に、二度と戻ってくるな脅しつけられたので、自宅には電話をかけられない。それに警察署の同僚たちは全員がアガサを嫌っているので、きっと彼は留守だと嘘をつくだろう。そうね、いちばんいいのは、彼がいつもランチタイムに一杯やりに来るあのパブに行き、彼が来るのを待っていることだわ。

ワイカーデンはひどい天候の海辺のリゾートだと記憶していたが、霧がうっすらかかり、太陽が凪《な》いだ海を照らしているのを見てびっくりした。夜明けに家を出てきたので、到着したときには正午までまだ一時間もあった。波止場をぶらぶら歩いてから、パブへの懐かしい道をたどっていった。ジントニックを注文すると、いつもすわっていたテーブルにすわって待った。ドアが開くたびに期待をこめて視線を向ける。雲が太陽にかかると、外の通りが急に暗くなった。わたしったら、ここで何をしているのかしら？　と思いはじめた。ジェームズはまだ生きているけど、二度と自分に会いたくないから連絡してこないのだと考えているせい？　ジムがまだ自分に未練があると馬鹿みたいに期待しているの？　離婚して、わたしと結婚し、死ぬまで頼れる肩を貸してくれるとでも思っているわけ？

アガサはお酒を飲み干すと、ハンドバッグを探った。そのときパブのドアが開いてジムが入ってきた。彼はアガサを見つけて驚き、それから懐かしい微笑がゆっくりと顔に広がった。

「おやおや、アガサ！」彼は向かいにすわった。「驚いたな。どうしてまたここに？」

アガサはふいに嘘をつきたくなった。この店が前と同じかどうか見に来たとか。しかし、気がつくとあっさりとこう白状していた。「あなたよ。あなたに会いに来たの」

「飲み物をとってくるよ。そこで待っていて」

ジムはバーに行った。長身で有能でたのもしい姿。

自分にはビール、アガサにはジントニックを運んできた。

「飲みものの好みが変わっていないといいんだが」

「ええ、変わってないわ。ありがとう。結婚生活はいかが？」

「最高だよ。息子が生まれたんだ、ポールが。目の中に入れても痛くないほどかわいいよ。どうしてわたしに会いたかったんだい？　新聞であれこれ読んだことのせいかな？」

「ええ、そのことで。頭がぐちゃぐちゃになってしまって。容疑者がいる気がするんだけど、誰なのかわからないの」

「そういう状態はまずい。警察に任せておくべきだ。ああ、ここではわたしを手伝ってくれたね。でも……いつか殺されかねないよ。わかった、話してくれ。事件について洗いざらい」

アガサは最初から話した。何ひとつ抜かさなかった。ジェームズとのけんか、うまくいかない結婚生活、ジェームズの脳腫瘍、メリッサについて知っていることと元夫たち。ジムは大きなノートをとりだして、几帳面に要点をメモしはじめた。

アガサが話し終えると、彼はたずねた。「カースリーというのはどういう村なんだい?」

「ありふれた旧式な村よ、眠たげで静かで。住人たちは感じがいいわ」

「だけど、閉鎖的なコミュニティなんだろう?」

「昔ほどじゃないみたいね。コッツウォルズの村には新しい人がたくさん引っ越してきているの。セカンドハウスを買って週末だけ使う人も多い。少し前と比べて噂話とか好奇心もそれほど盛んじゃなくなっている。すべてがロンドンみたいになっていて、みんな自分のことで手一杯になりつつあるのよ。だけど、誰かが困ったことになると、集まって力を貸そうとする。ねえ、ジェームズが襲われ、メリッサが殺されたとき、どうして何か見たり聞いたりした人がいなかったのかしらね?」

「たしかに」

「ほんと、誰もいないのよ」

「わたしがもしも事件を担当したら、村じゅうの人にもう一度話を聞くだろうな。わたしの経験だと、きっと何かを見ている人が出てくるよ。何度も訊くというのはいい考えかもしれない。何か見たかと住人に聞き込みをしても、たいてい、こんな調子だからいらだたしいよ。『ああ、ミスター・ブロッグズじいさんがその時間に通りを歩いているのを見かけたよ』『どうしてもっと前に言わなかったんです?』『だって、ブロッグズじいさんだよ。言うまでもないと思ったんだ』万事そんなふうだ」

「やってみるわ。もし犯人を当てるなら、誰を選ぶ?」

彼はノートをめくった。「うーん、姉さんを考えていたんだ。サイコパスの謎についてはおいておいて、金がらみってことだ。それに、根深い憎悪もあったと思う」

「だけど、どうしてジェームズを?」

「彼は何かを探りだしたのかもしれない。それをメリッサに話し、メリッサは姉に教え、姉はジェームズを殺そうとした」

「だけど、メリッサとお姉さんは口もきかない仲なのよ!」

「それについてはジュリアの証言しかない。父親が大きな資産を持っていて、それをすべてメリッサに遺し、あなたの報告だと、メリッサはほとんどそれを使わなかった。となると、殺すに値する莫大な額になるだろう。それに、メリッサとジュリアの関係が悪かったなら、どうしてジュリアに金を遺したんだ? 嫌っている相手にはふつう遺さないだろう」

「わかってる。だけど、彼女には誰も友だちがいなかったの。どちらの元夫とも縁が切れていた。もしかしたら遺言書を作成していたときに、財産を遺す正当な相手はジュリアしかいないと気づいたのかもしれない」

「それでも、妙だよ。ジュリアに仕返しする目的なら、彼女よりも猫の保護団体に遺しそうなものだ。あなたはまず村人たちにもう一度話を聞いて歩くのがいいと思う。ただし、それは警察がやることだよ、アガサ」彼は諭すように言った。「こつこつやる地味な仕事だ」

彼は腕時計を見て、驚いたような声をあげた。「そろそろ戻らないといけないし、ランチも食べていなかった。警察の食堂で急いでかきこむよ。そうだ、女房に電話しておくから、店や何かを一日見て回ってから、うちに夕食に来ないか？」

アガサは震えあがった。妻はおそらく彼女の顔に料理を投げつけるだろう。

「いいえ、すぐに戻らなくてはならないの。やることがあるのよ」

二人は立ち上がった。「前にも言ったけどね、アガサ、あなたがいなかったら、わたしは今幸せな結婚生活を送っていなかったよ」ジムは彼女に微笑みかけた。

アガサは泣きたくなった。でも、こう応じた。「あなたは幸せになって当然よ、ジム。いい人だもの」

二人はパブを出た。空はかき曇り、滝のような雨が降りしきっていた。

「ワイカーデンは相変わらずね」アガサはつぶやいた。「ドラマチックな天候だわ」

「車はどこに停めてあるの？」

「すぐそこよ。中央駐車場」

「鍵を渡してくれれば、行ってとってきてあげよう。じゃないと、ずぶ濡れになるよ。型とナンバープレートを教えて」

アガサはハンドバッグを探ってキーをとりだした。そして顔を上げると、ジムの妻のグラドウィンがこちらに近づいてくるのが見えた。その目は怒りで燃えている。

「自分でとってくるわ」アガサはあわてて言うと、全速力で走った。車までたどり着いたときには、肌までずぶ濡れになっていた。雨が小降りになり、やがて止むまで惨めな気持ちですわっていた。車を降りると、安い衣料品を売っている大きなデパートに行き、セーターとスカート、下着と靴を買った。それから試着室でそれらに着替え、濡れた衣類は紙袋に押しこんだ。デパートを出ようとしたとき、また雨が降りだしているいることに気づき、店内に引き返すとレインコートと傘を買った。だが外に出ると、すでに太陽が照っていた。「この土地は大嫌い」大声で叫ぶと、数人の通行人が怯えたようによけていった。

長い道のりを運転しながら、次につきあう男性はわたしを心から愛してくれる人にしよう、と強く思った。ジェームズのように常にわたしの欠点をあげつらう人や、チャールズのようにお調子者はやめよう。

チャールズがまた来たら、とっとと消えてって言ってやる。

しかしライラック・レーンに曲がり込み、チャールズの車がコテージの外に停まっているのを見ると、安堵がこみあげてきた。まだ言わずにおこう、と思った。消えて、って言うのはすべてが終わってからにしよう。

9

チャールズはスペアキーを持っていたので、すでに家に入って、テレビを見てウィスキーを飲んでくつろいでいた。

「また戻ってきたよ」だるそうに言った。「どこに行っていたんだい？」

「ちょっとそのあたり。ああ、あなたには教えた方がいいわね。ワイカーデンに行ってきたの」

アガサは疲れたようにため息をつきながらすわった。チャールズはじろじろ彼女を見た。「どうしてそこに行ったのかは訊かない方がよさそうだね。ウィスキー、それともジン？」

「ウィスキーの水割りを」チャールズは立ち上がって飲み物を作ると彼女に渡した。

「ジムと話しに行ったの。ジムは覚えてる？」

「忘れられるかい？　いっしょにベッドにいるところを見つかって、あなたの婚約は

破棄された」

「事件のことをすべて話してみようと思ったの。彼なら何か思いつくかもしれないと思ったから」

「で、どうだった？」

「ひとつ提案された。こういう場合、たいていどの人も何も見たり聞いたりしていない、と答えるらしいけど、もう一度たずねると、あまりにありふれていて些細なことなので言うにはおよばない、と思っていたことを口にするかもしれないって」

「たしかに的を射てるよ。まだ村人たちにちゃんと質問していないからね。それは全面的に警察に任せていた。だが、大変だ、一軒、一軒訊いて歩かなくちゃならない」

「その必要はないかも。いい考えがあるの。ミセス・ブロクスビーに頼んで、教会の集会ホールにみんなを集めてもらうのよ。全員に用紙を渡して、ジェームズが襲われた日とメリッサが殺された日に見るか聞くかしたことを書いてもらうの」

「それがとっかかりになりそうだ。どうしても我慢できないから訊くけど、本当は未練があって、あわよくばと思ってワイカーデンに行ったんじゃないのか？」

「もちろんちがうわよ」アガサはあわてて否定した。「タラはどうだった？」

「どうって何が？」

「あなたが会いたがっていたそのゴージャスなお相手とはどうなったの？」

「うまくいかなかった」

「何がまずかったの？」

「うーん、ディナーに連れていったんだ。タラはフェミニストだから、女性も自分で支払いをするべきだと信じていると言うんだ。彼女はどこかの雑誌社で働いているんだよ。だから、割り勘にすることにした。ストラットフォードに新しくできた〈ペール・ルージュ〉に行ったんだ。勘定書きが来ると、タラはきっちり半分くれた。だから、こう言ったんだ。『ちょっと待てよ。きみは前菜に牡蠣《かき》を食べた、一ダースぺろっと。わたしはワインを一杯しか飲んでないけど、きみはボトルの残りを全部飲み干した。わたしはパスタで、きみはフィレ・ステーキ。わたしはプディングを食べなかったが、きみはクレープシュゼットを平らげた』それで電卓をとりだして、彼女の分を計算したんだ。そうすれば公平だろう。そしてチップ分も足した。彼女はチップの分を払おうとも言わなかったからね。で、合計金額を告げた。タラは冷たい目でわたしを見つめてから、冗談を言っているのかとたずねたんで、滑稽なところはどこにも見当たらないが、と応じた。彼女は立ち上がって、『すぐ戻ってくるわ』と言ったきり、とうとう戻ってこなかった。だから、わたしが全額払わなくてはならなかった。

それで家に帰ってみると、タラはわたしよりも先にタクシーで帰っていて、タクシーを待たせたまま荷造りをして帰っていったんだ」

「まあ、チャールズ、そのままにできなかったの？　電卓をとりだすなんて、あきれたわ」

「そのどこが悪いんだ？　彼女は自分の分を払うと言ったんだぞ。図々しくメニューのいちばん高いものばかりを食べておいて、半分しか払わないのが許せなかったんだ」

「チャールズ、あなたはその吝嗇《りんしょく》さのせいで、死ぬまで独身のままでしょうね」

「わたしはケチじゃないよ。相手の言葉どおりに受けとっただけだ。自分の分を払うと言ったなら、そうするのを期待する」

「もういいわ。今週末にあったことを話させて」アガサは村祭りとロイがデューイに監禁されたことを話した。

「すべて彼が犯人だと示唆しているように思えるな。ジムは他に何か言っていなかったかい？」

「彼はジュリアだと考えているようだった。有力な動機がふたつあるって。ひとつはお金、もうひとつは憎しみ。それでも、メリッサが何もかもジュリアに遺したのはおかしいと思うの。だいたいジュリアは遺言について知っていたのかしら?」

チャールズはうなった。「もう一度ケンブリッジに行く必要があるかもしれない」

「この村の会合を先にしましょうよ。朝になったらミセス・ブロクスビーに会いに行きましょう」

翌日、ミセス・ブロクスビーは二人の提案に注意深く耳を傾けた。

「そういう集会を開いてはいけない理由は見当たらないわ。予約帳をとってきて、ホールが空いている日を調べるからちょっと待ってて。夜か週末の方がいいでしょ、全員が来られるように」

彼女は予約帳に指を滑らせていった。「ええと、次の土曜日の午前中が空いてるわね。申し訳ないけど、アルフはホールのレンタル料を払ってもらいたがると思うわ」

「なんですって! あれだけたくさんの寄付金を村祭りで集めたのに!」チャールズが叫んだ。

「あのお金はそのまま慈善団体に寄付したの」ミセス・ブロクスビーは言った。

「かまわないわよ。わたしとチャールズで折半するわ」

チャールズは口を開いて反論しようとしたが、アガサの楽しげな目つきを見て思い直した。

ミセス・ブロクスビーは慎重に予約帳に書きこむと言った。

「二人とも忙しい一日になりそうね」

「どうして？」アガサはたずねた。

「だって、全員に集会のことを知らせないといけないでしょ。チラシを印刷して、すべての家に投函しないとね」

アガサは悲痛な声をもらした。「村の店に告知を貼るだけじゃだめ？」

「最近はみんなスーパーで買い物しているから見ないわよ」

「そうだ」チャールズが言いだした。「夏休みでまだ子どもたちが家にいる。連中を動員してチラシを配らせよう」

「わたしならやめておくわ」ミセス・ブロクスビーは忠告した。「試したことがあるの。お金も支払ったのに、最近の子どもたちはものすごく怠け者なのよ。一軒のコテージの郵便受けに数百枚のチラシを押しこんでから、牧師館にやって来てお金を要求したのよ」

「あら、まあ」アガサはため息をついた。「運動が必要だから、自分でやるわ」

アガサとチャールズはコテージに戻ると、アガサが文章をコンピューターでタイプし、数百枚のチラシを印刷してから、チャールズと半分ずつにして、あとで〈レッド・ライオン〉で落ち合うことにした。

アガサは家から家へチラシを投函しながら、怠け者の子どもたちが急に気の毒になってきた。チラシの束を隠したり、一軒につき百枚ずつ投函しておしまいにしたら、たしかにずっと楽だろう。チャールズが同じことを考えませんように、と祈った。

ランチの休憩をとったときに、卵で汚れた皿が流しに置かれていたので、チャールズも休憩をとったことに気づいた。外に戻ると、最後のチラシを村の商店のウィンドウに貼った。彼女が話した人々は、警察にすべて話したとぶつぶつ言ったものの、集会という考えには興味を惹かれているようだった。

アガサがへとへとになってパブに行くと、チャールズはすでにすわっていた。アガサは疑わしげに彼を見た。「ずるしなかったでしょうね？」

「まさか、この痛む足が何よりの証拠だよ。風のように家から家に走っていったんだ。あなたがわたしに公営団地を割り振ったんだよ。あそこにはたくさん家があるし、おまけに警察を呼ばなくてはならなかった」

「どうして？」

「ああいう公営団地の郵便受けは地面すれすれに設置されているんで、しゃがんで入れていたんだ。そうしたら、家の中から女性が『触らないで』と叫び、続いて殴りつける音がして悲鳴が響いた。だからフレッド・グリッグズを呼んだ」

「ミセス・アランっていう女性だった？」

「その人だ。フレッドは被害届を出すように勧めた。相手はデリー・パタースンという男でね、乱暴な大男だったよ」

「だけど、被害届は出さなかったのね？」

「そう」

「どうしてそうなるのかしらね？　やっと暴力的な夫と手を切ったばかりなのに」

「同じタイプの男を好きになるんだよ。さて、次はどうする？」

「ビルからメリッサの弁護士の名前を聞きだして、遺言でいくら遺したのか調べられないかと思っているの」

「遺言書は新聞に掲載されるんじゃないかな？　ミルセスターの新聞社に訊いてみよう。情報をもらしてくれるかもしれない。そうだ、村の集会について話して、少し宣伝をしてもらおうよ」

「いい考えね」

翌日、〈ミルセスター・ジャーナル〉の編集長ミスター・ジェイソン・ブラックロックはうんざりしたように二人を見やった。「また、あんたたちですか。あまりいいネタを提供してくれないじゃないですか。ウースターがうちの担当地域じゃなくてよかった。あんたたちは二度も警察のお世話になったそうだが」

「次にあなたの担当地域で何か起きたら、お知らせします。でも、村祭りにはちゃんとご招待しましたよ」アガサが言った。「新聞を見ましたけど、まったく記事が載ってなかったわね」

彼はため息をついた。「ジョージーにチャンスを与えることにして、派遣したんです」

「なんですって？　ミルセスターの拒食症の見本みたいな子？」

「ああ、その子です」

「それでどうなったんですか？」

「何もネタはなかったと帰ってきました。みすぼらしい小さな村の祭りだったと。だが〈グロスター・エコー〉でアンティークドールが二千ポンドで売れたという記事を読んで、クビにしましたよ」

「たぶん足を運ぶことすらしなかったんでしょうね」

「そのとおりです。さて、今度は何を追っているんですか？」

「メリッサが遺言でいくら遺したか知ってますか？」

「二百五十万ポンド前後ですね」

チャールズが低く口笛を吹いた。「まちがいなく、是が非でもほしくなるだけの金額だな」

「殺してでも、っていう意味？」アガサが言った。

「姉が犯人だと思っているんですか？」ブラックロックがたずねた。「でも、彼女には鉄壁のアリバイがあったはずですが」

「一見、そうみたいね。実はこちらにうかがったのは、メリッサの弁護士に連絡をとりたいと思ったからなの」

「〈クランプ＆アンダースン＆ビギンズ〉のミスター・クランプですよ。オフィスはその先のアビー・ウェイ十九番地です」

アガサとチャールズは立ち上がった。「で、ネタは？」

「まだよ。またご連絡します」

新聞社の外に出ると、チャールズが言った。「今、誰を見かけたと思う？」

「誰なの？」

「うるわしのジョージーだ。オフィスの隅にいた」

「だけど、クビにしたと言ってたわよ」

「通告された解雇日まで働いているか、ブラックロックはああいう負け犬に甘いことをわたしたちに知られたくなかったか、どっちかだね。ともかくその弁護士に会おう。ありふれた演説をされるのがおちだろうが。顧客の情報をもらすわけにはいかないとかなんとか」

「試してみる価値はあるわ。さ、行きましょう」


法律事務所に一歩入ると、騒々しい外界は完全にシャットアウトされた。古い建物はほこりっぽい静寂に包まれている。年配の受付係が二人の依頼を聞き、内側のオフィスにぎくしゃくした足どりで入っていった。彼女はずっと前からここで働いているのかしら？　最近採用されたのだったらなんてすてきだろう。年をとっても、まだ仕事が見つけられるというのはすばらしいことだ。またもやジムと結婚しなかった後悔が胸を刺した。残りの日々は一人きりで生きていかなくてはならないんだわ。猫たちとも一生いっしょにはいられない。ホッジとボズウェルに何かあったら、もう他の猫は飼わないだろう。そのとき、ずっとジェームズのことを考えていなかったのに気づいた。二度と彼には会えないという事実をついに受け入れたのかしら？

受付係が戻ってきて、白髪交じりの頭をかしげた。

「ミスター・クランプがお会いするそうです」

受付係の年齢から、アガサはもっと年上の男性を想像していたが、ミスター・クランプは小柄でぽっちゃりした、まだ若い男性だった。弁護士というよりも、若い農夫のように見えた。日に焼けた健康そうな赤ら顔で、とても大きな力のある手をしている。

「あなたのことは新聞で拝見しましたよ、ミセス・レーズン」チャールズが紹介をしたあとで、弁護士はそう言った。「ミセス・シェパードの遺言のことでいらしたとか」

「それだけではありません。何年も会っていなくて好意すら持っていなかったお姉さんに、どうしてすべてを遺したのか不思議に思いまして。そのときのメリッサの精神状態についてうかがえないでしょうか」

彼は眉をひそめてデスクに視線を落とした。

「国家機密についておたずねしているんじゃないんですよ。それにあなたのクライアントは亡くなっています」

彼は視線を上げた。「お話ししても問題ないでしょう。彼女は動揺し、神経がピリピリしていて、こう言っていました。『永遠に生きられると思っていたのに』」

「姉のジュリアについて何か言ってませんでしたか？」

「いいえ、ただ、手続きを簡単にするために、一人にすべてを遺す方がいいだろうと。そして『ジュリアの顔を見てみたいわ』と笑っていました。非常に単純な遺言です。すべてが姉に遺されました」

「あまり長く生きられないと考えるきっかけが何かあったにちがいありませんね」チャールズが意見を言った。

「ああいう事件があったので、それは賢明な判断でしたね」ミスター・クランプは言った。「彼女は健康そのものに見えました。とても魅力的で楽しい女性だったと思いますよ。実はディナーに誘われました」

「承知したんですか？」アガサがたずねた。

「いいえ、わたしが魅力的な女性とディナーに行くことを快く思わないミセス・クランプがいますからね」

「オフィスで残業していたと説明すればよかったんですよ」チャールズはにやっとした。

ミスター・クランプはその冗談をおもしろいと思わなかったようだ。

「妻には絶対に嘘をつきません」

これ以上、聞きだせることはなさそうだった。二人は駐車場に戻り、今聞いたことを検討してみた。「彼女は誰かに脅されていたにちがいないわ」とうとうアガサが結論を出した。「だから遺言書を作り、すべてをジュリアに遺したのよ。よりによってね」

「デューイにああいう目に遭わされたのに、もっと早く遺言書を作らなかった方が不思議だよ」

「たぶん脅していたのはデューイじゃなかったのよ。デューイのことはよく知っていたから、実際に傷つける度胸はないとわかっていたんでしょう」

「それは信じられないな。だって、ロイを震え上がらせたじゃないか」

「だけど、ロイはメリッサほど彼のことを理解しているわけではないわ。それに、メリッサを脅したというデューイの話はただの空想かもしれない。たんに彼に飽きて、メリッサの方から離婚を申し立てただけなのかも。大切な人形を傷つけると脅したので、彼はおとなしく離婚に応じた、という可能性もあるわね」

「その場合だと、まさに第一容疑者だよ。それにジェームズのことは？　ジェームズを見つけることができるのかな？」

「もう死んでいるんだと思うわ。だって彼の税金も水道料金も、わたしが支払うまで未払いだったのよ。あんなに支払いについてうるさい人なのに。可能ならきちんと後始末をするために戻ってくるはずよ」

「死んでいるなら、今頃発見されていると思うよ。警察はそう簡単にあきらめない。ずっと捜しているはずだ。ところで、彼の書類はすべて運んできた？」

「たぶん。未払いの請求書だけは処理したけど、ジェームズには個人的な手紙もほとんどなかったの、出版社以外からは」

二人は足を止めて、顔を見合わせた。

「出版社とかエージェントのことはまるっきり考えていなかったわ。だけど、警察が見逃すはずないわよね」

「エージェントは誰なんだ？」

「ボビー・イングリッシュとかいう女性。ブルームズベリーのベッドフォード・ストリートに一人でオフィスを構えているわ」

「じゃ、また調査開始だ」チャールズはうきうきと言った。「ロンドンに行ってみよう」

アガサはボビー・イングリッシュにこれまで会ったことがなかったので、会ってみて驚くと同時に、嫉妬に胸が疼《うず》いた。ボビーは豊かな黒髪をした長身のほっそりした女性で、肌は抜けるように白く、大きな黒い目に真っ赤に塗ったセクシーな唇をしていた。パワースーツにとても高いヒールをはいている。

「恐ろしい事件でしたね」彼女はきびきびと言った。「でも警察に協力した以上に、何もお役に立てないと思います」

チャールズはオフィスの壁にかかった額入りの本の表紙を見回した。いくつかの表紙はかなりきわどいものだ。彼は『欲望の手招き』というタイトルの豊満なブロンド女性がドレスを腰あたりまではだけた表紙を指さした。

「こんなことを言って申し訳ないけどね、ボビー、お堅い軍隊の歴史を扱うようなエージェントには思えないんですが」

「ええ、そうなんです。でも、あるパーティーでジェームズと出会って、意気投合したんですよ」アガサは顔をしかめた。「彼の本を売りこむのは楽しかったし、出版社を見つけてあげたらとても喜んでもらえました」

「それがグリーヴ・ブックスですね？」アガサが質問した。

ボビーはうなずいた。

ボビーはまたうなずいた。

「編集者の名前はなんというんですか？」

「ロビン・ジェイクスです」

「ロビンは女性なんでしょうね」アガサは苦々しく言った。ボビーやらロビンやら、男性の名前を用いる女性に対して、アガサは前々から反感を抱いていた。いまや心から嫌いになりそうだ。ジェームズはボビーとも関係を持っていたのかしら？

アガサはエージェントをじろっと見た。「いいえ、それはないわ」ボビーは先回りして言った。「そう考えていらっしゃるなら言っておきますけど。ただの友人でした」

「ジェームズはとりわけ気に入っている土地について口にしたことがありますか？」チャールズがたずねた。「つまり、彼がどこに向かったか見当がつきませんか？」

「いいえ、彼はあちこち旅をしてましたから、特定の場所と深い絆があったとは思えないですね。本当に力になれなくてすみません。会ったときは、本や出版業界のことやどのぐらい売れるかについて話していたんです。編集者に当たってみるのはいいですけど、ロビンもわたしと同じく、お話しできることはあまりないと思いますよ」

ロビン・ジェイクスは分厚い眼鏡をかけた砂色の髪の感じのいい中年女性だったの

で、アガサはほっとした。「本当にお気の毒です」アガサと握手しながら言った。「さぞおつらい日々でしょうね」

アガサはふいに涙がわきあがり、まばたきした。ミセス・ブロクスビーを別にすれば、誰一人として彼女が苦しんでいるとは思っていないようだった。二人の質問に対して、ロビンもジェームズがどこに行ったかわからない、と残念そうに答えた。

「彼はあちこち旅をしていました。旅行本を書いたらどうかと勧めたんですが、軍隊の歴史に情熱を注いでいたんです。わたしはただの担当編集者で友人同士ではないので、それ以上はわかりませんね」彼女は眉をひそめて考えこんだ。「そういえば行方不明になる数カ月前、こんなことを言ってました。ええと、たしか、わたしがまた旅行本を書いてほしいと頼んだときです。彼は非常に……記述の細かい作家だったんですが、にっこりして、旅行について書いた古い日記があると言ってました。それを探しだして、読み直してみようと」

「日記ですって?」アガサは叫んだ。「警察は日記のことなんてひとことも言っていなかったわ」

「警察に訊いてみた方がよさそうだ」チャールズが言った。「保管しているかもしれない」

出版社のオフィスから出ると、アガサは携帯電話をとりだした。「ビルを呼びださないとだめだよ」チャールズが注意した。「持っていても、他の人間だったら貸すのを渋るだろうから」

ビルは自宅にいると言われたので、ロンドンで食事をしてから戻ることにした。家に着くと、アガサはチャールズにビルの自宅に電話してもらった。男性がかけてきたら、ミセス・ウォンはビルを電話口に呼びそうな気がしたのだ。

ビルが出ると、アガサはチャールズから受話器をひったくった。

「ビル、わたし、アガサよ。ジェームズが旅行の日記をつけていたって、さっき聞いたの。警察で保管しているの？」

「書類は保管してますよ、アガサ。その中にあったのかもしれない」

「ああ、ビル、その日記をどうしても見たいのよ。あなたには意味がなくても、わたしならわかることがそこに書いてあるかもしれない」

「訊いてみます。本署に来てください、ええと、明日午前十時ぐらいに」

アガサはお礼を言って、受話器を置いた。「明日の朝、ミルセスターに行かなくてはならないわ。ビルが手配してくれるみたい」

「じゃあ、またもやジェームズが生きているっていう望みを持つようになったのかい？」

「ええ、まったく腹が立つ人よね。どちらにしても事実がわかればいいんだけど」

朝、ミルセスターに向かう途中、アガサは日記を見るのがだんだん怖くなってきた。まあ、見ることを許されればだが。わたしについてひどいことが書かれていたら？とうとう町に近づくと、その不安をチャールズに話した。

「ジェームズはその日記に個人的な深い考えは書いていないんじゃないかな。たぶん旅で観察したことだけだよ」

二人は警察署の取調室で、アガサにとっては何年にも感じられるほど長く待たされた。だが、実際は三十分後に、ビルが小さな分厚い革装丁のノートを持って入ってきた。「持ち帰りはできないんです。でも、見ることはできますから、終わったら連絡してください」

アガサとチャールズは天板に煙草の焼け焦げやコーヒーカップの跡がついた粗末な木製テーブルに並んですわった。アガサは最初のページを開き、ジェームズの小さな読みにくい文字を目にしたとたん、胸がしめつけられた。「ああ、古い日記なのね」

最後の記述をめくった。「五年前で終わっている。まだ彼と出会う前だわ」
「じゃあ、あなたのことは何も書かれていないよ。ほっとしただろう？」チャールズがずけずけと言った。「さあ、読みはじめよう。きっとどこよりも好きな場所があるはずだ」辛抱強く、二人はネパール、キプロス、サウジアラビアについての描写、さらに中国への旅の長い記述を読んだ。物価が記され、下宿代やホテル代も書かれている。そのあとジェームズはフランスへ徒歩旅行に出かけていた。アガサはあくびをこらえながら、シャトーやブドウ畑の記述にざっと目を通していく。ページをめくりかけたとき、チャールズがその手を押さえた。「そのページに戻って。いちばん下の部分」

疲れて喉が渇いた（とアガサは読みあげた）。早朝からずっと歩いている。目の前に修道院があった。ゲートをノックして、休む場所と水をもらえないかと頼んだ。修道士がここはベネディクト派の修道院サン・アンセルムで、外部の者の立ち入りを禁じているが、中に入って、しばらく修道院の日陰で休んでもかまわないと言ってくれた。そして泉の水の入ったピッチャーを持ってきてくれた。わたしはこれまで強い信仰心を持ったことはないが、そこにすわっていると、霊的な存在が感じられるような気がした。一時間ほど休憩してから、また旅を続けた……。

アガサはページを繰り、いらだたしげにチャールズを見た。「これが何か？」

「ジェームズは精神の働きについて関心を持っていた。奇跡が癌患者に起きることに。その修道院に戻ったのかもしれないよ。彼は死の影の谷間を歩いていたんだ。外部の者は立ち入り禁止。彼を発見できないのも、それなら説明がつくよ」

だが、アガサは信じたくなかった。なぜか神に近づいたジェームズはアガサ・レーズンからさらに遠くなった存在に思えたのだ。「先を読んでみて。他にも何かあるかもしれないわ」だが、日記はトルコ旅行の描写で終わっていて、しかも文章の途中だった。

「何もなかったわ」アガサはため息とともにノートを閉じた。

「あの修道院のことがどうしても気になるんだ。調べたくないかい？」

「場所が書かれていないわ」

「ほら。ノートをもう一度渡して」チャールズはページを繰っていった。「ここにあった。『アグドを出発して、南のスペイン国境の方へ向かうことにした』」

「アグドってどこなの？」

「フランスの南部、プロヴァンスの西方だ」

「あまりにも漠然としているわ。それに、土曜日には集会があるのよ」

チャールズはアガサを興味深げに眺めた。「ジェームズを見つけたくないのかい？」

「もちろん、見つけたいわよ」しかしアガサは彼が修道院にいるとは一瞬たりとも考えたくなかった。「集会が終わったらね。でも、ビルにはその考えをまだ話さないで。イギリス人刑事の一団が南フランスにやって来たら、ジェームズが警戒してしまうかもしれない」

「たぶんフランス警察に頼んでその場所をチェックしてもらうだけだよ」

「しばらく保留にしておいて、チャールズ。土曜が終わったら考えてみるわ」

チャールズはふた晩家に帰ったので、アガサは一人きりでじっくり考えてみた。話を聞いたすべての人についてメモをとってみると、明確な殺人犯の人物像が描けていないことに気づいた。土曜の集会に期待をかけすぎていたので、少し冷静になることにした。集まった用紙が「何も見なかった。テレビを見て、寝た」というものばかりだったらどうしよう？　それに心の奥底で、ジェームズが修道院にいるというチャールズの推理にひどくいらだちを覚えていた。修道院にいるジェームズは、アガサにとって死んだも同然だ。ただし、彼がそこにいるなら、誰に襲われたかをきっと話してくれるだろう。チャールズを待っているあいだに、そろそろ自分の外見にも気を遣うことにした。美容院で髪をカットしてセットしてもらい、フェイシャルエステを受け、脚をワックス脱毛した。それからオックスフォードに行き、新しい服を何枚か買った。晴れた日で、ショッピングに心が浮き立った。

事件が早く解決してほしかった。ジェームズのいない人生も意外に楽しいと思いはじめていたし、自分自身にも自信が持て、再び自立した女性として暮らしていたからだ。

チャールズが土曜の朝早く到着したときには、短い休暇を楽しんだ気分になっていた。

チャールズといっしょに村の集会ホールに出発すると、たくさんの人々が同じ方向に歩いていくところだった。「おかしな報告がどっさり出てくると思うよ」チャールズが警告した。「いろいろと想像する人がたくさんいるだろうし、『壁から母親の写真が落ちたので、何か悪いことが起きたとわかった』みたいな馬鹿馬鹿しい記述もあるだろうね」

「くだらないものの中に貴重な情報があることを祈りましょう。だって、何もなかったら、次はどうするべきか途方に暮れてしまうもの」

アガサとチャールズがステージに上がったとき、ホールには興奮が渦巻いていた。地元新聞社も来ている。

彼女はマイクをチェックしてからしゃべりだした。「未解決の殺人事件はわたしたちの村の平穏を乱しています。さて、それぞれの椅子に用紙が置かれています。みなさん全員に、メリッサ・シェパードが殺された夜とジェームズ・レイシーが襲われた夜の記憶をたどっていただきたいのです。いつもとちがうものを見ていたら、それを書いてください。馬鹿馬鹿しいとか些細なことだと考えて、警察には言わなかったようなことでもかまいませんから、すべて書いてください。わたしはこれからドアのそばのテーブルに移動します。書き終えたら用紙を渡してください。どうか、一生懸命思い出してみてください。誰も何も見ていないのが、とても奇妙だと思います」

アガサとチャールズは壇上から下りた。「ペンも渡したのかい？」チャールズがたずねた。「さもないと、誰かにペンを借りようとして時間がすごくとられるぞ」

「しまった！　忘れていたわ」

る。

「村の店に行って手に入れてくるよ」

チャールズはボールペンを何箱か持ってすぐに戻ってきて、箱を回しはじめた。忙しくペンを走らせている人もいれば、ペンの端を嚙みながら天井を仰いでいる人もいる。試験のときの子どものように、隣の人の用紙にちらちら視線を送っている人もいる。

とうとう、一人また一人と席を立ち、用紙をアガサの前に置いてホールを出ていった。沈んだ気持ちで、最初に帰ったほとんどの人が「何も見なかった」と走り書きしているのを眺めた。

アガサは立ち上がって、残りの人々に叫んだ。「何か耳にしたことでもいいので書いてください」

とうとう一時間後、全員が引き揚げた。アガサとチャールズとミセス・ブロクスビーは椅子を片づけた。「この用紙の山を家に持って帰って、何か手がかりがつかめることを祈りましょう」アガサは言った。

アガサのコテージに着くと、チャールズが言いだした。

「一杯やって、腹ごしらえをしよう。長い一日になりそうだよ」

アガサはソーセージ、卵、ベーコン、ポテトを焼いた。チャールズの好物だ。

「さあ、さっそく仕事にとりかかりましょう」食事を終えるやいなや、アガサはせっかちに言った。

二人はリビングに移動し、アガサは用紙をふたつの山に分けた。それから読みはじめると、チャールズが言った。

「署名がないものがある。こう書いてあるよ。『人殺し女、おまえが自分でやったんだろ』」

「片側によけておいて。誰が書いたのかしら？　顔を知らない人が何人か来ていたわね」

「それか子どもだ。いたずらな子どもにちがいない」

アガサはメリッサが殺された夜に何をしていたかについての、長ったらしい描写に読みふけった。どうやらこの人はアリバイを作らなくてはならないと考えたようだ。

「これを聞いて。ミセス・ペリーよ、アンクーム・ロードに住んでいる人。『わたしはハムとフライドポテトを自分とダッドのために六時に作り、それから〈レッド・ライオン〉に一杯やりに行きました。ダッドは半パインのビール、わたしはシャンディを飲みました。それから家まで歩いて帰りました。猫を外に出して、テレビをつけました。やたらに服を脱いでアレをするくだらない映画をやってました。わたしもダッドも見ていられませんでした。それから湯たんぽを用意してからベッドに入りました。これでわたしは除外されることを祈っています。エイミー・ペリー』ああ、何か成果があるのかしら？」

「とにかく読んで」チャールズがつぶやいた。「今のところ、人殺し女の手紙以外、アリバイと超自然的な前触れだけだな。『家が急に寒くなった』とか。『猫の毛が逆立った』とか」

「ここにもいらだたしい記述があるわ。ミセス・パメラ・グリーンからよ。未亡人なの。長身でやせていて辛辣な人。傍点のついた文字を見てちょうだい！　まさに十八世紀ね。『ミセス・シェパードの不運な死の夜、わたしは眠れませんでした。加齢による大きな不利益のひとつです。習慣で、わたしはクィニーに引き綱をつけ――飼いい犬よ、無愛想で凶暴な毛がもじゃもじゃした小さな犬――『外に出ました。道は人気がなく、子どもが一人いるだけでした。わたしはその子に、どうしておうちで寝てないの？　とたずねました。すると生意気にも、あんたには関係ないでしょと答えました。クィニーを放すと、どこかの庭に入っていってしまったので探しに行き、連れて戻ってきたときには子どもはいなくなっていました。あなたに申し上げたいのは、ミセス・レーズン、あなたのお年では、慈善活動だけに専念して警察の問題は警察に任せておいた方がいいということです』もう、嫌な女」

「その子どもは誰だったんだろう?」チャールズが言いだした。「高齢者と引退者だらけのこの村に子どもがいるのかな?」

「公営団地の方にはたくさんいるわ。先に進んで」

数時間後、アガサはうめいた。「ねえ、時間のむだだったわね」

「交換しよう。わたしの山をとって。わたしはそっちをやる。一方が見逃したことに気づくかもしれない」

二人はまた読みはじめた。

とうとうアガサは疲れ切って言った。「ああ、むだ骨だったわ!」

「でも、その子を探そうよ。明日ミセス・グリーンを訪問して、人相を訊けばいい」

「彼女はミルク瓶の底みたいな眼鏡をかけているって言ったかしら? あら。実はそうなの。何も成果はなさそうね」

「朝になったら、もう一度読み直そう」チャールズがあくびをこらえながら言った。

遅い食事をすませてから、アガサは寝室に行き、チャールズは予備の寝室にひきとった。

アガサはなかなか寝つけなかった。殺人事件や話を聞いた人々のことが頭の中でごちゃごちゃになっている。とうとう眠りに落ち、夢を見た。アガサは白いドレスを着ている。結婚式の日で、カースリー教会の祭壇の前にいた。結婚する相手の顔は見分けられない。隣には花嫁付添人のミセス・ブロクスビー。「結婚するべきじゃないのよ」彼女はアガサの夢の中でささやく。「ジェームズと幸せじゃなかったし、この人とも幸せになれないわ。気の毒なミセス・アランがどうなったか見てごらんなさい。不幸せな結婚から逃れた人はまた同じタイプの男性を選び、同じことを繰り返すのよ」

「黙って」アガサは夢の中でつぶやく。「結婚を止めようとしてもむだよ。一人でいたくないのよ」未来の夫が向きを変え、通路を遠ざかっていくのがわかる。振り返って呼びかけようとするが、言葉が出てこない。どうにかして彼に声をかけなくては。呼び戻さなくては。どうしても結婚しなくてはならないのだ。

はっと目覚めると、チャールズに揺すぶられていた。「何があったの?」アガサは叫んだ。

「ひどい悪夢を見ていたらしく、うなされながら泣いていたんだよ」

「ああ、そうなの」アガサは明かりにまばたきした。「馬鹿げた夢だったわ。結婚する夢を見ていたんだけど、ミセス・ブロクスビーがまたジェームズとの結婚みたいになると警告するの。ミセス・アランみたいに、人は再婚するときも、また同じタイプの人と結婚するって」

チャールズはベッドにすわった。「ちょっと待って。それについて考えてみよう」

「ただのくだらない夢でしょ」

「いや、ミセス・ブロクスビーがミセス・アランについて言った部分が気になるんだ。人は同じタイプの人と結婚するって」

アガサはまじまじとチャールズを見つめた。「メーガン・シェパードとメリッサは似ているって言いたいの？」

「その可能性はあるよ。ジェームズがもう一人のサイコパスを見つけようとしていたことを覚えているだろう」

「ガウンを渡して」アガサはベッドから脚を下ろした。「下にあの用紙があったわね」

「あれがどうかしたかい？」

「ミセス・グリーンは子どもを見たと書いていた。子どもよ！　メーガンの女の子みたいな外見とミセス・グリーンの視力を考えると、実はメーガンに会ったのかもしれない！」

「少々突飛な推測だけど、何でも試してみよう」

二人は下に行き、もう一度用紙に目を通した。「ミセス・グリーンの用紙があったわ。子どもについて他に誰か書いてないかしら？」

また用紙をじっくり読み直した。

「何もないな」とうとうチャールズが言った。

「朝になったらミセス・グリーンに会いに行きましょう」

10

しかし、朝になると、アガサもチャールズも子どもがメーガンで、メリッサとメーガンは同じパーソナリティ障害だったという考えは、いくらなんでも飛躍しすぎだと思いはじめた。

「ともかく行ってみてもいいね」チャールズは言った。「さもなければ調査は行き止まりだし、集会ホールの企画はまったくの時間のむだってことになる」

アガサとチャールズは歩いてミセス・グリーンのコテージに向かった。コテージは村から丘へと延びる道沿いにあった。やわらかな金色の日差しがあたりにあふれ、穏やかな日だった。「何も手がかりがなければ、すべて忘れるつもりよ」アガサが突然言いだした。日差しにきらめく村の方へぐるっと腕を振った。「ジェームズがいなくなってから、暗闇で歩き回っていたようなものなの。もう一度人生をやり直したいわ」

「ジェームズなしで？」

「そう、ジェームズとは関係なく。もし何かの奇跡で彼を見つけても、彼がわたしのところに戻ってきたいと思っても、きっとうまくいかないわ。わたしはジェームズに変わってほしいと願い続けていたし、向こうもわたしに変わってもらいたがっていた。でも、どちらも無理なのよ」

「ずっと煙草を吸ってないね。新たな一歩だ」

「だけど、吸いたい気持ちが消えるのにどのぐらいかかるものかしら？」

「バッグに煙草を入れておくのを止めればいいのに」

「効果があるのよ。煙草を持ち歩いている限り、吸うことに抗う力がわいてくるの」

「それならいいけど。これがめあてのコテージかな？」

「そうよ。行ってみましょう」

ミセス・グリーンは玄関に出てきて、不愉快そうにアガサ・レーズンを見た。

「まあ、あなたなの」

「用紙に書いていただいたことがとても興味深かったんです」アガサは好きになれない相手に向けるワニそっくりの笑みを向けた。「入ってもよろしいかしら？」

「だめです」

「メリッサが殺された夜に、子どもを見たと書いてましたね」チャールズが口をはさんだ。「その子の外見を教えてもらえませんか？」

ミセス・グリーンはスノッブだったので、チャールズの上流階級のアクセントにたちまち表情をやわらげた。「暗かったんです、サー・チャールズ。あの……よかったらお入りになりません？」

「ありがとう」チャールズが彼女の前を通ってコテージに入ると、アガサの鼻先でドアが乱暴に閉められた。

怒りに顔を紅潮させながら、アガサはドアを開けて二人のあとからコテージの客間に入っていった。暗い部屋のありとあらゆる場所に写真立てが飾られている。部屋が暗いのは、窓の外に植えてある大きなウィステリアの葉と、窓のすぐ内側に置かれたホウライショウの葉が光を遮っているせいだ。ミセス・グリーンの傲慢な顔が薄暗がりでぼやけて見える。

「十代前半だったかしらねえ」彼女は言った。「ガムを噛んでいました。ぞっとする習慣よね。それで、最近の若い人のあいだでバッグの代わりに流行っているらしい小さなリュックをしょっていました」

「髪の色は？」チャールズがたずねた。

「よくわかりませんでした」

「何を着てました？」アガサが質問した。

「胸当てつきのショートパンツに近頃よく見かける不格好なブーツよ」

「警察にそれを話しましたか？」とチャールズ。

「もちろん言ってませんよ。警察は殺人犯を捜しているんでしょ、子どもじゃなくて。それにひとこと言わせていただくけど、すべて警察に任せておいた方がいいですよ。何のために税金を払っているんですか？　ミセス・レーズンのような人の場合、そういう詮索がましさもわかりますけど、あなたはもっと分別がおありでしょう、サー・チャールズ」

「お忘れかもしれませんけど、主人が行方不明になっているんです」アガサは冷ややかな声で言った。

「お気の毒なミスター・レイシー。驚きませんよ。村の人たちの話だと、あなたはご主人に惨めな生活をさせていたようですものね」

ソファにすわっていたアガサは勢いよく立ち上がった。「なんて底意地の悪い口のへらない女なの。あんたなんて、地獄に落ちればいいのよ」そして足音も荒く外に出ていった。

チャールズも立ち上がった。「あとひとつだけ」息を呑み、目が飛びださんばかりになっているミセス・グリーンにたずねた。「その子どもの髪はどんなふうでしたか？つまり、ロングかショートか、ポニーテールか？」

ミセス・グリーンは分厚い眼鏡越しにチャールズを見上げた。

「両側で小さなお団子にして、リボンをつけてました。ねえ、はっきり申し上げて、サー・チャールズ、あなたはあの女のどこがいいのかわかりませんけど、わたしは――」

チャールズは最後まで聞かずに外に出ていった。アガサは外に立ち、煙草に火をつけようとしていた。彼は煙草をその手からもぎとると、ミセス・グリーンの庭に投げ捨て、ワルツを踊りながらアガサを道の方に連れていった。「どうしたの？」手をふりほどこうとしながら、アガサは叫んだ。

「その子は髪をふたつ結びにしていたんだ、お団子に。さて、そういう髪型をした人は誰だったかな？」

「メーガンね」アガサはかすれ声で言った。

「これからどうしよう？　警察に行くかい？」

「いいえ、まっすぐ彼女のところに行って対決したいわ」

「危険かもしれない」

「あなたがいっしょに行ってくれるでしょ」

「ハンマーを振り回すサイコパス相手じゃ、わたしはたいして役に立たないよ。でも、彼女は一人きりじゃないだろう。シェパードもいっしょにいるよ。それにオックスフォードのホテルからカースリーまで、夫に知られずにどうやって往復したんだろう？」

「タクシーかしら？」

「それは警察がチェックしているにちがいない。それにバスも」

「シェパードも共犯なら別ね。わたしたちが行くときに彼が家にいなければいいんだけど」

「たぶん、そういうふうに仕組めるよ、家に帰ろう。彼に電話して、店に押し込みが入ったと伝えるよ」

「彼女がいっしょに行ったら？」

「チャンスに賭けてみよう。だめだったら、月曜の朝まで待たなくてはならないな。週明けなら、彼は仕事に出かけるだろう」

二人は急いでライラック・レーンに戻った。チャールズは電話帳でシェパードの番号を調べた。「横で聞いていないで。作り声で話すつもりだから、あなたに聞かれていちゃ演技できない。警官になりすますつもりなんだ」

アガサはキッチンに入っていった。煙草のパックをとりだしたが、またしまいこんだ。

チャールズがぼそぼそしゃべっている声が聞こえる。それから彼がキッチンに入ってきた。「うまくいった。行こう」


村から出てくるルーク・シェパードとかち合わないように祈りながら、ブロックリーまで車を飛ばした。シェパードのコテージの前に車を停め、大きく息を吸った。

「さあ、乗りこむぞ、アギー」

メーガンが玄関に出てきた。「またなの。今度は何ですか？」

「入ってもいいかな？」チャールズが彼女に笑いかけた。「ちょっとお知らせしたいことがあるんです」

「そう。ルークはいないわよ。お店に泥棒が入ったんですって」

二人は以前のようにメーガンのあとから庭に出た。「それで、お話って何ですか？」

チャールズが如才なくその話題に持っていこうとして口を開きかけたとき、アガサが単刀直入に言った。「あなたがメリッサを殺したのね。死亡推定時刻に村で目撃されているわよ。目撃証人もいるわ」

メーガンは凍りついたようにすわっていた。瞳孔が大きくなっている。それからゲラゲラ笑った。「よく言うわ。わたしはひと晩じゅうオックスフォードのホテルにいたの。どうやってオックスフォードからカースリーに行ったって言うの?」

「知らないわ。でも、証人がいるのよ。あなたが犯罪現場にいたっていう証拠よ」

「それで警察はそのことでどう言っているわけ?」

「まだ警察には話していないわ」

「どうして?」

「あなたの説明をまず聞きたかったからよ」

「わたしたち全員、大邸宅の書斎にでもいるみたいね」メーガンがからかった。「偉大な探偵に罪を責められ、犯人が自白する場面かしら? 二人とも空想物語は胸にしまって帰ってもらえない? さもないと警察に電話して、ハラスメントで訴えるわよ」

「ジェームズが見つけたのはあなたのことなのね」アガサが頑固に言い張った。「メリッサと同じ時期に入院していたんでしょ」

「十まで数えるわ。数え終わるまでにここを出ていかなかったら、警察を呼ぶわよ。

「一……」

「行こう、アギー」

「二……」

アガサはしぶしぶ立ち上がった。

「三……」

チャールズはアガサをせかしてコテージを抜けた。

「四……」メーガンが数えている。

外に出ると、チャールズが言った。

「終わりだ。あとはビル・ウォンに会いに行こう」

「わたしたちにできないことが彼にできるの？」アガサは不平をもらした。

「容疑者を見つけたし、証人も見つけた。あとはビルにどこを捜せばいいか教えるだけだ」

二人がビルと話したいと言うと、ミセス・ウォンは怒りを爆発させた。

「日曜よ」彼女は声を荒らげた。「それに日曜のきちんとした食事をとろうとしていたところなのよ」

「ビル！」アガサが叫んだ。

ビルが二人の前に立ちはだかっている母親の後ろに姿を見せた。

「どうしたんですか、アガサ？」

「殺人犯を見つけたの」

「入ってもらった方がいいな。ちょっとどいてください、母さん」

ミセス・ウォンはぶつぶつ文句を言いながら場所を空けた。ビルは二人を庭に案内した。「どうぞすわって。どういうことか話してください」

アガサは深呼吸すると、ミセス・グリーンが殺人のあった夜に子どもを見たと言っているが、その〝子ども〟の外見がメーガン・シェパードと合致することを説明した。

「だけど、どうしてメーガンがメリッサを殺すんですか？」ビルがたずねた。

「ちょっと待って」アガサは集中しようと額に皺を寄せた。「何か思いつきそうなの。こういうのはどう？　ジェームズはサイコパス同士が友人になれるかを調べていた。メリッサとメーガンは何年も前に精神科病棟に入院中に知り合ったんだとしたら？　友人になり、その後、連絡をとらなくなった。もし……」アガサはさらに顔をぎゅっとゆがめた。「もっと早い時期に遺書言があったとしたら？　メリッサはもともとメーガンにお金を遺すつもりだった。でもメリッサがメーガンは危険な人間だと気づいたとしたら？　偶然か意図的か、メーガンはメリッサの元夫と結婚した。しまった。弁護士にもっと古い遺言書があったかどうかたずねるべきだったわね。ともかく、なぜかメーガンはメリッサが遺言書内容を変更したと知り、ジェームズが関与したせいだと考えて彼を襲った。それからメリッサを殺害しに行った」

ビルは両手で頭を抱えた。「アガサ、アガサ。シェパード夫妻のアリバイをチェックするために、警察は多くの時間と労力を割いたんですよ。車はひと晩じゅうホテルのガレージにありました」

「まあ。ちょっと待って。どういう車？」

「レンジローバーです」

「そういう車だったら、後部にバイクを積めるわ」

「アガサ、あの晩ホテルのガレージから出た車はすべて調べました」

「でも、バイクをガレージに入れておく必要はないでしょ。駅とかセント・ジャイルズに置いておけばいい。ああ、ビル、バイクかスクーターを持っているなら、どちらかの名前で登録されているはずよ。お願い、ビル、調べてみて」

「やってみます。ここで待っていてください」

「話し合えば話し合うほど、可能性が薄れてくるな」チャールズが嘆いた。

ビルが戻ってきた。「わかったら返事をくれることになっています。少し待たなくては」

「ねえ、彼女は誰も見ていないすきにホテルを抜けだしたのかもしれない」アガサは熱弁をふるった。「ミセス・グリーンは目が悪いけれど、メーガンなら子どもで通るし、十歳ぐらいの女の子を見ても誰も通報しようとは思わないわ」

「食事ができたわよ」ミセス・ウォンが呼んだ。

「ぼくの料理はオーブンに入れておいて」ビルが叫び返した。「重大な警察の仕事なんだ」

ミセス・ウォンがおたまを武器のように振りかざしながら庭に現れた。

「これは侮辱よ、こんなふうに日曜に他人の家にあがりこむのは」

それだけ言い捨てて去っていった。「病院の記録は調べられるでしょ」アガサは言った。「彼女がメリッサと同時期に入院していたなら、有力な手がかりになるわ」

「だからといって彼女が殺人犯ということにはなりませんよ」

アガサはため息をついた。すると電話が鳴った。ビルは家に駆けこんでいき、「ぼくが出るよ」と叫んだ。

「ミセス・ウォンが最初に電話に出て警察からだったら、日曜の食事が邪魔されたことについて長々と文句を垂れるに決まってるわ」アガサが憂鬱そうに言った。

「メーガンのこととは無関係の用件かもしれない」チャールズが穏やかに言った。

「期待をふくらませない方がいい」

ビルが目を輝かせて戻ってきた。「どうだった？」アガサは意気込んでたずねた。

「あなたはすごいよ！　メーガン・シェパードの名義でバイクが登録されていました。まだ所有しているかどうかはわからないが」

「あの小屋だ」チャールズが言った。「庭の奥に物置小屋があった」

「署に行かなくては」ビルが言った。「まだバイクを処分していないといいんですが。最初にぼくのところに来てくれたらよかったのに。彼女、高飛びしたかもしれない。家に帰って待っていてください。ええ、アガサ。もうあなたの手には負えない段階です」


そこでアガサとチャールズは家で待っていた。長い午後がだらだらと過ぎ夕方になったが、アガサの携帯電話は沈黙したままだ。

無言で食事をとると、また待って待って待ち続けた。そして九時少し前に、ドアベルが鳴った。

「ようやくだわ！」アガサは叫び、勢いよく立ち上がった。走っていってドアを開けた。メーガン・シェパードが立っていた。ドアの上の明かりが、彼女が手にしている小さいが役に立つ拳銃を照らしだしている。

「ゆっくりと家の中にさがって」彼女は命じた。

ショックで呆然としながら、アガサは言われたとおりにした。チャールズはキッチンから出てきて、目を丸くして見つめている。

メーガンはリビングの方に拳銃を振った。「そっちに」短く言った。

二人が部屋に入ると、彼女は指示した。「すわって」

アガサとチャールズは並んでソファに腰をおろした。

「やっぱり、あなただったのね」アガサは乾いた唇をなめた。

「しかも、もうちょっとで逃げられるところだった。あんたがつつき回さなければね」

「なぜ？」チャールズがたずねた。「お金のため？」

「彼女は全部あたしに遺すつもりだった。向こうはあたしを友だちだと思ってたからね。実際には、彼女のことなんて最初から好きじゃなかったけど、連絡はずっととりあっていた。ただしルーク・シェパードは横どりしたんじゃないわよ。ルークの方が彼女にうんざりして離婚を求めたの。それで、あたしが後釜にすわった。全然気にしないって彼女は言っていた」

「だけど、メリッサと会っていたことを誰も知らなかったわ。お互いの家を訪ねあっていたの？」

「いいえ、ルークとは会いたくないって言うから。でも、ある晩、ルークが帰ってきて、メリッサに呼びつけられたって言ったの」

「そのときルークにお金をくれって要求したのね」できるだけしゃべらせておかなくては。ビルはどこかしら？

「ちがうわ、それは彼の作り話。実際には村に友人がいるって言ったらしいの。ジェームズ・レイシーのことよ。レイシーは遺言書を書き換えて、姉のジュリアにお金を遺すようにメリッサにアドバイスしたのよ。

あたしはメリッサに電話して抗議した。あなたはジュリアを憎んでいるんだし、ずっとあたしたちは友だちだったじゃないのって。だけど、彼女はレイシーの言うとおりだと譲らなかった。ごめんなさい。それだけ。メリッサはあたしにそれを伝えることが愉快でたまらなかったのよ、最低ね。

あたしは目もくらむほどの怒りを感じた。レイシーが住んでいる場所を突き止めると、家に行って彼を襲った。彼は逃げだした。てっきり警察に行ったと思っていたから、ただ行方をくらましたと聞いたときには自分の幸運が信じられなかったわ。でも、メリッサを黙らせなくてはならない、しかも至急そうしなくてはならないと気づいた。ジェームズを襲ったのがあたしだって気づかれるだろうから。で、ルークに打ち明けた。彼はあたしと同じようにお金をほしがっていたの。彼のあの店はまるっきり売れてなくて、家を二重抵当に入れたところだった。だから車にバイクを積んで、オックスフォードのランドルフ・ホテルに泊まる計画を立てた。バイクはセント・ジャイルズに置いておいた。あたしはフロントデスクのわきをこっそりすり抜けたの。フロント係は電話をかけていたから、しゃがんでデスクの前を通過した」

「彼女を殺した凶器は何だったの？」アガサはたずねた。

「ありふれたハンマーよ。さあ、これからあんたたちを二人とも撃ち殺して、ここを出ていくわ」

「それはできないよ」

チャールズがソファから立ち上がり、メーガンに近づいていった。

「チャールズ！」アガサは恐怖にわしづかみにされて叫んだ。メーガンは拳銃を彼の顔に向け、引き金を引こうとしている。だが何も起きなかった。チャールズは彼女の手首をつかんでひねると、拳銃が床に落ちた。彼は暴れるメーガンを押さえつけながら、アガサに叫んだ。「その銃を拾え。安全装置がかかっている」

メーガンはめちゃくちゃに蹴りつけ、叫び、体をよじってチャールズの顔をひっかこうとした。アガサは拳銃をつかんだ。「ロープか何かを持ってこい」チャールズが怒鳴った。

アガサはぼうっと立っていた。ロープ、ロープ、どこにあっただろう？　キッチンに駆けこんでいった。何もない。セロハンテープの大きなロールをつかむと、それを手に走って戻った。メーガンの叫び声はこの世のものとは思えないほどだったがはずれていて、背筋が凍りついた。

「ああ、まいったな」チャールズが息を荒くしながらつぶやいた。

そのとき警察のサイレンの音が聞こえてきた。チャールズはどうにかメーガンを床に投げ飛ばし、馬乗りになって両手を頭の上で押さえつけることに成功した。

アガサは急いで玄関に行き、近づいてくるパトカーに必死になって手を振った。

村人たちが通りのはずれに集まってきている。今頃になってやって来るとはね、とアガサは恨めしく思った。

ビルが先頭の車にいた。「彼女が来ているんですか？」彼は車から飛び降りながら叫んだ。

「中よ。急いで」

メーガンは手錠をはめられて連行されていった。チャールズとアガサは別のパトカーに乗って、供述をするためにミルセスター警察署に向かった。アガサは呆然としていると同時に自己嫌悪を感じていた。メーガンに拳銃を突きつけられたとき、あまりの恐怖に少しチビってしまったのだ。警察にそう言って、着替えさせてもらえばよかった。

勝利感もなく、推理が当たったという喜びもなかった。加齢のせいでだらしない人間になったと意気消沈していた。

ウィルクス警部に命じられてビルが供述をとった。レコーダーにスイッチを入れようとすると、アガサは言った。「シェパードはどこなの？」

「尋問のために連行しました。ミルセスターから帰ってきたところをつかまえたんです。バイクを発見したら、サドルバッグの中に掃除機が入っていました。車を掃除するのに使うハンディタイプです。まだゴミを捨てていないといいんですが。頭のおかしな素人たちがからむと、そこが困るところなんです。ジェームズが行方をくらませなかったら、とっくにメーガンを逮捕できたでしょうから、メリッサはまだ生きていたかもしれない。メーガンは驚くほどついてたんですよ」

「メリッサはそもそも彼女にお金を遺すつもりだったのか疑問だわ」アガサは首をひねった。「ジェームズはメリッサについていろいろ知り、危険な女性だから別れたんじゃないかしら。メーガンがジェームズに嫌がらせをしてくれるかもしれないと期待して、メリッサはジェームズに遺言の件でアドバイスされたと話したんだと思うわ」

「ジェームズ・レイシーを見つけない限り、本当のことはわかりませんね。さあ、始めましょう」

二人が供述をすると、ビルは書類を持って出ていき、アガサとチャールズだけになった。「もう耐えられないわ。彼女に拳銃を突きつけられて、おもらししちゃったの」

「もう少しここに足止めされていたら、じきに乾くよ」

「あきれないの？」

「いや、当たり前の人間の生理反応にはあきれたりしない。我慢して。もうすぐ終わるだろう」

だがビルはウィルクスと戻ってきて、もう一度供述を繰り返してほしいと言った。アガサはあまりにも疲れていて、ビルにした話を繰り返すことしかできなかったが、ウィルクスが本当に知りたいのは、警察がわからなかったのに真犯人はメーガンだとどうやって見抜いたかということにちがいないと、チャールズは察した。

何もかも夢のようだわ、とアガサは思った。こうしてチャールズとまた地味な調査をしたなんて。とうとう供述が完了した。二人は署名し、もう帰っていいと言われた。

アガサはいつもの元気を少し取り戻していた。部屋を出るときに、振り返ってウィルクスに言った。「せめてお礼ぐらい言ってくれてもいいんじゃないの？」

「何に対して？」ウィルクスは書類をかき集めながらたずねた。

「あなたの事件を代わりに解決してあげたことよ」

「われわれもじきにその結論に達してましたよ」ウィルクスが偉そうに応じた。

「ふん」アガサ・レーズンは部屋を出るとドアを乱暴に閉めた。


ああ、温かい泡風呂はなんてうっとりするのかしら。汚れ物は洗濯機の中で回っている。お風呂のあとでそれぞれガウンにくるまり、アガサとチャールズはリビングで寝酒を楽しんでいた。

「とうとう終わったわ」アガサがため息をついた。

「ジェームズの件はまだ片づいていないよ。フランスに行ってみないか？」

「くたびれて考える気力すらないわ。どうしてジェームズは無責任な行動をとったのかしら？」

「メリッサが殺されたことを知らなかったんだよ」

「知ってたはずよ。新聞に彼の写真といっしょに報道されていたもの」

「新聞を見ていなかったかもしれない。ねえ、彼を見つけたらどうする、アギー？そのときは何て言う？」

「彼の側の説明を聞きたいわ」だが、実を言うと、自分の胸の内を吐きだしたかった。完璧そのもののジェームズ、いつもアガサの欠点をあげつらっていたジェームズが、とんでもなく大きなミスを犯したのだから、一生、それを恥ずかしく思うべきだ。

「数日のんびりしたらどうかな」チャールズが提案した。「また警察が話を聞きたがるかもしれないし」

「そうね」アガサは眠たげに応じた。「もうベッドに行くわ」

「一人で？」

「もちろん。二度とセックスできなくてもかまわない。もう成り行きでセックスはしたくないの」

「成り行きだなんて言ってないぞ」チャールズは反論したが、アガサはすでに部屋を出て、その言葉を聞いていなかった。

翌朝、ミセス・ブロクスビーがまっさきに訪ねてきた。「実はミセス・アランが手がかりを与えてくれたのよ」アガサは言った。「それと、あなたが同じタイプの人とまた結婚する女性たちについて言ったことも役に立った。男性も同じタイプの人と結婚するんじゃないかな、って閃いたの」アガサはミセス・グリーンがメリッサの殺された夜に子どもを見かけたことについて話した。「メーガンは村の外にバイクを停めていたにちがいないわ」アガサは言った。「リュックに掃除機とハンマーを入れて、メリッサの家に向かったのよ」

アガサはメーガンが撃つと脅したときのことも詳細に話した。「彼女は拳銃についてほとんど知らなかったみたいね。銃の安全装置がかけられているか、はずれているかなんて、わたしはまるっきり気づかなかった。どこで銃を手に入れたんでしょうね」

「まあ、あとはすべて警察に任せておけば大丈夫よ。ところでジェームズについて何かわかった？」

アガサは首を振った。黙っているようにチャールズをちらっと見た。ミセス・ブロクスビーにジェームズが修道院にいるかもしれないとしゃべったら、二度と彼が見つからなくなる気がして縁起をかついでいたのだ。まさに藁《わら》をもつかむような可能性だった。

ミセス・ブロクスビーが帰ると、チャールズはいったん家に帰ってから、フランスに出発する日に合流しようと言った。

「一週間後にして」アガサは言った。「そのときまでにはすべてきちんと片づいているでしょう。それにしてもマスコミがまだ押しかけてこないのが不思議だわ」

「ああ、ウィルクスはある女性が捜査を手伝ったと言うだけだろうね。わたしたちのことは外にもらしたくないんだ。全部自分の手柄に見せたいんだろう。ところで、わたしたちは霊能者かな、アガサ？」

「あら、アガサって呼んだわね。進歩しているわ。いいえ。どうして？」

「二人とも、驚くほど飛躍した推論をしたことは認めるよね」

「わたしの場合、何週間もそのことばかり考えていたせいだと思うわ。クロスワードパズルみたいなものよ。じっとカギを見つめていてもわからなくて、永遠に答えが見つからないと思う。でも翌日、新聞の紙面を見たとたん、答えが頭に閃くのよ」

「そうかもしれない。じゃあ、帰るよ。一週間後に会おう」

「本気で修道院にいる可能性があると考えているの？」

「ああ、可能性としては低いけどね。でもやってみる価値はあると思うよ」


チャールズが帰ってしまうと、アガサはすわってコーヒーカップを手にしながら、また一人になれてうれしいと考えていた。とりわけ、もう怖がるものがなくなった今は。もしかしたら不満やいらだちの多くは、中年になったことや、老年へと突き進んでいる現実を受け入れられないせいで生じているのかもしれない。男性のいない人生は、好きなように服を着られ、自分らしくいられるということだ。自分らしさを手放す必要もない。急に猛烈に煙草が吸いたくなり、どうにかその欲求を抑えつけた。

それから安らぎがしぼんでいくのを感じた。なんてコテージは静かなのかしら！

もちろん猫たちはいる。実際には何もする必要がなかったし、これだけ大変な経験をしたあとでは、ゆっくり休んでいてもいいのだ。それでも立ち上がり、少し家事をしてから、庭に出ていき雑草をむしった。しゃがんで花壇の草をむしっていると、いきなりジェームズに対する恋しさがあふれてきた。

かすかに玄関の呼び鈴が鳴る音が聞こえる。

ほっとしながらドアを開けた。ビル・ウォンだった。

「どうぞ入って。彼女は自白したの？　捜査はどんな状況？」

ビルはアガサのあとからキッチンに入ってきた。

「二人とも相手のせいにしていますよ。シェパードはすべて妻の考えで、妻があんな真似をするとは知らなかったと言い張っています。メリッサを脅すだけだと思ったとか。もちろん、メーガンはそれを聞くと、最初から最後まで夫といっしょに計画を立てたと主張しました。メーガンは遺言書のことを夫に話した。メリッサがそれだけのお金を持っていたことに、彼は驚いたようです。そのうちメーガンはメリッサがジェームズと関係を持っていると知ったのであわて、メリッサに電話して遺言書を書き換えたかどうか訊いた。メリッサはまだ書き換えていないけど、ジェームズに家族に遺した方がいいと説得されたと答えた。それでメーガンは遺言書が変更される前に犯行に及ぼうと決意した。それが動機だったんです」

「それだけの大金を持っていながら、村の小さなコテージに住んでいたなんて意外よね」

「どうやら常に倹約家だったらしいですね。他人にお金を使わせる方が好きだった。さほど珍しいことじゃないですよ。公営団地には億万長者がたくさん住んでますよ。宝くじで四百万ポンド当たった人もいる。誰にも言わなかったんです。公営団地の狭い部屋に住み、ジャム工場で働き、仲間たちとビールを一杯やり、いつもと同じようにつつましく暮らしていた。亡くなったときに初めて親戚たちは彼の資産の額を知った。遺言書には、お金によって仲間と仕事を失うことになると気づいた、と書かれていました」

「ウィルクスは事件を解決したことで、わたしのことを少しはほめているの？」

ビルは気まずそうな顔になった。「ぼくが解決したって、言いふらしています」

「あら、そう。そうすれば手柄は身内のものになるものね。いい、こう宣言しておくわ、ビル。もう二度とごめんだわ。背中にナイフを突き立てられた死体が目の前にあっても、今後はただそれをまたいで、忘れることにする」

「探偵事務所をやろうって考えたことはないんですか？」

「知っているでしょ、一度やったことがあるって。でも、結局、こじれた離婚や行方不明のペットの捜索ばかりになるだろうって思ったの」

「あなたとチャールズに強く当たりすぎたから、お詫びに今度の日曜日にディナーにご招待したらどうか、って母さんに言ったんです」

アガサはぎょっとした。「だめなの。休暇に出かける予定なの」

ビルは眉をつりあげた。「つまり、あなたとチャールズで？」

「ええ」

「ぼくの目の前にいるのは未来のレディ・フレイスなんですか？」

「いえ、そんなんじゃないわ。彼はわたしよりも十歳も年下だし、ただの友人同士よ」

「休暇でどこに行くんですか？」

「プラハ」南フランスと言ったら、ジェームズと連絡をとろうとしているんじゃないかとビルに勘づかれそうで、急に不安になって嘘をついた。

「プラハか。どうしてプラハなんですか？」

「感傷旅行ね。ハネムーンの途中であそこに行ったから」

「楽しんできてください。煙草はやめなかったんですね」

アガサは指のあいだでくすぶっている煙草を困惑して眺めた。「やめたと思ってたんだけど。火をつけたことにも気づかなかったわ」

「ジェームズ・レイシーから連絡があったら、ぼくに知らせるのはあなたの義務ですよ」

「彼は何かで告発されるの？　犯罪現場を立ち去ったせいで？」

「いや、それはないでしょう。もう犯罪者たちを逮捕しましたからね。メーガンはものすごく運がよかったですね。ランドルフ・ホテルの夜間フロント係が彼女の出入りを見ていたらどうなってたかな？　ミセス・グリーンの視力がもっとよかったら？　デューイがあれほど不気味なやつじゃなくて、ぼくたちの捜査を攪乱《かくらん》しなかったら？　ともあれメリッサの姉はすべて解決して胸をなでおろしたにちがいない。ウィルクスは姉が犯人にちがいないとにらみ、下宿していた学生たちを何度も何度も取り調べたんです。その煙草、消さないんですか？　ねえ、本気で禁煙したいんでしょう？」

「明日ね。明日から禁煙するわ」

「それは依存症者のせりふだ。本当にやめたいなら、今すぐ実行した方がいい」

「メーガンは裁判にかけられるの？」

「そうなるよう努力してますが、最後に聞いたところによると、精神障害をわずらっている人間を巧みに演じているらしい。腕利きの弁護士を雇えば、心神喪失が認められるかもしれない。ああ、掃除機ですが、中に入っていたゴミがメリッサの家のじゅうたんの繊維と一致しました。凶器は処分したのに、掃除機のゴミを捨てるのを忘れていたんです。幸運でしたよ」

「いったいどこで拳銃を手に入れたのかしら？　それに拳銃を持っていたなら、どうしてメリッサを拳銃で殺さなかったの？　どうやって拳銃を買ったらいいか、わたしなんてさっぱりわからない」

「シェパードの話だと、メーガンはあなたたちが質問に来たことで神経質になっていたらしい。たぶん、あなたの家を家捜しする直前に買ったんだと思う、とシェパードは言ってます。家探ししているあいだにあなたが帰ってきたら、撃ち殺すつもりだったんでしょう。それからどこで手に入れたか？　おそらくバーミンガムですよ。どこに行けばいいか知っていれば簡単です。拳銃ディーラーは次から次へと逮捕していますが、一人つかまえると、また別のやつがどこかに店を出すんです」

「コーヒーでもいかが？」

「いいえ、仕事の途中で寄っただけなので。だけど、忘れないでくださいね。あなたが戻ってきたら、母さんが日曜のディナーに招待しますから」

「忘れないわ」と言いながらも、絶対に行かなくてすむような口実を考えていた。

11

アガサはフランス語を話せなかった。そのほかの言語も英語以外は一切話せない。常に自分が主導権を握るのが好きなアガサだったが、そのせいで英仏海峡トンネルを抜けたら、すべての手配をチャールズに頼るしかなかった。

それに、イギリスとちがって道の右側を走るのも不安だったが、チャールズは慣れていたので運転も彼に任せることになった。

そんなわけで、チャールズがパリに寄り道してどうしても古い友人を訪ねたいと言いだしたとき、アガサに反対する権利はなかった。そもそも長距離走行で酷使しているのはチャールズの車だった。

さらに、物事を主導できないせいで、アガサは居心地が悪くてたまらなかった。帰ったらすぐにフランス語のレッスンを受けようと決意した。そうよ、それでやることができた。探偵仕事なんて忘れよう。二度とするもんですか。

フェリーを降り、休暇に出かける家族連れがぎゅう詰めになった車の長い列に並んだ。あれで楽しいのかしら？　とアガサは前の車のリアウィンドウに目をやりながら思った。そこでは三人の子どもたちが激しいけんかをしていた。それとも運転している夫は、平和なオフィスに戻るまでの日々を心の中で×印で消してやり過ごしているのかしら？

頻繁に旅行をしてきたアガサは、せせら笑いをしているウェイターや傲慢なホテルのスタッフをとっちめてやれるから、外国語がしゃべれたらすばらしいだろうな、と思っている。これまではアガサが英語で怒鳴りつけても、わからないふりをして逃げられてしまった。海外にいるイギリス人は相手の耳が聞こえないかのように怒鳴るというジョークを耳にしたことがあったが、なぜかアガサもそうしないではいられなかった。

「あなたのお友だちだけど、彼はわたしたちが来ることを知っているの？」税関を出るとアガサはたずねた。

「彼じゃなくて彼女だよ。それからノーだ、驚かせたいんだ。イヴォンヌとはもう何年も会っていないんだよ」

「ガールフレンド？」

「元」

「じゃ、一人で会いたいでしょ？」

「そうだなあ、一時間ぐらい一人でぶらぶらしていられる？　エッフェル塔のところで降ろそうか？」

「エッフェル塔は見学したことがあるわ。彼女はどこに住んでいるの？」

「モンマルトルだ。ジュノ通り」

「そこに着いたら、近所を一人で散歩しているわ」

「わかった。わたしと別れたあとで丘を登っていけば、サクレ・クール寺院に出るよ。そこからはパリが一望できるんだ」

パリ市内を疾走する車のるつぼにチャールズが割り込んだとき、運転しているのが自分ではなかったのが本当にうれしかった。

チャールズが車を停めると、じゃあ、あとでと言って、アガサはジュノ通りを登っていった。サクレ・クール寺院まで来ると、そこは広場になっていて、画家が観光客たちを描いていた。しばらくその様子を眺めてから、巨大な寺院に入っていった。

あたりを見回しながら、ずっと神について考えてきたことを思い返した。アガサにとって、神というのは〝もったいぶった古くさい非難〟を象徴するものだ。病気を治すことについてそこまで強い信念を持って、信仰に身を捧げることができるものなのだろうか？

最後に日の当たる階段に出て、パリを眺めた。階段を上ったり下りたりしている観光客たちは色鮮やかな流れのようで、眠気を誘った。アガサはすわって煙草をくゆらした。ジェームズを見つけたら、禁煙しよう。以前にもやめたことがある。またやめられるはずよ。

立ち上がるとカフェに行き、おなかがすいていたのでコーヒーとサンドウィッチを注文した。食べ終えて腕時計を見た。一時間以上過ぎている。

アガサがジュノ通りまで戻ると、ちょうどチャールズがアパートの建物から出てくるところだった。やけにこざっぱりして見え、車に乗ると、さわやかな石鹸《せっけん》の香りがした。まるでたった今シャワーを浴びたかのように。謎のイヴォンヌとセックスをしてきたのかしら？　どうしてそう考えると動揺し、自分が年をとって孤独だという気がひしひしとするのかしら？

「イヴォンヌは元気だった？」思い切ってたずねた。

「相変わらずだった。ただし四人の、四人だぞ！　うるさいチビがいて、一人がわたしにゲロをひっかけたんだ。だから彼女と夫でわたしの服をきれいにし、わたしがシャワーを浴びているあいだに楽しい時間が過ぎてしまった」

アガサはぐんと気分がよくなった。ますます混雑する車のあいだを縫うようにパリ市内を南へ走っていった。もうジェームズのことは忘れて、休暇を楽しむだけにした方がいいかもしれない。

チャールズはアルルで一泊して、アグドには翌朝出発しようと提案した。いまや絶対に失望に終わるとわかっている結末を先延ばししたくてたまらなかったので、アガサは即座に賛成した。

翌朝アルルを出発すると、雨が降りはじめた。しとしと降る冷たい雨で肌寒かった。天候は凶兆のように思えた。ワイパーがまるでメトロノームのように左右に振れている。

そのときチャールズが口を開いた。「前方にちょっぴりだけ青い空がある。若い頃、父のウィリアムがよく言っていたよ。青い空が見えたら、それがたとえ水夫のズボンを繕う端切れぐらいでも、晴れてくるはずだってね」

「そう」アガサはぼそっと答え、いっそう気分が滅入った。

しかしチャールズの言うとおりだった。南に向かうにつれ、雨は止み、雲が分かれ、暖かなプロヴァンス地方の太陽の光が赤いレンガの屋根や、ブドウ畑や、野原に射してきた。アグドで食事のために休憩したときに、チャールズはイギリス訛りがあるとしても完璧なフランス語で、サン・アンセルム修道院への行き方をたずねた。

「ここからちょっと南だって、ピレネー山脈の方角に」チャールズは陽気に報告した。

「言ったかどうか忘れたけど、本当に感謝しているわ」アガサは口ごもりながら言った。「だって、こんな途方もない企てなのに」

「やってみる価値はあるよ」チャールズはご機嫌だった。「道の右側を走る練習をしてもらいたいな、アガサ。おいしいシーフードがあるのにワインが飲めなくて、わたしは水だけだよ」

「わたしも水しか飲まなかったわ。修道院に行くのに、お酒のにおいをさせていたらまずいでしょ」

「修道士たちはたぶん酒臭いよ、年がら年中。さ、出発だ」

チャールズはレストランの店主の指示に従って、地図を描いていた。海岸沿いの道を十キロほど走り、さらに狭い道に折れると、車は急な坂道を上りはじめた。

「頂上にある建物にちがいない」チャールズはしばらくして言った。「中世の要塞みたいだな」

彼は修道院の正面ドアの前に駐車した。ドアのわきに古めかしい呼び鈴のひもが垂れている。チャールズはそれを引っ張った。

「チャールズ」アガサがあわてて言った。「もしかしたらまずいかもしれないわ、あなたといっしょだと。ジェームズがいたら、そのことで腹を立てるかもしれない」

「ジェームズがここにいたら、わたしは姿を消すよ」

ドアのパネルが開き、修道士が格子の隙間からのぞいた。

チャールズはフランス語で、チャールズはミスター・ジェームズ・レイシーという人が修道院にいるかとたずねた。

「その名前の人には覚えがありません」修道士は英語でていねいに答えた。

アガサは前へ進みでた。「わたしはアガサ・レーズンです」彼女は必死に言った。「彼は行方不明になっているんです。以前、ここに来たことを知ったので、もしかしたらと……」彼女の声は震え、途切れた。ふいに馬鹿馬鹿しくなった。わたしったら、南フランスの修道院の外で何をしているんだろう？

修道士は一礼した。「調べてみましょう」

二人は待った。太陽に雲がかかり、セミの単調な鳴き声が響いている。

ずいぶん長く待たされた末、ようやく修道士が戻ってきた。「残念ですが、お力になれないようです」

二人はゆっくりと車に戻っていった。

「これでおしまいね」アガサは暗い声で言った。「はるばるここまで来たけど、むだ足だったんだわ」

チャールズは眉根を寄せて立っていた。「修道士はずいぶん長く時間がかかった。戻ってきたとき、『こちらにはその名前の者はいません』とは言わず、『お力になれない』と言った」

「もう、すべて投げだしたいわ」アガサはため息をついた。

「これだけ骨を折ったんだから、ささやかな休暇を楽しもう。ここに上ってくる前に通過した村には、小さなオーベルジュがあった。そこに泊まろうよ。帰る前に、少し聞き回ってもいいね。畑で修道士が働いているのを見かけた。外部の人に農作物を売っているにちがいない。たぶん、誰かが修道院のイギリス人について耳にしているはずだよ」

彼は車を方向転換し、道を下っていった。アガサは修道士たちが畑で作業をしているのを眺めた。だが、ジェームズがその一人だとはとうてい思えなかった。たぶんジェームズはイギリスのどこかの溝の中で息絶えて横たわっているのだ。

オーベルジュの主人は、ダブルルームがひとつ空いていると言った。「妻はすばらしい料理人です。ディナーは召し上がりますか?」

チャールズはうきうきとフランス語ではい《ウィ》と答えた。主人は、とても小さな宿なので、お客さま方は家族といっしょに食事をとっていただきます。かまいませんか?と訊いた。チャールズはにっこりして、「もちろん、いいですとも」と答えたものの、ひとことも言葉がわからないディナーのあいだアガサは孤立してしまうかもしれない、とちょっと気がかりだった。

部屋は清潔で、大きなダブルベッドに占領されていた。「あなたはそっち側、わたしはこっち側よ」アガサはきっぱりと言い渡した。

「バスルームは廊下の先だ。ここでは部屋専用のバスルームがないんだ、アギー」

アガサは深い古めかしいバスタブに浸かると、すっかり気分がよくなった。きれいな服をバスルームに持ってきていたので、そこで着替え、古びた緑青の浮いた鏡でメイクをした。

二人が入っていくと、宿の主人、妻、息子二人と娘一人がディナーのテーブルを囲んでいた。チャールズがフランス語でおしゃべりをしているあいだ、アガサはおいしい魚のスープ、続いてローストしたホロホロ鳥を食べた。

ワインが回されると、チャールズはその機会をとらえ、訪問の理由について語りはじめた。家族は殺人事件と行方不明のアガサの夫の話に身をのりだすようにして耳を傾けた。そして語り終えると、主人が口を開いた。チャールズは熱心に聞き入り、最後にアガサの方を向いた。

「ご主人の話だと、修道院の野菜をピエール・デュヴァルという老人を通して買っているそうだ。デュヴァルは朝の六時にやって来る。その頃に起きていれば、彼に質問できるんじゃないかって。デュヴァルは口が堅そうだけど、少しお金を渡せば、知っていることを洗いざらい話してくれるらしいよ」

「ジェームズがあそこにいるっていう望みをまだ捨てていないのね。わたしはとうにあきらめているのに」

「ただの勘だよ」

食事のしめくくりはクリームをかけたアプリコットタルトだった。こんな狭いキッチンで、どうやって一流の食事を作りだすのかしら？　アガサは不思議でならなかった。

長いドライブと食べたり飲んだりしたせいでアガサは眠りが深く、五時半に目覚ましが鳴ったときチャールズに揺り起こされなかったら、また眠りにひきずりこまれていただろう。

「調査は徹底してやった方がいいよ」チャールズは言いながらパジャマを脱ぎ、スーツケースの中の下着を探している。自分の裸をこれほど意識しないでいられるのはすごいことだわ、とアガサは思った。彼女はバスルームにひっこんだ。それとも男性はあまり気にしないのかも。脇腹の贅肉やむだ毛を剃ってない脚のことを心配するのは女性だけなのかもしれない。

アガサが出てくると、チャールズはすでに下に行っていた。彼女が階段を下り、人声をたどっていくと、チャールズはキッチンのドアのところで皺くちゃの老人としゃべっていて、かたわらで主人が熱心に聞き入っている。おそらくその老人がピエール・デュヴァルだろう。何度もうなずいている。

それからチャールズは尻ポケットから財布をとりだして開き、ゆっくりとお札を数えはじめた。なんらかの取引が成立したようだ。老人は金を受けとり、いらいらするほどのろくささと勘定すると、しゃべりだした。

アガサは辛抱強く待っていた。チャールズに何か報告しているにちがいない。チャールズは確実な情報が手に入ると確信しなければ、絶対にお金を払わないだろう。

とうとう老人はおぼつかない足どりで帰っていった。

「どうだったの？」アガサは話をせがんだ。

「修道院にはイギリス人がいるらしい。話を聞くと、ジェームズに似ているようだった。その男は今朝の十時から菜園で働くことになっている」

「だけど、どうやって彼に近づいたらいいの？」

「修道院の裏に通じる小道があるんだ。そこを進んで行けば、裏には低い塀があるだけだ。塀を乗り越えれば、菜園に出られる」

アガサは両手を握りしめた。「本当に彼だと思う？」

「希望をあまりかきたてたくないんだ。デュヴァルは修道士にはさまざまな国籍の人間がいると言っていたからね。ともあれ試してみよう。朝食をとる時間は充分にあるよ」

バターをたっぷり使ったクロワッサンを食べ、カフェオレを飲みながら、チャールズが主人にわかったことを報告した。

すると主人は紙を持ってきて、地図をスケッチしはじめた。

「横道の入り口に車を置いて歩くといいって」チャールズは伝えた。「修道院の裏側は丘の斜面になっているから、運転していたらその小道を見落としかねないらしい。

かなり草も茂っているからね」

二人は九時に出発した。チャールズは車を路肩に停め、ロックした。アガサは心臓の鼓動が猛烈に速くなり、めざす小道を探しながら急な脇道を上りはじめるとたちまち息があがった。どうにかして落ち着こうとした。ジェームズはたぶんいないだろう。他の修道士に敷地に侵入しているところを見つかったら、叱責されて追い払われ、それでおしまいだ。

「そこだ」チャールズが言った。「何年も使われていないみたいだな。正面のやぶが道をふさぐほど茂っているよ」

二人は上り続けた。小道はでこぼこで草が密生し、ところどころ地面が見えなくなっている。太陽がじりじり照りつけてくる。上りはじめたときは、両側の岩だらけの地面から生えているいじけた松の木が多少とも日陰になっていたが、今や遮るものが何もなくなっていた。

さんざん歩いたように感じられてきたとき、修道院が目の前に現れ、二人は足を速めた。

「あれが低い塀って言ってたもの？」アガサは小道の突き当たりの高さ二メートル半ぐらいはありそうな石塀を困惑しながら眺めた。小道とぶつかる場所には、古い石のあいだに新しい石が押しこまれていて、どうやら入り口だった場所が封鎖されたようだ。

チャールズは両手を組んだ。「あなたの脚を支えるよ。てっぺんまで上がったら、見えるものを教えて」

アガサはどうにか塀をよじ登ると、体を持ち上げて塀にまたがった。「ここには菜園はないわ。老人はだましたのよ。雑草だらけの野原だけよ」

「ともかく向こうに下りて。わたしもすぐ行くから。菜園は野原の反対側かもしれない」

アガサは下りようとして、足を滑らせ、ドスンと地面に落下した。猫のように敏捷《びんしょう》にチャールズは塀をよじ登り、やすやすと彼女の隣に飛び降りた。

「もっと歩きやすい靴を持ってなかったのか？」チャールズがとがめた。

「これ、フラットシューズよ」アガサはどうにか立ち上がり、服をはたいた。

「細いストラップがついた底の薄いサンダルは田舎道を歩くにはまるで向いてないよ。さて、野原の端からのぞいてみよう。ゲートのついた塀がもう一カ所あるぞ。あれが菜園かもしれない。敷地はかなり広大みたいだからね」

二人はアザミやぎざぎざした危険な枯れた植物を避けながら、野原を突っ切っていった。こんなハイキングにどうしてデザイナーズサンダルに十デニールのストッキングをはいてきちゃったのかしら？　馬鹿よ。だが、宿の薄暗がりではすてきに見えたし、歩くといっても軽い散歩程度だろうと高をくくっていたのだ。

塀に作られた錬鉄のゲートにたどり着いた。「鍵がかかっている」チャールズが言った。「悪いね、アギー。また塀で、さらに高い。でも、石が飛びだしている箇所がところどころ崩れているから、簡単に乗り越えられる場所を見つけられるはずだ」

「どうして小声でしゃべっているの？」

「とても静かで、ここからだと音が遠くまで響くからだ」

「音が遠くまで伝わるなら、修道院の全員が死んでいるのよ。詠唱の声も、祈りの声も、地面を掘る音もどこからも聞こえないわ」

「ここが簡単そうだよ」チャールズが教えた。「塀のてっぺんが崩れていて、他よりも低いし、歳月で石がいくつか飛びだしている。ここなら梯子《はしご》みたいに登っていけそうだ」

ジェームズ・レイシーはハーブガーデンの静かな安らぎに浸りながら、体を休め、瞑想《めいそう》していた。結婚生活についてはミシェル修道士にまだ本当のことを打ち明けていなかった。それ以外のことは包み隠さず話していた。自宅で襲撃されたことについて、死に対する屈辱と恐怖について。じきに修道院を去るつもりだ。身辺をきちんと整理し、コテージを売るために戻らなくてはならないと修道士に言ってある。アガサは離婚を承諾してくれないのではないかと不安だった。もしそうでも、ジェームズはまたここに戻り、独身者として生きていくつもりだ。修道院で癒やされたので、修道会に入ることを誰にも邪魔されるつもりはなかった。

アガサを思い浮かべようとしたが、どんな顔をしていたかよく思い出せなかった。

そのとき彼がすわっている石のベンチの後ろのオレンジタイムの花壇からドスンという大きな音がした。ぎくりとして立ち上がり、振り返った。

アガサ・レイシーがつぶれた植物のあいだに倒れている。彼女は体を起こしたが、その顔は真っ赤になっていた。

目の前の修道士のローブを着た人物を見上げ、アガサは弱々しい声でたずねた。

「ジェームズなの？」

塀の上にまたがったチャールズはその光景を見て、そっと元に戻った。あとはアガサに任せよう。だが、なんて奇妙な二人なのだろう。なんという喜劇だ！　アガサは汗をかいてほこりまみれになり、必死に起き上がろうとしている。ジェームズはやせてローブ姿で、日に焼けた顔の中で青い目がらんらんと光っている。チャールズはすわりこんで待つことにした。アガサが塀をよじ登ったときに、ポケットから落ちた煙草とライターがころがっている。チャールズは温かい石に背中を預け、煙草に火をつけた。アガサのために、これで彼女の恋が終わりになることを祈った。

「ここにいることは許されない」ジェームズが鋭く言った。「一年に二度、正式な訪問日があり、今日はその日じゃないんだ」

「言いたいのはそれだけなの？」アガサは腰に手をあてがって詰問した。「メリッサが殺され、警察はあなたを追っている。わたしはあなたも死んだんだとずっと思ってた。それなのに、言うに事欠いて、今日は訪問日じゃないだなんて！」

ジェームズはいきなりベンチにへたりこみ、両手で頭を抱えた。アガサはどっと疲れを感じ、その隣に腰をおろした。

「起きたことを話してくれ」

そこでアガサはメリッサの殺人事件と、ついに自分が犯人はメーガンだと見抜いた顚末を語った。「あなたが逃げなければ、メーガンは傷害罪で逮捕されていたから、今頃メリッサは生きていたでしょうね」アガサはチクリと刺した。

ジェームズはアガサを見つめた。日焼けの下で、顔色が蒼白になっている。

「それでどうして逃げたの？」

「混乱していたんだ。きみがチャールズと不倫していると思ったし」

「自分の基準で人を判断しないでよ」アガサはぴしゃりと言った。

「メリッサとときどき過ごすようになると、はっきりとした理由はわからないが、そのうち彼女に恐怖を感じるようになった。以前からミルセスター総合病院の精神科医にいろいろ教えてもらっていたんだが、精神科病棟のファイルはすべて個人クリニックに保管してあると聞いた。メリッサは典型的なサイコパスかもしれないと考えるようになっていたので……」

「それでも彼女とセックスするのをやめなかった」アガサが口をはさんだ。

「どうか最後まで聞いてくれ」彼は片手を上げた。「ファイルをのぞいたら、やっぱり彼女はそう診断されて入院していた。ある晩、ディナーでかなりお酒を飲んだときに、莫大な資産があるから、それを旧友のメーガンに遺すつもりだともらしたんだ。メーガンはたまたま彼女の元夫と再婚していた。メーガンは唯一の友人で、つらい時期をいっしょに乗り切ったという話だった。そんなとき、家に帰ってきて裏庭に出ると、女の子がいた。最初はティーンエイジャーだと思って、厳しく注意した。彼女はメーガン・シェパードだと自己紹介した。どうやって入ったんだとたずねると、『フェンスを越えたの』と答えた。彼女はメリッサに手を出すなと警告にやって来たんだ。メリッサは友だちだからと言った。

わたしはすぐに彼女を追いだした。だが、メーガンももしかしたらサイコパスかもしれないと思いつき、だとしたら危険だと思った。サイコパスだったら、メリッサに興味があるのは金のためだけにちがいなかった」

ジェームズは嘆息した。「知らん顔して放っておくことはできなかった。精神科医のところに行き、ファイルを調べずにはいられなかったんだ。やっぱりメーガンはメリッサと同時期に精神科病棟に入院していた。わたしはもう長く生きられないと感じていたし、結婚生活も破綻していた。せめてメリッサを助けようと思ったんだ」アガサは顔をしかめた。「精神障害にはさまざまなレベルがある。メリッサはたぶんパーソナリティ障害だと思った。かたやメーガンのことはちょっと会っただけだが、完全なサイコパスだと判断した。

そこで、メリッサを訪ねて、メーガンが来たことを打ち明けた。そして、お金はお姉さんに遺した方がいいし、メーガンにもそう伝えた方がいいとアドバイスした。それを聞いてメリッサが目を輝かせるのを目の当たりにして、メーガンにそれを伝えることを想像してわくわくしているし、メーガンと同じく愛情や友情は持てない人間なのだとわかって落胆したよ。

メリッサは遺言書を書き換えさせたのはわたしだと、メーガンに話したにちがいない。メーガンは家にやって来ると、わたしを非難し、ハンマーで頭を殴りつけた。わたしは足元がふらつきながらも車に乗りこむと、気分が悪くて運転できなくなるまでひたすら車を走らせた。すべてのごたごたから逃げだしたかった。車を乗り捨てるとヒッチハイクをして、トラックの運転手には高いところから落ちたと説明した。彼はオックスフォードのジョン・ラドクリフ病院で降ろしてあげようと言ってくれた。でも病院の中には入らなかった。夜明けまで牧草地に潜んでいて、頭の血をこすり落とした。

A40号線に出ると、別のトラックにロンドンまで乗せてもらった。ヴィクトリア駅発着所から海辺までバスに乗った。苦悩と屈辱に苛まれているときに頭に浮かんだのは、この修道院のことだけだったんだ」

「警察はありとあらゆるところを捜していたのよ。バス発着所は見落としたのかもしれない。どうやってフランスに渡ったの？」

「友人たちと、ヨットで。ここに着くまでひたすら南に歩いた。メリッサの身が危険だとは思ってもみなかったんだ。メーガンがわたしのコテージから出ていくところは誰かに目撃されているだろうし、物音も聞かれているだろうと思いこんでいた。メーガンは危険だとわたしが警告したのは真実だったと、メリッサも気づいただろうとずっと信じていた」

「それで、わたしたちはこれからどうするの？」アガサはかつての愛情のしるしがないかとジェームズの顔を窺ったが、人を寄せつけない冷たい表情しか浮かんでいなかった。

「この修道会に入会したいんだ。ここで信仰を見つけたんだよ、アガサ。その信仰がわたしの癌を治してくれた」彼は苦い笑みを浮かべた。「ずっと軍隊の生活が恋しかったんだ。ここはそれに似ているんだよ。秩序と規律がある」

「わたしたちのことは？」

ジェームズは悲しげにアガサを見た。「離婚してもらえたらと思っている、アガサ」

アガサは肩をすくめた。「いいわよ」別の女性がいたのなら、闘えたかもしれない、いや、闘っただろう。でも、神が相手では闘えるわけがない。

「一週間後にイギリスに戻って、きちんと身辺整理をしようと思っていた。そのときにまた会おう」ジェームズは立ち上がった。「もう行かなくては。じきに誰かが探しに来るだろうし、きみはここにいない方がいいよ」

アガサも立ち上がった。手を差しだす。ジェームズはその手をしっかりと握った。

「来週会おう」

それから、やさしくアガサに微笑みかけ、片手を上げて祝福を与えた。アガサはふいに怒りがあふれ、体が震えてきた。

「あなたはろくでなしよ、ジェームズ」押し殺した声で言った。

ジェームズは悲しげなまなざしをアガサに向けると、頭巾をかぶって庭を歩き去った。

アガサは一気に老けこんだ気がして疲れを感じた。塀によじ登ると、しばらく塀の上に寝そべっていた。「上がっていって手を貸そうか？」チャールズの声がした。

「いいの、大丈夫」アガサは反対側にどうにか下りた。

「あれはジェームズだったんだね。どう説明していた？」

外側の塀に向かって野原を歩きながら、アガサは彼に語った。チャールズは奇妙な声をもらした。アガサは足を止めて、彼を見つめた。「笑っているの？」

「我慢できなくて」チャールズはくっくっと笑った。「夫が頭のおかしい修道士だなんて」

感情が高ぶり、アガサは彼の顔を平手打ちした。チャールズはすぐさまひっぱたき返してきた。それから地面に倒れこむと、ころがりながら腹を抱え、げらげら笑い続けた。

アガサはぶたれた頰を押さえながら、彼を見下ろした。怒りが少しずつ消えていった。

それから、彼女もたがが外れたように笑いはじめた。

「その方がいい」チャールズは立ち上がると、アガサの肩を抱いた。「で、彼は離婚を求めているんだね？　そのことについては何も言っていなかったが」

「そうよ。喜んでそうするつもり。来週戻ってきて、すべてを整理するって」

「脳腫瘍はどうなのかな？」

「治ったって言ってたわ」

「彼の立場は理解できるよ。わたしも脳腫瘍ができて修道士たちに信仰によって治してもらったら、やっぱり修道院に入ろうという気になるだろう」

「妻を愛していたら、そんなことしないわよ」

「でも、そのことを受け入れられるんだね？」

「そうよ」アガサは言った。そして、驚きとともにつけ加えた。「ええ、受け入れられると思うわ。これですべて終わったのよ」

エピローグ

「それで、彼は本当に戻ってくるつもりなんですか?」ビル・ウォンがたずねた。

「それとも誰かを派遣して連れ戻さなくちゃならないのかな?」

「あら、もうじき戻ってくるわよ。後片付けのために」

「彼はどんな罪にも問えないと思います。腕ききの弁護士なら、あっという間に無罪放免にしてしまうでしょう。襲撃されて負傷し、我を忘れ、もうじき死ぬと思って新聞も見なかった。どうやってフランスに渡ったんでしょう?」

「友人たちとヨットで」

「ジェームズ自身が捜索されていることを知らなかったのは理解できますが、友人たちは絶対に知っていたはずです。ジェームズが戻ってきたら供述をしてもらわなくては。まだ訊いてませんでしたが、どうやって彼の居場所を知ったんですか?」

「彼の日記のおかげよ」

「でも、警察でも調べたんですよ。何も見つからなかったが」

「修道院と魂の平和についてちょっとだけ触れていたの。当てずっぽうかもしれないけど、ジェームズは奇跡の治療に興味があったし試してみる価値があると、チャールズが主張したの」

「いやあ、あなたたち二人組はいろいろと発見するもんですね。ところで、チャールズはどこなんですか？」

「フランスに残りたいって。わたしのためにさんざん骨を折ってもらったから、マルセイユまで車で送ってもらって、そこからわたしだけ飛行機で帰ってきたの」アガサは笑った。

「何がおかしいんです？」

「チャールズはすっかり気前がよくなったと思っていたんだけど、帰り際に、ガソリン代の半分を請求されたわ。それから老人に話を聞きだすためにお金を渡したんだけど、それも払ってほしいって。ジェームズを見つけるためにしたことだから。だけど、わたしを説得して修道院まで行かせたのは彼のお手柄ね」

「メーガンは裁判にかけられないようです」

「あら、どうして？」

「心神喪失です。精神科医に演技をしていることを証明してもらおうとして手を尽くしたんですが、本当にそうみたいです」

「裁判に出なくてすんでほっとしたわ」

「いや、出なくちゃなりませんよ。ボスたちはあなたたちが国外に出たので、ひどく怒っていますから。さらに話を聞くために呼びだすつもりだったんです。というわけで、ぼくはジェームズについて報告を入れなくちゃならないんですよ」

「このまま放っておけないの？　彼はきっと戻ってくるわ。神に仕える男が約束したのよ。それに、離婚も求めているの」

「わかりました。もう一週間待ちましょう。そのときまでに彼が警察に来なかったら、憲兵隊を差し向けますよ」

「だけど、彼はどんな罪にも問われないって言ったじゃない？」

「本当ですよ。しかし、事件を決着させるために、彼は長い不在について供述をしなくてはならないんです。ウィルクスは警察の貴重な時間をむだにさせたことでジェームズを厳しく叱責するにちがいない。もっとも、彼はメリッサを殺さなかったし、何も知らなかったんだから、責められるいわれはないんですけどね。そもそも、誰かにハンマーで頭を殴られても通報しなかったら、それで終わりです」

「ジェームズに言わせると、メリッサはパーソナリティ障害で、本物のサイコパスじゃないということだけど」

「じゃあ、彼の言うとおりなんでしょう。でも、死後に財産を譲るとメーガンの期待をあおり、あんなに他人を操ろうとしなかったら、メリッサはまだ生きていたでしょうね。ジェームズのことは責められませんよ。あの時点でメーガンのことを通報したとしても、騒ぎがおさまるまで待って、どっちみちメリッサを殺したでしょう。あの女が何年も手出しせずに、ただメリッサが死ぬのを待っているとは思えません。そうだ、もうひとつあるんです」

「何なの？」

「われわれの知る限り、メリッサはこれまで遺言書を作っていなかったんです。ずっとメーガンに嘘をついていたんですよ」

「なぜ？」

「自分が先に死んだら、メーガンが事実を知って落胆するだろうと想像して楽しんでいたんじゃないかと思いますね」

「じゃあ、ジェームズはそういう女性とつきあっていたわけね？」

「病気で気が動転していたんですよ。警察で話を聞いた人の大半が、メリッサはとても親しみやすくて魅力的だったと口を揃えていましたよ。さて、これからどうするんですか？」

「ジェームズが帰るのを待って、弁護士のところに行き、離婚手続きを進めるわ。そのあとのことはわからない」

「何かすることが見つかりますよ。新しい殺人事件じゃないことを祈りましょう」

「足元に死体がころがっていても、もう気にしないわ。二度とごめんよ」

「どうですかねえ。ところであなたとチャールズが日曜のディナーに来る件は？」

「チャールズはフランスだし、わたしはジェームズとの関係をちゃんとすることで頭がいっぱいなの。すべて終わったら都合のいい日を連絡するわ」

「わかりました。待ってますよ。ミセス・ブロクスビーは今回のことについてどう言ってますか？」

「まだ話していないの。ゆうべ戻ってきたばかりだから。今日の午後にでも顔を見に寄ろうと思ってるわ。交際の方は順調？」

「だめです。何も進展なし。うまくいきませんでした。あなたと同じですよ」

「あなたは誰か見つかるわよ」アガサはビルが家にガールフレンドを連れていくのを

やめれば、うまくいくだろう、とひそかに思っていた。「あなたはわたしとはちがう。若いし、周囲にたくさん若い女性がいるもの。わたしぐらいの年になると、結婚していない男性は何か欠点があるし、すてきなやもめにはそうそうお目にかかれないのよ」

「結婚斡旋所みたいなところに登録すればいいですよ。ほら、お見合いをお膳立てしてくれるみたいな組織があるでしょう」

「ありがとう、ビル。でも、今は男性との交際を避けたい気持ちなの」

ビルが帰ってしまうと、アガサは猫たちにえさをやり、牧師館に出かけようとした。そのときドアベルが鳴った。

ドアを開けると一歩さがり、困惑を表に出すまいとした。ジム・ジェソップと妻のグラドウィンが戸口に立っていた。「コッツウォルズ観光をしているんだ」ジムが言った。「あなたの住所がまだ手元にあったんで、グラドウィンに言ったんだよ。『われわれと会ったら、アガサは喜ぶんじゃないかな』って」

グラドウィンはアガサにぎこちない笑みを見せた。

「どうぞ」しぶしぶアガサは言った。「ランチでもいかが？」

「いや、もうパブですませてきたよ」

「数分しか時間がないんです」グラドウィンが言った。「なんて古風なコテージにお住まいなのかしら。あたしはモダンなのが好きですけど、趣味は人それぞれですものね」

「赤ちゃんはどこなの？」アガサはたずねた。

「母が面倒を見てくれています」

「殺人事件の犯人がつかまったそうだね」ジムが言った。「でも、犯人を見つけることにあなたがひと役買ったんじゃないんだろう？」

「いいえ、実はわたしの手柄なのよ」アガサは自慢できるチャンスとばかりに意気込んだ。いかにしてメーガンが犯人かを見抜いたかについてしゃべっているあいだ、グラドウィンは退屈そうにあくびしていた。

「それはすごいね」アガサが話し終えるとジムは感心した。「だけど、ご主人はどうなったんだい？」

「ああ、現れたわ」アガサはさらっと言った。

「何も問題ないのかな？」

「順調そのものよ。とても幸せな結婚生活だわ」

「じゃあ、ご主人はどこにいるの？」グラドウィンがアガサを穴のあくほど見つめながらたずねた。

「仕事でフランスに行ってるの。じきに帰ってくるわ」

「ミセス・レーズン？」ミセス・ブロクスビーの声がした。彼女はキッチンに入ってきた。「表のドアが開けっぱなしになっていたから、そのまま入ってきたわ。ビル・ウォンと会って、ニュースを聞いたの」

アガサは目配せしたが、ミセス・ブロクスビーはジムとグラドウィンに微笑みかけた。「ジェームズが無事で本当によかったわね。でも、修道士になるなんて！　しかも離婚するんでしょ」

グラドウィンは満面に笑みを浮かべた。

「こちらはジェソップ夫妻よ」アガサはあわてて言った。「グラドウィンとジム、それにミセス・ブロクスビー。お二人はちょうど帰るところだったの」

「あら、とんでもない」グラドウィンは椅子にすわりこんだ。「修道士との順調そのものの結婚生活について、ぜひ詳しく聞きたいわ」

だがジムはアガサの表情を見て立ち上がると、渋るグラドウィンを椅子から立たせた。

「お邪魔したが、そろそろ失礼するよ、アガサ。いや、出口はわかるから」

アガサはすわりこむと両手で顔を覆った。玄関のドアがバタンと閉まる音がして、表からグラドウィンがゲラゲラ笑う甲高い声が聞こえてきた。

「ああ、ごめんなさい」ミセス・ブロクスビーが謝った。「よく考えもせずに、べらべらしゃべってしまって。あれがあなたの警部？」

「そうよ。で、あの嫌味な奥さんに、わたしとジェームズは幸せな結婚生活を送っていて、彼は仕事でフランスに行っていると説明していたところだったの。いえ、気にしないで」

「じゃあ、すっかり話してちょうだい」

アガサはあまり何度も話しているので、自分の声が耳の中でこだましているように感じられてきた。語り終えると、ミセス・ブロクスビーは言った。

「さぞ、ぞっとしたでしょうね」

「メリッサに撃たれそうになったから？」

「いいえ、ジェームズが修道士だったから」

「あなたは感心するかと思ってたわ。『主よ御許《みもと》に近づかん』ですもの」

「彼が無事で元気でいたことはうれしいわ。だけど、夫が修道院に入るつもりだと知って、とても傷ついたでしょう？」

「悲嘆から怒りまで、ありとあらゆる感情を味わった気がするわ。でも、もうすべて終わった。もしかしたら彼が死んでいた方が気持ち的には楽だったかもしれないわ」

「ああ、そうは思わないわ。あなたがここに越してくる前に、村にご主人を心から愛していた女性がいたの。実のところそのご主人って、嫌な人間だったんですけどね。彼が亡くなると、奥さんはご主人を聖人の地位にまで引き上げ、彼と交信するために霊媒師に多額のお金を使ったのよ。彼が今も生きていたら、どういう人間だったのか奥さんにもわかったでしょうけど、当時は結婚して間もなかったから。つまりね、配偶者が亡くなると、残された方は理由もなく罪悪感を覚え、死んだ人のいいところを残らず思い出して、もっと親切に、もっとやさしくしてあげなかったことで自分を責めるものなのよ。じきにジェームズが戻ってくるんですって？　よかった。離婚という考えに慣れる時間ができるわね。あなたにはその時間がどうしても必要だと思うわ」

「離婚した男が修道士になれるとは思わなかったわ」

「カトリック教会で結婚したわけじゃないから、たぶん問題ないんでしょう」

「でしょうね。もしかしたら話していないのかもしれない。これから人生設計を考えるつもりよ。今後、将来的に何をするつもりか見極めるつもりなの」

「あら、わたしはこれっぽっちも心配してないわ。あなたは黙ってても、何かが降りかかってくる人だもの。本当に大丈夫？」

「ええ、あらゆることに折り合いをつけるようになったわ」

その後の数日間、アガサはエステと美容院に二度ずつ行った。散歩をして自転車に乗り、ドリス・シンプソンがすでに掃除してくれていたが、自分でコテージを掃除した。それから隣に行って、ジェームズのコテージのほこりを払い、掃除した。

自転車で出かけたり散歩したり車で外出したりして、ライラック・レーンに戻ってくるたびに、アガサは必ずジェームズのコテージに目を向けた。閉めきられひっそりと建っていることにすっかり慣れていたので、一週間後、モートン・イン・マーシュの市場から車で戻ってきたときに、ジェームズのコテージのドアが大きく開いているのを目にして強い衝撃を受けた。

車を停めて降りていった。ローブを着ているのかしら？　ドアベルを鳴らした。ジェームズが戸口に現れた。目の粗いコットンのシャツと色あせたジーンズを身につけていた。

「アガサ！」彼は心からうれしそうだった。「さあ、入って。ちょうど訪ねようと思っていたんだ。コーヒーは？」

アガサは彼のあとからコテージに入っていった。

「ええ、お願い」アガサはソファにすわった。

「インスタントしかないよ」彼はキッチンから叫んだ。

「けっこうよ」

ジェームズはふたつのマグカップを運んでくると、向かいの肘掛け椅子にすわり、長い脚を伸ばした。すっかり日に焼けた顔の中で、その目がいっそう青く見える。

「家具や何かはどうするつもりなの？」アガサはたずねた。

「バンを頼んで、妹のところに運ぶつもりだ。地下室に空きスペースがたくさんあるから。修道院に入るというわたしの決意が本物だと確信できるまで、預かってくれると言っている」

「それで、あなたは本気なの？」

「ああ、そうとも。いろいろ片づけなくてはならないことがある。弁護士に電話するから、離婚手続きを始めよう。それから、不動産屋に会って、このコテージを貸そうと思うんだ。そうすれば、家具を全部運びだす必要はないしね」

と？」
「どうしてメリッサだったの？」アガサはいきなりたずねた。「どうしてあんな人
「彼女は温かく思いやりがある人間にもなれたんだ。先日も言ったように、きみが浮
気していると思ったし。自分が死にかけている、何かが脳をむしばんでいるという考
えに打ちのめされたせいもある。だが、そのうち、彼女の行動はすべて演技だと気づ
いた。とても狡猾で相手を操ろうとする人間だということもわかった。わたしはきみ
と似ているんだよ。調べ回らずにはいられない。いろいろなことを見て見ぬふりがで
きないんだ。きっかけはミルセスター総合病院の友人の医師から彼女について耳打ち
されたせいなんだ。一度、診察に彼女がついてきたときにね。それで精神科医のファ
イルを調べた。友人の医師のことは警察に言えなかった。個人情報はもらしてはいけ
ないからだ。メーガンに襲われると逃げだした。きみを裏切ったことで、しかもあん
な女と関係を持ったことで感じている深い恥辱は、とうていきみに理解してもらえな
いと思ったんだ。警察に行き、メーガンを告発したら、メリッサとの情事も公になっ
てしまう。嘘をついていたこともきみにばれてしまう。そのとき修道院を思い出した。
それはまさに避難所で、ビーコンさながらわたしを手招きしていた。きみに対する態
度を謝るよ、アガサ。でも『すまない』という言葉だけではふさわしくない気がする。

結婚生活の過ちはすべてわたしのせいだ。わたしのように年とった独身男は自分のやり方にこだわっているから、そもそも結婚するべきじゃなかったんだよ」

「いいのよ。すべて終わったことだわ。荷造りを手伝いましょうか？」

「いや、大丈夫だ。今、心からしたいのは〈レッド・ライオン〉に行って一杯やることだよ。いっしょにどう？」

「喜んで。食料品をしまったら、合流するわ」

〈レッド・ライオン〉で向き合って座ったとき、アガサは自分の気持ちを分析してみた。どこかからころがり落ちて、骨が折れていないか調べている人間みたいに。だが、アガサはただリラックスし満足していた。ジェームズは修道院についてあれこれ話したあとで、ついに地元の病院を訪れレントゲンを撮ったところ、腫瘍が消えていたと報告した。

「警察はありとあらゆる病院をチェックしていたみたいよ」

「わたしはたんにジェームズ修道士と記録されていたんだと思う」

「ああ、それで説明がつくわ」

「弁護士に電話したら、今日の午後は空いているそうだ」

「さっそくとりかかった方がいいわね」

ジェームズがカースリーで過ごした数週間は晴れた日々が続き、いい話し相手がいてくれて、アガサにとっては夢のように過ぎていった。二人はいっしょに食事をして、散歩をして語り合った。ジェームズのコテージの新しい茅葺き屋根も完成した。コテージを貸す前にアガサに相談して、彼女が感じのいいと思う隣人を選べるようにしてやってくれ、と不動産屋に頼んでもくれた。

チャールズは何度か電話してきたが、アガサはジェームズが帰るまで来ないでと言った。

そして、この幸せな夢のような日々が永遠に続くかと思えてきたとき、ジェームズの出発の日がやって来た。

ジェームズはいくつかの荷物を警察から引き取ってきた車に積みこんだ。それからアガサを心をこめてハグすると車に乗りこんだ。「訪問日を忘れないで」彼は叫んだ。

車はライラック・レーンを走りだし、角を曲がって見えなくなった。

アガサはコテージに大股で歩いていった。幸せで満ち足りた気分だった。受話器をとりあげてダイヤルする。

「もしもしチャールズ？　〈リゴン・アームズ〉でディナーをごちそうしてくれる約束を覚えてる？」

訳者あとがき

〈英国ちいさな村の謎〉シリーズ十一作目『アガサ・レーズンは奥さま落第』をお届けします。

前作『アガサ・レーズンと不運な原稿』をお読みになった方はラストであっと驚いたと思いますが（未読の方はぜひ前作からお読みください。このあとネタバレもあります）、念願かなってついにアガサはジェームズと結婚します。しかし、結婚生活は思い描いていたような甘いものではなく、慣れない家事に悪戦苦闘し、ジェームズには文句ばかり言われ、アガサは鬱々とした日々を送っています。そんなとき、新製品のブーツをPRする仕事をたまたま依頼されて引き受けますが、そのためにいっそう夫婦仲にひびが入るという悪循環。

ついに村のパブで派手な夫婦けんかをやらかしたあとで、ジェームズが謎の失踪を遂げます。アガサはパブでのけんかで殺してやる、とジェームズに叫んだのをみんなに聞かれていたので、夫の失踪に関わったのではと疑われる羽目に。おまけにアガサとジェームズの夫婦仲が悪化する一因になった女性が殺され、ジェームズもアガサも容疑をかけられてしまいます。そこで、自分とジェームズの容疑を晴らし、さらにはジェームズの行方を突き止めるために、チャールズの助けを借りて調査に乗りだすのです。

夢だったジェームズとの結婚にせっかくこぎつけたのに、結婚生活がうまくいかず意気消沈するアガサの姿に胸が痛くなりました。そんなときにジェームズが何も言わずに姿を消してしまうのです。もしかしたら今頃どこかで死んでいるのでは？　という恐ろしい予感に苦しむアガサ。そのうえ、ジェームズが自分に隠していた重大な秘密を知ってしまい衝撃を受けます。さらに折りに触れて、老化という恐ろしい敵とも戦わねばなりません。今回はとびきりつらい試練が次々にアガサに降りかかります。

でも、アガサ・レーズンは決してやられっぱなしであきらめるような人間ではありません。牧師夫人のミセス・ブロクスビーや友人のチャールズの助けを借りて、落ち込んだり泣いたりしながらも、アガサがどんなふうに闘い、潔い決着をつけたかは本文でじっくりお楽しみください。

さてこのシリーズはイギリスではテレビシリーズにもなっていて、現在第二シーズンが制作されているようです。原作者のビートンはロケ現場を訪れ、主人公のアガサを演じるアシュレー・ジェンセンやビルを演じるマット・マクーイーとおしゃべりして楽しいひとときを過ごしました。それを報告するフェイスブックの書き込みに、アガサは五十三歳の設定とはっきり記されています。まさに更年期ど真ん中の年齢です。あれやこれやの不調もむべなるかなと、同世代（ただし、アガサは年をとらないので、シリーズが進むにつれ毎年、年齢が開いていきますが）の訳者も痛感せずにはいられません。

ビートンはフェイスブックで、このシリーズについてしゃべっている動画もアップしています。ご興味がある方はぜひごらんください。https://www.facebook.com/MCBeatonAuthor/videos/2195604817132811/

二〇一八年九月には二十九冊目の *The Dead Ringer* が出版されました。翻訳の方も、十二冊目の *Agatha Raisin and the Day the Floods Came* を来年六月にはお届けできる予定でいます。本書でずたずたになった心を癒やすために、アガサは南太平洋の離れ島行きの飛行機に飛び乗ります。十二冊目ではチャールズに大きな（そしてちょっぴり残念な）変化が起き、さらにジェームズがいなくなったコテージには新たに独身男性の隣人がやって来ます。アガサとは何か進展があるのでしょうか？　あとは次回のお楽しみということで、刊行をしばらくお待ちください。

コージーブックス

英国《えいこく》ちいさな村《むら》の謎《なぞ》⑪

アガサ・レーズンは奥《おく》さま落第《らくだい》

著者　M・C・ビートン
訳者　羽田詩津子《はたしずこ》

2018年　12月20日　初版第1刷発行

発行人　成瀬雅人
発行所　株式会社　原書房
〒160-0022 東京都新宿区新宿1-25-13
電話・代表　03-3354-0685
振替・00150-6-151594
http://www.harashobo.co.jp
ブックデザイン　atmosphere ltd.
印刷所　中央精版印刷株式会社

落丁・乱丁本はお取り替えいたします。
定価は、カバーに表示してあります。
 ISBN978-4-562-06088-7 Printed in Japan